KB271305

서동익 해양 장편소설

퇴함 · 1

1판 1쇄 인쇄 / 2003년 4월 10일
1판 1쇄 발행 / 2003년 4월 15일

지은이 / 서동익
펴낸이 / 김송희

펴낸곳 / 도서출판 메세나
주소 / 405-224 인천광역시 남동구 구월4동 1286의 12호
전화 / 032)463-8355 / 032)462-9131
팩스 / 032)463-8339
홈페이지 / www.jaryoweon.co.kr
이메일 / jrw@jaryoweon.co.kr
출판등록 / 2002. 11. 20. 제2002-11호

ⓒ 2003, 서동익

ISBN 89-90468-04-3   04810
ISBN 89-90468-03-5   04810(세트)

※ 책값은 뒷표지에 기록되어 있습니다

서동익 해양 장편소설

퇴함

1

메세나

1967년 1월 19일 동해상에서 침몰된
당포함 전몰 장병들과
조국을 위하여
고귀한 생명을 바친 모든 분들께
이 책을 바친다

내가 태어나서 성장한 곳이 형산강의 물줄기가 바다로 흘러 들어가는 경상북도 포항시와 그리 멀지 않은 안강(安康)이라는 소읍이어서 그런지, 나는 어릴 적부터 바다를 무척 좋아했었다. 형산강 하류 쪽에 있는 우리 농장에서 10여 킬로미터 정도 떨어진 포항에는 나를 끔찍이 아껴 주시던 고모님이 살고 계셨고, 또 절친한 친구마저 살고 있어서 나는 틈만 나면 그를 찾아가 죽도시장과 축항, 그리고 송도해수욕장을 거닐면서 작가가 되는 꿈을 꾸곤 했었다.

그런 꿈들 때문인지 헤밍웨이가 쓴 <바다와 노인>을 나는 중학교 시절부터 애독했었다. 그리고 나중에 소설가가 된다면 꼭 바다를 배경으로 한 소설 한 편을 쓰리라 하고 꿈을 키우다 복무기간이 7년이나 된다는 사실을 뻔히 알면서도 나는 1968년 해군기술하사관 8기로 지원 입대하여 젊은 시절을 해군에서 보냈다.

나는 이 소설을 쓰기 위해 해군에 지원 입대한 것은 아니지만 해군생활 7년 동안 바다를 배경으로 한 소설 한 편을 써야겠다는 젊은 날의 작가적 야망 때문에 우리의 정서가 깔려 있고, 역사성과 향토성이 짙은 당포함 장병들의 뒷이야기를 수집하며 틈만 나면 대학노트에다 떠오르는 단상들을 메모하곤 했다.

이 대학노트의 단상들을 모아 한 편의 장편소설을 쓰기

좀 부끄러운 생각도 든다. 그러나 그런 명제들은 그 무렵 젊은이들의 일상적 삶이었고 서로 주고받는 화두였기 때문에 가능하면 남겨두려고 노력했다.

어쨌든, 나는 한 편의 장편소설이 갖추어야 할 기본골격과 요건 때문에 당포함 대신 777함이라는 가상의 군함을 만들어냈고, 주인공들 역시 내 개성대로 새로 그려낸 인물들이다. 그러나 당포함(56함) 전몰장병들과 나에게 강한 인상을 준 해군 선·후배들을 모델로 했음을 고백한다.

아직도 나와 동고동락한 생존 인물들이 많으나 그 분들의 프라이버시를 생각해 이름은 밝히지 않겠다. 아마 그분들도 이 이야기가 <퇴함>이란 제목으로 다시 발간되었다는 소식을 들으면, 우리 해군도 공군의 '빨간 마후라'처럼 우리의 정서와 역사성, 지역성이 깔린 해군 고유의 상징적 이야기를 가질 수 있다는 데 대해 자부심과 긍지를 느끼며 젊은 날의 향수를 더듬듯 이 소설을 즐겁게 읽어주리라 믿는다.

우리는 2002 한·일 월드컵이 끝나던 날 텔레비전과 신문을 통해 서해교전사태 소식을 접한 바 있다. 또 금강산 육로관광이 현실화 될 무렵 대구지하철 화재로 수많은 인명을 잃은 바 있다. 정말 두 번 다시 듣고 싶지 않은 소식이고 참사이지만 해방 전후에 태어난 나의 해군 선·후배들은 수시로 그런 소식과 참사를 일상사처럼 받아들이며 살아왔고, 밀폐되고 협소한 군함의 격실 속에서 하루에도 몇 번식 목이 터져라 "총원 전투배치!"를 외치며 느닷없이 날아오는 적의 포탄에 의한 화재와 자연적 재해인 파도에 의한 수많은 손상을 복구하며 조국의 영해를 지켜왔다.

만약, 대구지하철 화재 당시 지하철 종합사령실에 근무하는 근무자들이나 기관사들이 이 작품 속에 등장하는 주인공들처럼 산신성인의 정신을 발휘해 독가스를 밖으로 배출해 내면서 살수장치를 개통시키고, 또 방송시스템을 통해 화재가 발생했다는 사실을 두 열차에 승차해 있는 승객들에게 진실하게 알리면서 긴급대피방송을 한 마디라도 했더라면 그 많은 승객들이 밀려오는 독가스를 손수건을 꺼내 고통스럽게 참으면서 앉은자리에서 그대로 이승을 떠나갔겠는가 하는 생각이 든다.

아무쪼록 이 소설이 자라나는 신세들에게 지난 반세기 동안 우리의 안보환경이 어떠했는가를 이해하는 데 도움이 되고, 또 세계 군사상의 요충지인 한반도의 영해를 지키다 유명을 달리하며 지금은 돌비석으로 변해 국립묘지 16블록에 안장된 56함 전몰장병들을 다시 한번 되돌아보는 계기

□ 작가의 말 ────────────────────────────

가 되어 주었으면 하는 마음 간절하다.

　한번 출항하면 망망대해밖에 바라 볼 것이 없는 군함의 밀폐된 격실 속에서 50~60일씩 갇혀 살면서 젊음을 불사를 다른 방도를 찾지 못하는 20대 초·중반 사내들의 생활은 참으로 사연도 많고 묘사할 이야깃거리도 많은데, 한국의 현대문학은 아직 바다 쪽으로는 널리 눈길을 주지 못하고 있었던 것이 현실이다. 국토의 삼면이 바다로 둘러싸여 있고, 바다와 친숙했던 역사를 지니고 있는 우리 민족의 생활사를 우리 문학의 중심에다 끌어다 놓으려는 마음 하나로 이 작품을 지금껏 붙들고 있었다는 것을 고백한다. 나의 이런 마음이 불씨가 되어 앞으로 많은 작가들이 바다와 관련된 이야기를 작품화하는 데 힘을 쏟아주면 더 바랠 것이 없겠다.

　앞으로 우리가 개척하고 나아가야 할 길은 서·남해 해역에 산재해 있는 수많은 섬들과 무인도를 개발해 옥토로 만들고, 또 그 섬들을 기점으로 해서 저 넓은 5대양을 우리 국가의 친수공간으로 만들지 않으면 우리 민족에게 또 다른 번영은 없다는 것을 이 책을 읽는 독자 여러분들에게 힘주어 외쳐본다.

2003년 3월 15일

인천 구월동에서　兄山　徐東翼 드림

퇴함 · 1

차 례

작가의 말 · 7
777함 · 15
떠 있는 혼 · 35
상륙 · 47
이별의 인천항 · 83
미로의 끝 · 133
춤추는 요정 · 183
물개 · 223
파도 속의 연가 · 261

퇴함 · 2

차 례

술래와 호랑나비 · 9
역풍과 돌개바람 · 63
그 가을의 명상 · 101
감사의 노래 · 135
목포는 항구다 · 175
퇴함 · 211
헌화가 · 277

777함

  1964년 12월, 서해 백아도 해상 —.

  긴긴 겨울출동이 끝나가고 있다. 예정대로 모레쯤 귀항할 수 있다면 금년은 그녀와 함께 크리스마스를 보낼 수 있다. 강철규(姜鐵奎)는 정옥의 앙다문 듯한 입술과 보조개가 쏙 들어간 얼굴을 그려보다 마지막 순찰함을 확인했다.

  휘우 휘우 휘우후 —.

  창공을 베면서 지나가는 바람소리가 모자를 날려버릴 만큼 세차다. 그는 발끝에다 전신경을 곤두세우고 조심조심 안전당직실 쪽으로 걸어갔다.

  안전당직실은 중갑판 후미에 있다. 이곳은 전투배치가 붙으면 보수본부가 설치되는 곳이어서 그에게는 퍽 낯익은 곳이다. 그는 보수본부 전화수였고, 하루에도 몇번씩 이곳을 내왕했던 것이다.

그러나 오늘밤은 사정이 좀 달랐다. 칠흑같이 어둠이 내려 덮힌데다 바다가 몹시 거칠었다. 파도를 받을 때마다 777함이 허공으로 치솟는 기분이었고, 갑판마저 미끄러웠다. 한 걸음씩 발을 옮겨 놓을 때마다 몸뚱이가 바닷속으로 끌려들어가는 것 같다. 그런데도 허옇게 내려앉는 파도의 포말은 계속 얼어붙고 있었다.

"오늘밤은 바깥 순찰이 고역이군……."

철규는 들고 있던 비상렌턴을 손목에 걸고 중갑판 격벽에 바싹 달라붙었다. 갑자기 예감이 이상했다. 777함이 암초에라도 부딪친 듯 공중으로 뜨는 느낌이었고, 현측(舷側) 어딘가를 때린 파도조각이 허공을 향해 비산했다.

철규는 백색 빵모를 꾹 눌러쓰며 몸을 움추렸다. 허공을 날던 파도조각이 하강하다 목 뒷덜미를 타고 등떼기까지 무제한으로 들어오는 느낌이었다. 그는 기겁을 하듯 몸을 떨다가 그만 균형을 잃고 갑판 위에 미끄러졌다.

"악! 나 좀 잡아 줘."

그는 비명을 지르며 사지를 버둥거렸다. 손에 라이프 라인(Life-Line : 구명줄)이 잡혔다. 그는 재빨리 일어나 손목에 걸고 있던 비상렌턴을 켰다.

그가 넘어진 바로 앞에 안전당직실로 들어가는 출입문이 보였다. 그는 부리나케 해치도어(Hatch Door : 수밀장치가 된 철문)의 핸들을 제치고 중간통로 안으로 들어갔다.

"휴우! "

하마터면 수장이 될 뻔했다는 생각이 전신을 오싹하게 했다. 그리고 후회가 밀려왔다. 함교 당직자가 내려다보면서 잔소리를 해도 불을 한번 켰으면 이런 꼴은 당하지 않았을 것이라는 생각이 들었다.

그러나 지금은 깐깐한 포술관이 당직을 서고 있지 않은가. 그는 그 말랑깽이 같은 포술관한테 등화관제를 위반했다고 잔소리를 듣지 않으려고 미련을 떨다가 그런 꼴을 당하고 만 것이다. 그래도 밀려가면서 라이프 라인을 잡았으니 망정이지 그나마도 놓쳤다면 어떻게 되었을 것인가?

꼼짝 못하고 바닷물 속으로 처박혔을 것이라는 생각이 들었다. 제기, 그러면 정옥이마저 잊고 얼어 죽어야 할 것이 아닌가? 또 배 안은 강철규가 실종되었다고 난리가 난 듯 소란스러울 것이다. 그리고 언젠가는 시들해지면서 그는 결국 망실병력으로 처리될 것이다.

빌어먹을, 오늘 당직은 끝이 안 좋군…….

그는 오싹하게 밀려오는 두려움을 떨치며 안전당직실로 들어갔다. 공작실과 벽 하나를 사이에 두고 있는 안전당직실은 출입문을 닫고 보니 흡사 밀폐된 상자곽 같다. 그는 버릇처럼 실내를 한 바퀴 둘러보며 두근거리는 가슴을 진정시켰다.

실내는 그가 없는 사이에도 계속 스팀이 들어왔던 모양이다. 천정이 낮고 흰색 페인트로 말끔히 도장된 실내는 갑갑증이 밀릴 만큼 난방이 잘되어 있었다. 그는 모자를 벗어 걸고 기록대 옆으로 다가섰다.

기록대 옆엔 한 쪽 격벽을 막는 테이블이 하나 놓여 있었다. 그는 테이블 위에 비상렌턴을 내려놓은 뒤 시계를 보았다. 일주일에 14초씩 교정을 해주어야 하는 안전당직실 표준

시계는 밤 11시 10분을 가리키고 있었다.

"벌써 시간이 저렇게 되었나?"

4시간의 오후 당직이 30분 후면 끝날 시각이었다. 그는 코트를 벗었다. 하번당직자에게 당직을 인계해 주기 위해서도 일지 작성을 서둘러야 할 시각이었다. 생각 같아서는 축축하게 젖은 바지를 갈아입고 와서 일지를 작성하고 싶었지만 그대로 눌러 앉았다. 축축하긴 해도 실내가 따뜻해 견딜만 했던 것이다.

"어느 놈이고?"

한참 일지를 적고 있는데 공작실에서 조중사의 목소리가 들려왔다. 조중사는 그가 속해 있는 병과(兵科)의 선배였다.

조중사는 이 출동이 중반으로 접어들 무렵부터 모형선을 한 척 만들고 있었다. 그가 타고 있는 777함을 200 : 1로 축소시켜 만드는 배였다. 그는 이 모형선을 제대기념호로 명명(命名)할 모양이었다. 머지않아 그는 제대를 할 몸이었다. 조중사는 아직도 모형선을 만드는데 열중인 것 같다. 철규는 건너가서 작업진도라도 확인하고 싶었지만 그대로 눌러 앉아 일지를 적으며 대답했다.

"강하삽니다."

"별일 없지?"

조중사가 다시 물었다.

"별일 있슴다."

철규는 웃으면서 대답했다.

"무슨 일이고?"

"수장될 뻔했슴다."

“새끼, 계집 생각하다 자빠졌군…….”

“여부가 있겠습니까? ”

“뒈졌다면 인천 가스나는 우얄라 했더노? ”

“선임하사님께 인계하려 했습니다. ”

“물어보지도 않구…… 난 고롷게 지적(知的)인 부잣집 가스나는 능력없어 싫다……. ”

“그러실 것 같아서 기어들어왔슴다. ”

“조의금 낼 형편도 안되는데 잘됐군. 지금 레이더 조립 중이라 한눈 팔 시간 없어…… 섭섭하지만 잠자코 일지나 적어라……. ”

조중사는 그 후 말이 없었다. 레이더를 조립하느라 온 정신을 쏟고 있는 모양이었다. 철규는 빨리빨리 일지의 빈 칸들을 메워나갔다.

당직근무 중 그가 수행하여야 할 일은 777함의 부력(浮力)을 유지하는 것이다. 그러나 수천 톤이나 되는 쇳덩이를 바다 위에 떠 있게 하는 일이란 생각처럼 쉬운 일이 아니다.

간간이 포를 전문적으로 다루는 윤치백이 같은 동기생은 그를 땜쟁이라고 놀려댔다. 동기생들로부터 그런 놀림을 받을 때마다 그는 은근히 화가 치밀었다. 어쩌다 자신은 그런 병과를 선택하게 되어 늘상 부력이 깨어질만한 개소(個所)를 찾아다니며 보수작업을 해야 되는가 싶어서 말이다.

어쨌든, 그가 배의 부력을 유지하기 위해서 당직근무 중에 하여야 할 일은 777함의 흘수선(吃水線) 검사, 각 격실의 기밀유지, 해수·청수·수증기 이송파이프의 수밀유지, 청수(식수)의 적재와 반출의 관리, 화재에 대한 소화작업, 갑판의 좌우 수평도 검사 등인데, 이런 일들은 대개가 순찰과 점검으로부터 시작되었고 고도의 전문성과 숙련된 기술을 요구했다.

어제만 해도 하루 8시간의 당직은 참으로 힘겨운 노역이었다. 함장실로 들어가는 스팀파이프가 하필 그가 당직을 서고 있던 시간에 터져버릴 게 뭔가 말이다. 그는 터져버린 스팀 파이프를 산소용접기로 잘라내고 새 파이프로 갈아끼우느라 7시간 동안 꼬박 진땀을 흘렸다. 그리고 그 수리과정을 기록해 두느라 당직일지도 어지간히 지저분했는데 오늘은 별로 적을 게 없다. 당직을 무사고로 끝마친다는 것은 그만큼 편해서 좋고 일지 작성이 간편해서 마음에 들었다. 그러나 제기랄, 오늘은 생각지도 않던 죽을 고비를 넘기지 않았던가? 그는 이 모두가 땜쟁이 같은 병과 탓이라고 생각하며 다시 시계를 보았다.

교대시간이 다 되었다. 그는 조중사가 모형선을 만드는 공작실로 건너갔다. 얼마 안 있어 노하사가 내려왔다. 노하사는 그보다 4년 후배였고, 당직을 인계할 하번당직자였다.

"수고했습니다. "

노하사가 안으로 천천히 걸어오며 말했다.

"어서 와. "

철규는 인사를 받으며 노하사를 바라보았다. 그는 두툼한 코트 주머니에 손을 찔러넣고 고개를 떨어뜨리고 있었다. 어딘지 모르게 괴롭고 침울해 보이는 표정이다. 철규는 안타까운 표정으로 물었다.

"어디 아파? "

노하사는 대답도 없이 조중사가 만드는 모형선을 지켜보다 한참 후에 입을 열었다.

"아닙니다. 계집도 그립고 출동이 지루해서 그래요. "

"뭣이라? "

조중사가 가관치도 않다는 듯 노하사를 쳐다봤다. 노하사는 꺼치르하게 야윈 얼굴을 쓰다듬으며 권태롭게 하품을 했다. 측은한 듯 조중사가 한 마디 했다.

"힘내 임마, 내일 모레면 지루한 출동도 끝나. "

노하사가 잘래잘래 고개를 흔들며 한숨을 쉬었다.

"씨팔! 그렇게만 되었으면 오죽이나 좋겠습니까? "

"또 연기되었어? "

철규가 다급하게 물었다.

"그렇답니다. 엿 같은 놈의 출동……. "

철규는 노하사의 대답이 청천벽력 같이 느껴져 자신도 모르게 한숨을 쉬었다. 40일이 넘도록 땅 한 번 밟지 못하고 바다에 떠 있었는데 또 연기되다니…… 그는 정옥이가 보고 싶어서 다시 물었다.

"그 말, 누구한테 들었어? "

"누구한테랄 것도 없어요. 배 안이 벌집 쑤셔놓은 듯 소란스러우니까요……. "

실내의 분위기가 갑자기 침울해졌다. 바삐 칼질을 하고 있던 조중사도 눈을 내리깔고 조용히 생각에 잠겨 있었다.

"당직이나 인계해 주고 올라가 보십시오. 출동은 연기됐고, 기다려 봐야 중뿔날 희망도 없고…… 모두들 쫘악 퍼져서 쓰려져 있을 겁니다. 엿 같애 정말! "

노하사가 자리에서 일어나며 주먹으로 공작실 출입문을 한 방 쾅 쳤다. 약이 올라 못 견디겠다는 표정이었다.

"그래도 무슨 구체적인 계획이 있을 것 아냐? "

"무슨 말이 있긴 있는 모양입디다. 그러나 전 들으나마나 다 싶어 그냥 내려와버렸어요. "

노하사는 777함의 다음 스케줄에 대해선 별 관심이 없는 듯 안전당직실로 건너갔다. 철규는 궁금해서 견딜 수가 없었다. 당직을 서고 있는 사이 난리라도 난 기분이었다. 그는 빨리 작전부 교반장(내무반장) 준태라도 만나 봐야겠다고 생각했다. 준태는 통신하사라 누구보다 이 사실을 자세히 알고 있을 것 같았다.

"제가 한 바퀴 돌아보고 오겠어요."

철규는 당직을 인계하고 작전부로 올라갔다. 정말 힘겨운 겨울출동이었고, 정옥이가 보고 싶어서 못 견딜 지경이었다. 그는 환하게 웃고 있는 듯한 그녀의 환영을 그려보며 작전부 침실로 들어갔다. 배가 파도를 받는지 선체가 심하게 떨렸다.

"너희 교반장 어디 갔니? "

철규는 실내감시에게 물었다.

"아까 내려오셨다가 나가시던데요……. "

"어디 간다고 말은 없고? "

"녜에. "

"모두들 추욱 늘어졌군……. "

철규는 작전부 침실을 나와 휴게실로 들어갔다. 다른 날 같으면 춤을 배우는 하사관들이 밤 늦게까지 전축을 틀어놓고 휴게실을 메우고 있을 텐데 오늘은 그런 모습도 볼 수가 없다. 배 안이 텅 비어 있는 느낌이다. 어쩌다 만나는 수병들마저도 실없이 담배만 쪽쪽 빨아대며 사람의 접근을 싫어했다.

철규는 기관부 침실을 상상했다. 거기도 작전부 침실과 같을 것이다. 모두들 엿 같이 늘어진 겨울출동이라고 불평불만을 늘어놓으며 죽은 듯이 침대에 드러누워 있을 것이다.

그는 이런 분위기가 싫었다. 아니 두렵기까지 했다. 이런 분위기는 대개 2~3일 후부터 폭행사건이나 비역질로 이어졌기 때문이었다. 기관부 최고 고참하사인 그는 그런 불상사가 일어날 때마다 그 뒷처리 때문에 골머리를 앓았다.

이등병 때였다.

동기생인 정수병이 두 다리를 어기적거리며 그를 불렀다. 정수병은 그를 안전당직실로 데리고 간 뒤 해치도어를 꽉꽉 잠궜다. 그리고 자신의 아랫도리를 까내리며 항문을 좀 봐 달라고 했다.

"새꺄, 뭐 부탁할 게 없어 미주알을 봐 달라고 염병 떠니?"

"이새끼야, 동기생 좋다는 게 뭐냐? 독중사한테 끌려가 후장당했단 말야. 자꾸 피가 나와서 못 견디겠어…… 얼마나 찢어졌는지 한 번만 봐줘."

정수병이 눈물을 글썽이며 엎드리기에 마지못해 봐주었다. 정수병의 말마따나 그의 항문은 찢어져 계속 피가 흐르고 있었다. 그렇지만 말단 수병 때라 드러내 놓고 말도 한 마디 할 수 없었다. 그는 위생실로 달려가서 마이신과 연고를 얻어와 응급치료를 해주면서 함께 눈물을 흘리고 말았다. 하지만 그가 하사로 진급되면서부터는 정수병을 계간한 독중사를 오히려 그가 먼저 이해하는 처지가 되고 말았다.

밀폐된 격실과 다름없는 배 위에서 여자의 그림자도 못 본 채 계속 배멀미와 파도에 시달리며 똑같은 생활을 20일 정도 반복하다 보니까 밥맛이 떨어지면서 대수롭지도 않은 일로 아랫사람들을 집합시켜 놓고 개 패듯 몽둥이를 휘둘러대면서 신경질을 부린 자신의 행각이 믿어지지 않았다.

또 40여 일이 지나면서부터는 그마저 눈맞는 동기생과 함께 안전당직실로 들어가 출입문을 잠궈 놓고 주거니 받거니 하며 비역질이라도 하고 싶어 못 견뎌 한 자신 앞에 그는 혀를 깨물고 말았다.

성욕과 스트레스가 오랜 기간 해소되지 않은 데다, 바다가 매일같이 인간의 두개골을 흔들어대니까 승조원 전체가 자신도 모르게 정신의학적으로 조울상태(躁鬱狀態)에 빠져드는 생리현상 때문이라는 걸 그때사 비로소 알았던 것이다.

이런 생리현상이 극도로 악화되면 새까만 수병들마저 보수도끼를 빼들고 자신을 괴롭힌 선임자들을 죽이겠다며 상상을 초월할 만큼 포악해지기도 했다.

교양을 갖추었느냐 못 갖추었느냐, 윤리니 도덕이니 하는 말 따위는 일단 수음이나 계간이라도 한 번 하고 난 다음 생각할 계제였다. 그 전에는 멀쩡한 중상사들마저 어느 한 순간에 헷가닥 돌아가는데는 그로서도 혀를 내두를 지경이었다.

출동이 40일 이상 넘게 되면 그는 계간에 의한 하극상(下

舷上)이 일어날까 봐 전신경이 곤두섰다. 하지만 이런 극한적인 상황도 상륙만 하고 나면 씻은 듯이 사라졌다. 모두들 술이나 몇잔씩 마시고, 여자와 같이 신나게 레스링이나 하면서 하룻밤 푹 자고 나면 약 한 첩 먹지 않아도 지랄병 같은 항햇병은 저절로 치유되었다. 그래서 뱃사람들에게는 주기적인 상륙과 배설이 필요하다는 걸 뼈저리게 느꼈다.

위생실에도 준태는 없었다. 대관절 어디에 있을까? 이녀석도 어디 틀어박혀 후장치기를 하고 있단 말인가? 그는 선 채로 이생각저생각 다해 보다 진찰대 옆에 있는 제독실 쪽으로 눈길을 돌렸다. 누군가가 후우 하고 담배연기를 내뿜는 소리가 들려왔다. 어느 때는 마셔 하고 음료수라도 권하는 듯한 귓속말도 흘러나왔다.
"여기, 누가 있어?"
철규는 제독실 문을 당겼다. 그러나 문은 열리지 않았다. 안에서 굳게 잠겨 있었다. 이상하군……. 그는 고개를 갸우뚱거리며 물러나면서도 눈을 뗄 수가 없었다. 필시 준태가 안에 있을 것 같은 예감이 드는 것이다.
그때 안에서 재빨리 그릇 치우는 소리가 들렸다. 이어서 누구야 하는 소리도 들렸다. 철규는 자신의 이름을 밝히면서 준태가 안에 있느냐고 물었다.
"문, 열어 줘요."
그토록 찾고 있었던 준태의 목소리가 들렸다. 녀석! 여기 처박혀 있었구나. 철규는 그때야 안도의 한숨을 내쉬며 제독실로 들어갔다.

"아휴! 술냄새. "

철규는 제독실 안 의자에 엉덩이를 걸치면서 코부터 실룩거렸다. 오래도록 잊고 있었던 술냄새가 폐부를 푹 찌르면서 마른 갈증을 불러왔다.

"야, 나도 한 잔 주라, 이 출동 중에 웬 술이냐? "

철규는 술냄새에 빨려들며 사족을 못 쓰고 있었다.

"냄새만 맡아도 미칠 것 같지? "

준태가 무척 흡족한 표정으로 물었다. 곁에 있던 위생하사가 그를 당겨 술잔을 안겼다.

"술값은 나중에 받는다, 강하사? "

"아, 좋아요 좋아……. "

"니새끼도 고생문이 훤하다 새꺄! 술이라면 조부대가리도 끊어줄 듯 헬렐레해지는 걸 보면……. "

준태가 불쾌하게 취한 얼굴로 이죽거렸다. 낮에 봤을 때는 음지식물처럼 생명력이 없고 초췌한 얼굴이었는데 그 사이 사람이 확 변한 것 같다. 철규는 위생하사가 양재기에 부어 주는 술을 단숨에 쭉 들이켰다. 지독하게 쓰고 향기가 없다. 그렇게 좋은 소주는 분명히 아닌 듯했다.

"막소준가? "

철규는 술의 반입이 금지된 배 안에서, 더구나 출동 중에 독한 술이나마 한 양재기 얻어마실 수 있다는 사실이 그저 꿈만 같다. 위생하사가 출동 나올 때 수완 좋게 한 병 숨겨 온 술일까? 철규는 답주를 하면서도 그게 연방 의심스러웠다.

"이거, 사제(私製) 술 아니오? "

철규는 놀라는 빛을 보였다. 500cc 포도당 병에 담긴 술이 아무리 봐도 양조장에서 제조된 술이 아닌 것 같다. 그래. 이건 분명히 위생하사가 만든 술이야. 철규는 눈이 휘둥그레지며 위생하사를 쳐다봤다.

"틀림없죠? "

"맛이 어때? "

위생하사가 솜씨를 자랑하듯 물었다.

"아주 짜릿해요. "

"까이 젖꼭지라도 빠는 기분일 거야. "

준태가 그으윽 하고 개트림을 하며 자초지종을 늘어놓았다.

"출동은 연기됐지, 계집은 그립지, 이거 미칠 것 같아 살 수가 있어야지. 홧김에 서방질한다고 조부대가리에 다마(구슬)라도 박아넣으려고 내려왔는데 선배가 꼬시잖아. 인천 들어가면 후회한다고…… 그러면서 술 한 병 만들어 주기에 빨고 있는 중이야……. "

"그랬었구나……. "

철규는 고개를 끄덕이며 다시 술병을 내려다보았다. 위생하사가 치료용 식용 알콜로 술을 만들어 두 사람이 울적한 기분을 달래고 있다는 것을 비로소 알았다.

철규는 다시 한 양재기 더 얻어 마셨다. 그새 술이 취하는지 눈꼬리 밑이 파르르 떨렸다. 그는 코트를 벗었다. 화끈화끈 열이 나서 견딜 수가 없었다.

"출동 연기됐다는 말이 사실이구나."

준태는 대답도 하기 싫다는 듯 고개만 끄덕였다.

"뭣 때문에 또 연기됐냐? 너무 하잖아……. "

"776함 새끼들 때문에 그래. "

"왜 무슨 사고 났어? "

"좌현 발전기가 폭발해서 사망자가 3명이나 발생했다나, 개새끼들…… ."

"사고 원인은? "

"오버 스피드(over-speed : 과속)래. "

"그 녀석들 오버 홀(over-haul : 정기대수리) 하고 나간 지가 며칠 되지도 않는데 어떻게 또 그런 사고가 발생하지? "

"누가 알아. 그 새끼들 땜에 우리만 똥바가지 덮어쓰게 됐는데…… 쓰팔놈들! "

"그럼 서해는 지금 어느 배가 경비하고 있는 거야? "

"776함 새끼들이 비상발전기 한 대로 오르락내르락 하는 모양이야. "

"갸들 올해 우리를 되게 괴롭히네. 지난번 국군의 날 오픈 쉽(open ship : 군함을 일반시민에게 공개하며 해군을 홍보하는 대민행사)도 우리한테 떠넘기더니 또 그러네……. "

"우리하고 무슨 살이 꼈나 봐, 개새끼들! "

"그럼 우리는 언제까지 갸들 구역을 경비해 줘야 돼? "

"지금 오버 홀 들어가 있는 775함이 나와야 교대가 가능하니까 또 20일 정도 늘어지겠지 뭐. "

"교대는 언제하니? "

"인천에 들어가 주부식 적재하며 물 받고 나와야 되니까 크리스마스 후나 될 거야. "

"상륙이라도 하게 해주니? "

"그것도 안해 주면 큰일 나게. 모두들 여자 맛을 못 봐 다 죽어가는데……."

철규는 출동을 나온 군함 한 척이 60여 일 이상 바다에 떠 있어야 한다는 사실이 가슴아팠다. 우리가 만약 미국처럼 부유하고 연안을 전방위로 경비할 수 있는 구축함을 여러 척 보유하고 있다면 단기간씩 교대가 이루어지므로 한 배의 승조원들이 60여 일 이상 바다에 떠 있어야 할 필요가 없을 것이다. 그나마 상륙이라도 시켜준다니 다행이다. 철규는 늘어진 출동을 마음 편히 받아들였다.

"이게 다 우리나라가 가난한 탓이야. 내일 인천 도착은 몇 시야?"

"오후 4시."

"오히려 잘됐군. 인천에서 크리스마스나 즐기다 또 나가지 뭐. 지금 진해에 들어가 봤자 연말연시 행사 때문에 바쁘기만 할 텐데……."

"새끼! 넌 뱃속 하나 편해서 좋구나?"

준태가 담배를 빼물며 이죽거렸다.

"그럼 어떻게 할 거야? 주어진 휴식시간은 한껏 즐기고 웃으면서 살아야지. 안 그래요, 김하사?"

"그럼그럼. 같은 아군끼리 서로 도우면서 살아야지."

위생하사가 특유의 익살을 부리며 술양재기를 비웠다. 철규는 배가 인천에 들어가면 부리나케 집엘 다녀와야겠다고 생각했다. 지난번 귀국 때도 진급시험 때문에 못 들렀는데 어머니는 얼마나 보고 싶어 할 것인가.

"넌 인천에 들어가면 한 잔 사야 돼, 임마!"

준태가 길게 담배연기를 내뿜으며 철규를 바라봤다.

"왜, 술 살 일이라도 생겼냐? "

철규는 그냥 좋아서 껄껄 웃었다. 술탓이었다.

"내년 2월 1일부로 진급명령 내렸어? "

"뭐어, 진급된다고……? "

위생하사가 선망의 눈길로 철규를 쳐다보았다. 철규는 피로가 확 풀리는 느낌이었다. 지난 6월, 그는 한국 해군을 대표해 미 7함대 소속인 627함에 파견되어 미국 해군들과 어울려 3개월간 합동군사훈련을 받고 들어오면서 진급시험을 쳤는데 이제사 진급명령이 내려온 모양이었다.

그는 이번 귀국이 네번째였다. 첫번째는 해군영어학교를 수석으로 졸업하고 1년간 미국에 국비유학을 다녀왔을 때였고, 두번째는 777함을 인수하기 위해 하와이에 다녀왔을 때였다. 세번째는 원양항해를 떠나는 해군사관생들과 같이 동남아시아 제국을 순방하고 왔을 때였고, 네번째는 하사관 클라스에서는 그만큼 영어를 능통하게 하는 사람이 없어 또 나갔다 와야 했었는데, 그런 근무평점들이 합산되어 군대생활 10년 이상씩 한 노장들도 합격되기 어려운 진급시험에 단번에 합격한 것이었다. 정말 기쁜 소식이었다.

"조중사 소식은 없어? "

"내년 1월 말부로 제대야. "

"그럼 강하사가 앞으로 우리 배 보수선임하사가 된단 말이야? "

위생하사가 언성을 높혔다.

"그렇죠. 저 새긴 한 마디로 군대 들어와 출세한 놈이죠.

타병과의 동기생들은 아직 진급시험 칠 꿈도 못 꾸는데 네 에미…… ”

“젠장, 이럴 줄 알았으면 나도 핀센트 집어치우고 땜쟁이나 될걸. 그랬으면 진급시험 칠 준비라도 해볼 것 아냐? ”

“김하사만 그래요? 우리 통신도 군대생활 10년 이상씩 한 노틀들이 길을 막고 있어 나 같은 놈은 내년에도 중사시험을 볼까말까한데 저 새낀 벌써 갈매기 하나를 더 얹으니…… 아, 살맛 안나. 술잔이나 돌리쇼. ”

준태가 잔을 뺏어 제 손으로 술을 따뤘다. 철규의 입장이 부러운 것이다. 그는 링겔병을 쏟으며 투덜거렸다.

“빌어먹을, 술도 없군……. ”

“그만 먹어. 내일 인천 들어가면 내가 술 한 잔 살 테니까.”

“아서라! 니새끼 까이 끌고 다니면서 기분낼 건데 우리가 왜 짐 돼. 우리도 임마, 옐로우 하우스(홍등가)에 처가집 있고 경리관이 못 받은 두 달치 봉급 갖고 달려오는데……. ”

“그럼그럼. 아군끼리 염치가 있어야지……. ”

위생하사가 또 웃겼다. 철규는 배꼽을 쥐고 웃었다.

“씨팔! 인천 처가집에 간다고 생각하니까 벌써부터 조부대가리 쏠려서 미치겠구면……. 김하사, 우리 내일을 위해 잠 좀 자둡시다. ”

준태는 술이 취하자 노골적으로 육두문자를 뱉어댔다.

“조오치! 아군끼리는 서루 협조하면서 살아야지……. ”

위생하사가 자리를 털고 일어났다. 철규와 준태도 제독실을 나왔다. 두 잔 얻어 마신 술이 한결 어깨를 가볍게 했다.

　　"입 씻을래? "

　　위생하사가 술을 만들고 남은 증류수에다 구강세척제 몇 방울을 떨어뜨렸다. 철규도 박하향이 풍기는 증류수로 입안을 가셔냈다. 칩칩하던 입안이 한결 개운해졌다.

　　"잘 자시오. "

　　준태가 인사를 하고 먼저 침실로 걸어갔다. 철규는 위생하사가 문을 닫는 것을 보고 천천히 기관부 침실로 걸어갔다. 구내매점 앞에도 인적이 없었다. 최고속력으로 달리는 기관의 소음이 침실로 통하는 긴 통로에 가득히 차 있는 느낌이었다.

　　침실은 고요했다. 그는 홍등이 켜진 실내를 돌아보고 자신의 침대로 갔다. 수병들은 다 자리를 메우고 있는데 선임하사 몇분은 아직도 자리를 비우고 있었다. 조중사는 아직도 모형선을 만들고 있을 것이고, 기관 선임하사 몇분은 미드왓치(Middle Watch : 자정부터 새벽 4시까지 서는 심야당직)일 것이다. 그리고 전기선임하사는 배전반실에서 야식을 만들어 먹고 있을 것이다. 그는 섹스가 그리우면 밤낮없이 먹어대는 버릇이 있으니까 말이다.

　　철규는 코트를 벗다 말고 조중사를 생각했다. 마음 같으면 공작실로 올라가서 자신의 진급명령과 조중사의 제대명령이 동시에 내려왔다는 소식을 전해주고 싶었지만 술냄새가 캥겼다. 양재기로 두 대접 얻어 마신 술이 되게 주기를 뿜어올렸다. 그는 몽롱하게 피어오르는 주기 때문에 그냥 자리에 눕고 말았다.

　　침대가 그네처럼 건들거렸다. 777함은 계속 전속항해를 하

며 인천으로 달려가고 있는 듯했다. 세찬 파도를 받아낼 때
마다 선체가 징소리처럼 묵중한 진동음을 내며 격벽에 삼단
(三段)으로 매달아 놓은 침대를 마구 흔들어댔다.

떠 있는 혼

부산, 1964년 겨울 ―.

시내에서 쾌속으로 달려오던 택시가 해운대 극동호텔 앞
에서 멎었다. 소정은 요금을 내려고 핸드백을 열었다가 그냥
닫았다. 함께 타고 온 매니저가 굳이 자신이 요금을 내겠다
며 그녀를 밀어냈던 것이다.

소정은 시계를 보며 택시에서 내렸다. 자정이 가까와오고
있었다. 택시요금을 내고 다가온 매니저가 유혹하듯 속삭였
다.

"차나 한 잔 하고 들어가지? "

"싫어요."

"왜? "

"피곤해요."

매니저는 생각 밖이라는 듯 표정이 굳어졌다. 그는 극동호

텔 나이트 클럽에서 대접할 손님이 있다면서 그녀의 마지막
출연까지 지켜보다 같이 택시를 타고 여기까지 달려왔던 것
이다.
 "그럼 할 얘기가 있어. 거기 좀 서 봐."
 달아나듯 몇 발자국 걷는데 매니저가 또 따라 와서 붙잡
았다.
 "집에 꿀단지를 묻어 놨나, 오늘은 왜 그렇게 급해? "
 소정은 그를 뿌리치지 못해 섰다. 바닷쪽에서 불어오는 밤
바람이 싫어 그녀는 다짜고짜 할말이 뭐냐면서 불만을 드러
냈다.
 "여기 극동 말이야, 미스 손이 이번 달로 계약이 만료되는
데 미스 윤이 좀 맡아 주지? "
 소정은 픽 웃었다. 일거리를 미끼로 여기까지 따라와서 추
근거리는 그의 모습이 속이 훤히 보였다.
 "안돼요."
 그녀가 완강하게 싫은 빛을 보였다. 매니저는 미끼까지 던
져 봐도 거부반응이 나오자 갑자기 머쓱해지는 표정이었다.
 "오늘은 모두 다 싫다 판이군. 대관절 왜 그래? "
 "아무리 돈에 환장한 년이라 해도 넘어지면 코 닿는 집앞
에서 스트립을 하란 말이예요. 정말 불쾌해요."
 소정은 그런 이야기라면 더 들을 필요가 없다는 듯 뒤도
안 보고 걸었다. 매니저는 동침하고자 했던 수작이 먹혀 들
어가지 않자 멀어져 가는 그녀를 멀뚱히 지켜보다 극동호텔
로 들어갔다.
 소정은 이만큼 고개를 숙여 걷다가 해변을 바라보았다. 허

연 거품을 빼문 파도들이 철썩철썩 밀려오며 그녀의 몸과 마음을 더 얼어붙게 하는 것 같았다. 칼날 같은 바닷바람이 또 그녀의 아랫도리를 베면서 지나갔다.

그녀는 으드득 아랫턱을 떨며 다시 걸었다. 온 몸에 맥이 쫘악 빠지면서 정신까지 흐리멍텅해지는 기분이었다. 텍사스클럽에서 스트립을 할 때도 이런 증상이 밀려와 혼이 빠졌는데 또 그런 증상이 밀려왔다.

건성흥분이었다.

요샌 몸이 왜 자꾸 이러는지 그녀조차도 알 수가 없었다. 매니저가 일거리를 미끼로 던지며 왜 여기까지 따라왔는가를 그녀는 비로소 알았다. 마지막 출연지인 텍사스클럽에서 절정의 순간을 표현하다 자신도 모르게 밀려온 건성흥분에 휘말려 그녀는 오버 액션까지 범하고 말았는데, 눈치 빠른 매니저가 스테이지 옆에서 그런 순간을 지켜보다 엉뚱한 생각을 하고 여기까지 따라온 게 분명했다.

소정은 집으로 향하는 골목길로 들어서며 혼자 포오 한숨을 쉬었다. 지극히 짧은 순간이지만 그런 증상만 밀려오면 몸 전체가 근질근질했다. 어느 때는 아랫턱이 빠질 듯한 전율이 하반신을 굳게 했다. 이럴 때는 어떻게 몸을 다스려야 좋을지 그녀로서는 그저 난감하기만 했다.

그녀는 집으로 들어오자마자 보일러의 스위치를 눌렀다. 지은 지가 얼마 되지 않은 2층 양옥집은 외인주택이었는데, 미 육군 상사와 재혼해 살던 어머니가 미국으로 들어가면서 물려준 집이었다. 그녀는 아랫층을 상미네에게 전세로 세놓고 20여 평이 넘는 2층을 혼자서 다 쓰고 있었다.

보일러가 가동되고 있는지 그새 라디에이터에서 따뜻한 열기가 흘러나왔다. 그녀는 옷을 벗고 욕실로 들어갔다. 따뜻한 물로 샤워라도 하고 나면 추위가 물러날까, 그대로는 도저히 잠을 이룰 수가 없었다.

그녀는 머리부터 감은 뒤 몸에 비눗칠을 해서 부드럽게 문질렀다. 상체를 다 씻고 아랫도리를 씻는데 물 묻은 손으로 전기 코드를 만졌을 때처럼 또 전신이 푸드덕 떨리며 전율이 밀려왔다. 그녀는 물을 덮어쓰다 말고 벽에 기대어 몸을 떨었다. 이때는 누구라도 달려들어 자신을 애무해 주면 그냥 몸을 맡겨버릴 것 같았다.

그녀는 얼른 샤워를 끝내고 방으로 들어와 침대에 걸터앉았다. 입술이 파싹파싹 말라들어가는 듯한 기갈이 밀려왔다. 커피를 한 잔 타서 마실까 하다 술병을 내렸다.

조니워카였다.

지난해 미국으로 들어간 어머니와 의붓아버지 짐 한츠가 마시던 술이었다. 그녀는 얼음을 넣은 컵에 조니워카를 반 넘게 부었다. 그리고 천천히 흔들면서 거실 소파로 나와 앉았다.

어머니가 보고 싶었다. 아랫층은 어머니와 짐 한츠가 사용하고, 윗층은 그녀가 혼자 쓰며 살 때만 해도 외국인과 재혼한 어머니가 못마땅하게 여겨져 불평만 해댔던 그녀였는데 막상 떨어져 있으니까 눈물이 나오도록 모정이 그리웠다.

엄마! 지지리도 속 썩히던 못된 딸년 잊으시고 이젠 새 아버지와 행복하게 오래오래 사세요. 이젠 엄마 마음을 조금은 알 것 같아요…… .

그녀는 짐 한츠와 활짝 웃고 있는 어머니의 사진을 멀거니 쳐다보며 훌쩍, 콧물을 삼켰다. 그러다 티 테이블 위에 놓여 있는 미제 크리넥스 티슈 한 장을 찢어 흘러내린 눈물을 닦았다.

"너, 사귀는 남자가 있니?"

미국으로 들어가기 전날 밤 어머니가 2층으로 올라와 묻던 말이었다.

"아뇨!"

그녀는 태연하게 고개를 저었다. 그녀의 어머니가 다시 물었다.

"그러면 왜 그렇게 고집을 피우니?"

"뭘 말이예요?"

"네 아버지가 함께 미국으로 들어가자는데 말이다."

"짐 한츠 씨가 어떻게 제 아버지가 될 수 있어요. 피부색도 다르고 국적도 다른데……. 그 분은 엄마의 새 남편은 될지 몰라도 전 그런 분을 아버지라 생각해 본 적이 없어요. 우리 아버지는 분명히 국립묘지에 잠들어 계세요. 다음에라도 그런 말은 마세요."

"못된 것! 끝까지 에미 속을 뒤집는구나. 너 도대체 몇살이냐?"

"10년을 함께 살아도 아버지라는 소리가 안 나오는 걸 어떻게 해요."

"그래, 한츠는 내 두번째 남편이니까 너보고 아버지라고 불러 달라는 소리는 않겠다. 마지막으로 한 가지만 더 물어보자."

"뭘요? "

"왜 미국에 같이 안 들어가겠다는 거니? 네 외삼촌도 그렇게 하기를 바라고 계시는데? "

"저까지 엄마 따라 미국에 들어가면 국립묘지에 계신 아버지는 누가 찾아볼 거예요? "

"안 들어가겠다는 이유가 단지 그것뿐이니? "

"그래요. 어릴 때는 엄마가 외국인 남자와 재혼한 사실이 친구들 보기에 부끄럽고 불결해 보여서 집을 뛰쳐나와 친구 집을 전전하기도 했지만 이제는 나이를 먹은 탓인지 이해는 돼요. 하지만 미국에 함께 들어가기는 정말 싫어요. 저 혼자 여기서 살며 아버지를 찾아뵈올 테니까 홀가분하게 떠나세요. 엄마 보고 싶으면 제가 가끔씩 들어갈께요."

"그 스트립인가 뭔가가 먹고 살 만큼 벌이는 되니? "

"아직은 나이가 있어서 먹고 사는데는 지장 없어요. 만약 일거리가 없으면 외삼촌한테 찾아가 아버지 유산 정리해 달랄 테니까 아무 걱정 마시고 들어가세요. 마음이 정리되면 새 아버지한테도 편지를 올릴께요. 10년 동안 저 보살펴 주신 은혜 감사한다고요……."

"그래, 너하고 나하고는 모녀지간이라도 이렇게 벽을 안고 살아야 하는가 보다. 너, 저기 차단스에 있는 술 좀 갖다 주겠니? "

그날 밤 어머니가 마시던 술병을 바라보며 그녀는 눈물을 흘렸다. 어머니와 함께 미국으로 들어가지 않은 것은 지금까지도 잘한 일처럼 느껴지는데 뼛골에 사무치도록 밀려오는 혈육의 정과 외로움을 어떻게 달래야 좋을지 그녀로서는 종잡을 수가 없었다.

그녀는 전축에다 판을 걸며 또 술을 한 잔 부었다. 술이 취하자 가슴을 쥐어뜯는 듯한 외로움은 가시는데 언제까지 이러고 살아야 좋을지 막막한 느낌에 또 눈물이 왈칵 쏟아졌다. 그녀는 또 훌쩍 콧물을 삼키며 책장 옆 벽을 바라보았다. 6·25 때 왜관전투에서 산화한 윤용만 소령의 전신 사진 한 장이 액자 속에 걸려 있었다.

아빠! 저 어쩌면 좋아요?

그녀는 코를 훌쩍거리며 눈으로 물었다.

엄마 따라 미국에 들어가지 왜 혼자 남아서 그렇게 흐느끼니?

아빠에게 아들만 하나 있어도 그렇게 고집을 부리지는 않았을 거예요. 아빠, 이제 제 마음 아시겠죠?

나라에서 벌초도 해주고 묘역도 잘 관리해 주는데 굳이 네가 그럴 필요까지는 없잖니?

다른 묘역은 자식들이 찾아와서 술도 따뤄 드리고 꽃도 꽂아 드리고 가는데 그런 일은 누가 해드려요? 제가 엄마 따라 미국에 들어가면…….

미국에서라도 조국 하늘을 바라보며 마음이라도 보내 주면 되지, 그게 뭐 그렇게 중요하니?

아니에요, 아버지! 전 욕심이 많아서 그렇게는 못 살아요. 아버지 묘역 살피며 이 땅에서 살 수 있게 좋은 배필이나 한 사람 만날 수 있게 해주세요. 전 엄마를 닮았는지 벌써부터 남자가 그리워서 못 견디겠어요.

여자 나이 스물여섯이면 적은 나이도 아니다. 아빠가 좋은 사람 만나게 해줄 테니까 그 사람 꼭 붙잡도록 해라.

누군데요, 아빠?

지난 국군의 날 부산 3부두에서 만난 사람 있잖니?

777함 오픈 쉽 때 상미와 저에게 배 소개를 해준 강철규라는 하사 말이에요?

그래, 그사람 키도 나만하고 이목구비가 뚜렷한 사람이라 사윗감으로 내 마음에 꼭 들더라.

싫어요, 아빠!

왜, 몸을 떨 만큼 좋아했으면서?

아빠를 너무 닮아서요. 전, 그사람 유혹해서 제 곁에다 두고 아빠 보고 싶을 때마다 한번씩 만나려고 하는데요?

떽끼놈! 장래가 촉망되는 젊은이를 그런 시각으로 바라보다니?

전, 지금도 그분은 아빠가 환생해 오신 분으로 믿고 있는데요?

쓸데없는 생각 말고 어서 편지라도 보내 봐라. 그 사람이 사귀는 여자가 없으면 아마 좋은 배필이 될 것이다. 그 사람 부대 주소는 알고 있지?

네.

그럼 꼭 편지를 보내 봐라. 분명히 답이 올 것이다.

알았어요, 아빠! 내일 다시 한 번 생각해 보구요. 지금은 창피스럽기도 하고 용기가 안나요…….

외로워서 저녁마다 우는 놈이 창피스럽기는?

아빠! 저 지금 너무너무 괴롭단 말이에요. 그런 식으로 놀리지 말아요…….

그녀는 들고 있던 빈 술잔에다 또 술을 채우며,

"정말, 어쩌면 사람이 목소리마저 아버지를 그렇게 닮았을까? " 하면서 777함을 소개하던 그의 모습을 그려 보았다.

"안녕하십니까? 오늘, 여러분들이 구경하고 계신 이 군함은 2차 세계대전 말기, 그러니까 미 해군이 일본 본토 상륙과 신풍특공대를 격추시키기 위해 건조한 호위구축함입니다. 다른 군함에 비해 대공화기와 대잠화기가 무서운 이 군함은 전체 길이가 85미터, 폭 26미터, 배의 최고속력은 30노트로써 전속항해를 하다 방향전환을 해도 배의 안정성에는 아무 이상이 없을 만큼 기동력과 복원력이 뛰어난 군함입니다. 우리 해군에 인수된 것은 지금부터 2년 전입니다. 그럼 지금부터 주갑판상에 있는 각 포대와 주요 구조물을 설명해 드리겠습니다. 이쪽으로 오십시요……."

소정은 그와 함께 함수갑판으로 걸어가던 때를 그려보다 그만 술에 취해 소파에 앉은 채로 잠이 들었다. 이튿날 아침 목이 아파 눈을 떴을 때는 이미 창이 환하게 밝아 있었다.

세상에, 소파에 고꾸라져 잠이 들다니?

그녀는 수면제에 취했다 깨어난 느낌이어서 몸이 다 떨렸다. 라디에이터에 스팀이 들어와 실내가 훈훈했으니 망정이지 그렇지 않았으면 큰 변이라도 당했겠다 싶은 생각에 아찔한 느낌마저 들었다.

술 먹고 동사하는 사람들도 이런 식이구나…….

조니워카 반 병을 안주도 없이 다 마신 자신의 지난 밤 행동이 도무지 이해가 되지 않았다. 그녀는 방에 들어와서도 가슴이 펄떡펄떡 뛰고 속이 쓰려 견딜 수가 없었다. 그녀는 다시 주방으로 나왔다.

"언니, 들어가도 돼? "

속풀이 북어국을 끓여 밥을 한 술 마는데 아랫층에서 상미가 올라왔다. 그녀보다 네 살 아래인 상미는 다니던 직장이 경영난으로 폐업하는 바람에 집에서 잠시 놀고 있었다.

"아휴, 술냄새! 언니 술 마셨슈? "

"어젯밤 잠이 오지 않아 혼자서 홀짝홀짝 부어 마시다 소파에서 그대로 잠이 들었는가 봐…… 조금 전에 일어났어."

"웬일이야. 언니 노처녀 티내는 거유? "

상미는 그녀가 소파에서 그대로 곯아떨어졌다는 말에 까르르 웃었다.

"마음은 아직 열아홉 순정이다. 너무 놀리지 마라."

소정은 먹고 있던 조반상을 밀치며 소파로 다가왔다. 상미가 카메라 사진 두 장을 내밀었다.

"언니, 사진 나왔어. 한번 봐."

"무슨 사진인데? "

소정이가 크리넥스 티슈를 찢어 입을 닦으며 상미가 내민 사진을 받았다.

"어머, 이거 777함 오픈 쉽 때 찍은 거 아냐? "

"맞아. 그날 우리한테 배 안내해 주던 강철규 하사 참 잘 나왔지? "

"음. 어떻게 이렇게 잘 나왔니? "

소정은 사진을 들고 지켜보다 아버지 사진이 걸린 책장 옆으로 걸어갔다. 그녀가 윤용만 소령 전신 사진 옆에 그 사진을 갖다대자,

“어마나 어마나! 세상에 이런 일도 있을 수 있어? ”

상미가 기가 막힌다는 표정으로 놀라기 시작했다. 아닌게 아니라 강철규의 얼굴 모습은 윤용만 소령의 머리 위에 해군 빵모를 갖다 씌워 놓은 것처럼 빼다박은 모습이었다.

“마치 신의 조화 같지? ”

소정은 액자 가까이서 한참 사진을 대조해 보다 뒤로 물러나서 또 쳐다보며 연방 놀라고 있었다.

“언니 빨리 편지 보내 봐. 강철규 하사 좋아했잖아, 그날?”

“애는, 우리 아버지를 하도 닮았기에 놀라고 있었지 언제 좋아했니? ”

“아니야, 언니! 다른 사람은 속여도 내 눈은 못 속여. 빨리 편지 보내 봐. ”

“뭐라고 써야 하니? 나는 여태 연애 편지를 한 번도 안 써봐서 막막하기만 하다, 애.”

“그럼, 내가 홀딱 반할 수 있는 방법을 가르쳐 줄 테니까 언니가 보낼 용기는 있어? ”

“그럼. 답장 받을 확증만 있다면 편지야 못 보내겠니. 남들은 국제펜팔도 하는데.”

“그 사람이 찾아오겠다면 반갑게 맞을 용기도 있어? ”

“애는, 사람을 갑자기 촌뜨기로 만들려구 그래. 왜 못 만나니? ”

“좋아. 그러면 내가 고3 때 써먹던 기막힌 방법을 가르쳐 줄 테니까 조금만 기다려 봐.”

상미는 신이 나서 못 견디겠다는 표정으로 아랫층으로 내려갔다. 소정은 또 철규의 사진을 지켜보며 조용히 웃었다.

상　륙

인천, 1964년 12월 24일 —.

삐이 삐이 삐이히이……. 누군가가 호루라기를 불듯, 금속성의 예비신호가 유연한 곡선을 그리며 식당 스피커를 타고 울려퍼졌다.

점심을 먹고 있던 777함의 전승조원들은 이 소리가 무슨 신호인가 싶어 귀를 곤두세웠다.

또옥 또옥 똑.

스피커에서 또 마이크를 손으로 치는 소리가 세 번 울려퍼졌다. 기관부 식당 안의 분위기는 금시 긴장되는 듯했다.

철규는 식탁 위에다 굽지도 않은 통김을 넓게 펼쳐 놓고 밥을 서너 숟갈 떠 놓았다. 지독하게 입맛이 없어 통김말이 김밥을 만들어 먹고 있는 중이었다.

긴장을 조성하고 있는 걸 봐선 필시 중대한 메시지가 하달될 것 같았다. 그는 엷게 펴놓은 밥 위에다 양념간장과 멸치 무친 것을 몇 마리 올려서 멍석 말듯 뚜루루 말았다.

굽지도 않고 자르지도 않은 통김에다 밥을 펴 말아 놓으니까 김밥 하나가 한 뼘이 넘었다. 그는 그 김밥을 한 손으로 거머쥐고 익살스럽게 한 입 베어먹었다. 그때 스피커에서 함장의 목소리가 들려왔다.

"나는 함장이다. 함내 총원은 그대로 들어라. 지금 본함은 인천 내항에 들어와 있다. 본함이 인천에 들어온 것은……. "

함장의 메시지는 한참 동안 계속되었다. 그는 40여 일간 항해에 시달리며 각자의 소임을 다해 준 전승조원들의 노고를 치하했다.

"함장은 주부식 적재가 끝나면 곧 상륙을 실시할 계획이다. 이 상륙을 통해서 전승조원들은 그동안의 피로와 격무를 잊고 심기일전하여 다음 작전도 충실히 끝마쳐 주기를 바란다.

지금 바깥은 눈이 내리고 있다. 함장은 뜻깊은 성탄절을 맞아 상륙명령을 내려준 상부의 명령에 충심으로 감사한다. 그리고 이 서쪽 항구에 성스러운 초설을 내려주신 하느님께 전승조원과 더불어 기도하고 싶다. 다같이 기쁜 크리스마스가 되길 기원한다. 메리 크리스마스! "

철규는 들고 있던 김밥을 놓았다. 그리고 메리 크리스마스를 외치며 박수를 쳤다.

사병식당에 앉아 있던 많은 수병들과 하사관들이 덩달아 박수를 치며 기뻐했다. 철규는 가슴 벅찬 기쁨과 그리움이 뭉클뭉클 솟구쳐서 못 견딜 지경이었다. 그는 중사식당에서 식사를 마치고 걸어오는 조중사를 향해 손을 내밀었다.

"기쁜 성탄을 축하드립니다. "

"그래. 정말 기쁜 성탄이다. "

조중사가 힘차게 악수를 했다.

"백아도 해상에서 빨리 왔어요. "

"그렇군. 식사 빨리 마쳐야겠어. "

"전, 다 먹었어요. "

철규는 김밥의 남은 토막을 쑤셔넣고 물을 한 모금 삼켰다.

"그럼 보수장을 만나 봐. 난 사관실로 올라가서 기관장을 만나볼 테니까. "

그 옆에 잠시 앉았던 조중사가 먼저 자리에서 일어났다. 철규도 상사실로 들어가 작업지시를 받고 갑판으로 올라왔다.

갑판 위는 딴 세계였다. 언제 그만큼 눈이 내렸는지 30밀리는 좋게 쌓여 있었다. 그는 갑자기 다가온 은백의 세계 앞에 정신을 뺏기고 있었다.

"눈 내리는 것 보니까 미치겠구먼. "

철규는 눈을 한 움큼 쥐고 함수 쪽으로 걸어갔다. 하인천 객선 부두가 보였다. 수많은 어선과 낙도행 연락선이 정박해 있는 하인천 객선부두는 무척 어수선해 보였다. 눈은 마치 그 어수선한 부두의 전경을 감출듯 탐스럽게 펑펑 쏟아졌다. 바람이 없는 날씨라 눈은 내리는 대로 다 쌓였다.

"헛다, 그놈의 눈! 참 푸지게도 내린다. "

어디서 올라왔는지 포술부 교반장 윤치백이가 다가왔다.

그는 철규와 신병훈련소 동기생이었다.

"물 안 받아? "

철규는 치백을 돌아봤다. 치백의 어깨와 백색 빵모의 울 안에 흰눈이 소복히 쌓여 있었다.

"인천에서 이런 눈을 구경하다니? 이건 축복이야. "

"다 때려치우고 부두에 내려가서 눈싸움이나 한바탕 했으면 좋겠다. "

"나만 미치는 줄 알았더니 네놈도 설경 앞에선 약하군. "

철규가 담배를 한 대 권하며 물었다.

"어디, 다녀올 때는 없니? "

"다 취소하겠어. "

"왜? "

"이렇게 눈 퍼붓는데 교통인들 편하겠니. 그냥 술이나 마시다 저녁 때 계집이나 끼고 레스링이나 해야겠어. "

"갈 데 없으면 우리 집에 가자. 조중사가 이번에 제대휴가차 내리기 때문에 난 외박을 좀 나갔다 와야겠어. "

"결혼문제 때문에 그러니? "

"응, 집에선 자꾸 서두는 눈친데 아직 방 한 칸 얻을 준비도 안돼 있으니……. "

"내년 2월부로 진급도 되겠다, 여자 마음 변하기 전에 빨리 해치우고 말어. 여자 집에서 도움 좀 받으면 될 것 아니니? "

"글쎄, 집안이 워낙 차이가 나서 고민이 많아. 좌우간 이번에 내리면 매듭을 짓고 올께. "

"차이가 나면 어때. 잘 아는 사이라며? 집안끼리도…… ."

“아래윗집에서 어릴 때부터 함께 자랐어. ”

“상륙한다고 연락은 해놨니? ”

“아냐, 물 받아놓고 바로 나갈 계획이야. ”

“모두들 왜 이렇게 잠잠하지. 후딱 출항준비 해놓고 상륙 나갈 생각들은 않고……. ”

치백은 너무 조용한 배안의 분위기가 이상한지 침실로 내려갔다. 철규는 그때사 급수용 호스를 꺼내 부두 급수변에 연결했다. 물을 빨리 받으려고 2.5인치 호스 두 가닥을 연결해 놓고 올라오는데 경리관실에서 봉급을 지급한다는 방송이 울려퍼졌다. 철규는 봉급 받는 것도 잊은 채 물 받는데 전념했다.

“야, 짠물! ”

작전부 교반장 준태가 달려오며 철규를 불렀다. 그는 기쁜 일이 있으면 늘 철규를 인천 출신이라고 그렇게 불렀다.

“자식아, 내년부터 선임하사가 될 사람한테 짠물이라니…… 내가 아직도 떠거머리 수병이냐? 자꾸 짠물 짠물 하게.”

“얼시구, 이게 벌써 선임하사 포옴 잡네. 짠물을 짠물이라고 하지 맹물이라고 하냐, 새꺄? ”

철규는 차라리 내가 지고 말지 하며 웃고 말았다.

“왜 불렀어? ”

“조중사가 빨리 나가라고 너 찾고 있어, 임마! 청승 떨지 말고 빨리 나가. 휴가 내릴 사람 보고 물 받으라면 되지, 뭘 흉물 떠니? ”

“알았다. 너도 지금 나갈 거니? ”

“암. 빨리 봉급이나 받으러 가자. ”

준태는 철규를 끌고 경리관실로 내려갔다. 봉급을 나눠주던 주계장(해군의 회계사)이 반가운 얼굴로 손을 내밀었다.

"강하사, 오랫만이야. "

그들은 진해에서 헤어진 이후 처음 만나는 터였다. 철규는 주계장이 중학교 때 선배여서 깍듯이 모셨다.

"오랫만입니다, 선임하사님! "

"진급발령 내렸던데 소식은 들었나? "

"네. 준태를 통해 들었습니다. "

"시내에 나가 술이라도 한 잔 해야지……? "

"네. 지금 나가려고 합니다. "

주계장은 철규와 준태의 두 달치 봉급을 챙겨주며 잠시 보자고 했다.

"해군본부에 들렸다가 인사참모를 만났는데 자네 보고 임관시험 칠 준비 하라는 말씀이 계셨어. 깊이 명심하게. "

"임관시험 칠 준비라뇨? "

철규는 퍼뜩 이해가 되지 않아 되물었다.

"해군도 4년제 수산대학이나 해양대학을 졸업하지 않은 사병에게도 군대생활 7년 이상 한 중사에 한해서 대학졸업자와 동등한 자격을 주어 임관시험을 보게 하는 간부후보생 제도가 신설돼. 자넨 그 제도가 실시되면 시험에 합격하고도 남는다고 참모님께서 꼭 전해 주랬어. 내년 2월 1일부로 중사 진급되지? "

"네. "

"잠수함 시대를 대비해 인사참모님께서 자네 같은 인재는 빨리 키워서 큰 일을 맡기고 싶으신 모양이야. 부지런히 공부해 놔. 요사이도 영어공부는 열심히 하지? ”

철규는 고개를 끄덕이며 담배를 붙여 물었다. 여태껏 꽉 막혀 있는 듯한 가슴이 갑자기 탁 트이며 번쩍, 빛이 스쳐가는 느낌이었다.

“고맙습니다, 선임하사님! ”

“그래. 어서 나가 봐. ”

철규는 준태와 헤어져 측관실(測觀室) 쪽으로 걸어가며 길게 심호흡을 했다. 임관시험에 합격도 안된 상태여서 입 밖으로 끄집어 낼 일은 아니었으나 이번에 정옥을 만나면 1년만 더 기다려 달라고 말은 할 수 있을 것 같다. 그는 정옥이와 20년간을 사귀어온 동갑나기면서도 장교가 아닌 사병에겐 자기 동생을 줄 수 없다는 그녀의 오빠 때문에 만나는 것조차도 제지당해 오고 있는 형편이었다. 그러나 수산대학이나 해양대학을 나오지 않은 사병도 군대생활을 7년 이상한 중사에 한해서 임관시험을 칠 자격을 부여한다니 돌파구는 열린 셈이었다. 그는 객지에 나가 금의환향하는 장부처럼 갑자기 가슴이 부풀어 올랐다.

그는 측관실로 내려가 식수탱크의 수위를 확인하고 급히 침실로 들어갔다. 기관부 선임중사인 조중사가 분대원 전체를 1·2·3진으로 나눠 외출외박계획표를 짜고 있었다. 1진에 해당되는 분대원들은 그새 정복을 꺼내 입으며 상륙준비를 하고 있었다.

“빨리 나가지 않고 뭐하고 있어? ”

“호스 연결해 놓고 측관실에 내려갔다 왔슴다. ”

“내가 한다니까……. ”

조중사가 침대에 걸터앉으며 농담을 걸었다.

"강하사한테 1박 2일간 외박증을 끊어주는 이유는 알고 있겠지? "

"글쎄요. "

"넌, 이번에 그 인천 가스나 점찍어 놓고 오지 않으면 나한테 죽는 수가 있어. 알간? "

"선임하사님도 차암! 결혼이 어디 하룻밤 몸 풀듯이 되는 일입니까? "

"물개는 임마, 불알 두 쪽만 있으면 돼. 육지에서 여유롭게 사는 사람들맨쿠로 갖출 거 다 갖춰서 식 올릴 거야? "

"그거야 우리 생각이죠. 어쨌든 이번에 만나면 깊이 상의해 보겠습니다. "

철규는 얼른 샤워를 하고 들어와 정복으로 갈아 입었다.

"상륙자 휴게실에 집합 15분전! "

원엠시(IMC : 함내방송시스템)가 시끄럽게 실내를 흔들고 지나갔다. 철규는 외출 나갈 분대원들을 정렬시켜 조중사에게 신고를 하고 휴게실로 건너갔다. 다른 분대의 상륙자들은 이미 집합해 있었고, 하사 이하 수병들은 군의관 앞에서 성병교육을 받고 있었다. 철규는 기관부 상륙자들을 데리고 조용히 대열 후미에 섰다.

"이 콘돔은 어떤 경우에도 꼭 사용해야 한다. 알겠나? "

군의관은 일장 훈시를 한 뒤 상륙자에게 일일이 콘돔을 나눠 주었다.

"오늘도 이걸 다 써버리고 뻗어버릴까 보다, 씨팔! "

12개들이 콘돔 한 다즌을 받아나온던 노하사가 콘돔 하나를 꺼내 자위하듯 후 불어보며 장기직업군인이 겪는 염증을 달래고 있었다. 그는 함께 입대한 단기병들이 제대해 나가자 제1기 권태기에 휘말려 눈동자가 많이 풀려 있었다.

"노하사, 이번엔 여섯 개만 써. 그거 많이 해도 안 좋아. 알겠어? "

철규는 노하사와 함께 현문으로 나오면서 농담하듯 달랬다. 녀석은 지난번 출동 때 콘돔 한 다즌을 열아홉 시간 만에 다 써버리고 들어와 호기를 부려대다 그날 저녁 코피를 쏟으며 졸도를 한 일이 있었다. 철규는 주지육림에 빠져 허우적거리던 자신의 제1기 권태기가 생각나서 그땐 웃고 말았지만, 노하사가 또 그럴까 봐 덜컥 겁이 났다. 조중사가 제대휴가 차 내리기 때문에 노하사가 또 혀를 말아부치고 쓰러지면 그가 골탕을 먹어야 하는 것이다.

"미친 듯이 계집의 사타구니라도 쑤셔야지, 요사이는 정말 미치겠습니다. 교반장님! "

현문 당직사관에게 외출신고를 하고 하인천 객선부두 쪽으로 걸어나오는데 노하사가 코트 깃을 세우며 철규를 쳐다봤다. 철규는 객선부두 옆에 있는 황해집으로 노하사를 데리고 들어가 술을 한 잔 사주면서 그를 위로해 주었다.

"장기복무자는 누구나 세 번은 그런 권태와 싸워 이겨야 돼. 제1기 때는 함께 입대한 단기병들이 다 제대해 나가 새 삶을 개척하는데 우리는 뭐가 부족하고 못나서 깡통계급장을 메달처럼 달고 다니며 이 고생을 하는가 하는 소외감 때문에 서럽게 울어야 되지…….

제2기 때는 국가와 민족을 위해 지겹게도 군대생활을 했다 싶은 데도 가슴팍에는 아직도 갈매기 하나 달랑 매달려 있고, 진급을 하려고 하면 똥차 같은 선배들이 줄줄이 앞을 막고 있는 막막감에 이러지도 못하고 저러지도 못한 채 또 서럽게 울어야 되지…….

제3기 때는 결혼이라는 통과의례 때문에 또 서럽게 울어야 돼. 분명히 우리는 국가와 민족을 위해 인생의 황금 같은 시기를 권색 세라복(세일러복) 속에 묻었는데 첫사랑한 애인은 평생 뱃놈생활을 해야 할 물개하고는 함께 못 살겠다고 떠나고, 중매결혼을 하려고 하면 중사 따위의 직업군인한테는 딸을 주지 않겠다고 하니까 혼처도 나오지 않고…… .

그러다 상사 쯤 돼서 결혼하려면 출동에 시달려 몸과 마음이 다 늙어버린 듯한 초라함과 자괴감에 빠져 서럽게 울면서 떠밀려가는 것이 우리들의 인생이야. 괴롭더라도 너무 자신을 망가뜨리지 말고 나처럼 목표를 하나 정해 극기를 키워. 나도 처음엔 함상생활이 밀폐된 격실 속에 갇혀 있는 것 같기도 하고 어느 때는 외딴섬에 유배되어 있는 것 같기도 해서 미칠 지경이었어. 그래서 덜렁덜렁 외국에라도 나다니며 바람이라도 좀 쐬자고 영어공부를 시작하다 보니 영어학교에도 들어갈 수 있게 되었고, 또 어떻게 하다 보니 1등으로 졸업하게 되어서 국비유학도 다녀올 수 있게 되었어.

포를 쏘고 적함의 위치를 찾아내는 전자·통신계열의 병과도 앞길이 밝지만, 우리 땜쟁이 병과도 잠수함시대가 열리면 약방의 감초와 같은 역할을 해야 돼. 너무 자신을 망가뜨리지 말고 주변상황이 노하사를 요구할 때 그 기회를 잡을 수 있도록 최소한의 준비라도 해놓고 살아야지. 그게 삶이야

……."
　노하사가 고개를 숙이고 가만히 듣고 있다가,
　"선배님, 정말 고맙습니다. "
하면서 눈물을 주르르 흘렸다.
　철규는 노하사의 그런 모습이 자신의 지난 초상을 보는 것 같아 그의 등을 두들겨 주었다.
　"행선지가 어디야? 갈 데 없으면 우리 집에 가자. "
　"아닙니다. 요 앞 염부두(소금부두)에서 몸이나 풀겠습니다. "
　"그래, 그러면 우리 일어나자. "
　술값을 치르고 나오자 노하사는 꾸벅 고개를 숙이고 하인천 소금부두 옆에 다닥다닥 붙어 있는 판잣집 윤락가로 걸어갔다.
　철규는 노하사가 금방 무슨 일이라도 저지를 것 같아 갈 길도 잊은 채 한참 서서 그의 뒷모습을 지켜보았다.
　노하사가 눈을 맞으며 비척비척 소금부두 쪽으로 다가가자 윤락가에서 뛰어나온 여자가 그의 빵모를 벗겨 브래지어 속에 감추며,
　"오빠, 외출 나왔어? 나, 아직 아다라시야, 물개 좆맛 좀 보여줘, 으응? "
하고 그의 허리를 휘감고 늘어졌다.
　철규는 그때사 마음을 놓으며 지나가는 택시를 잡았다.
　"도립병원 옆에 있는 신흥동으로 갑시다. "
　택시는 올림포스호텔 앞으로 뚫린 큰길을 따라 수인역 쪽으로 한참 달리더니 제일은행이 있는 수인역 사거리에서 좌회전해서 신흥동 로타리를 돌았다.

철규는 어릴 적 코흘리게 친구들과 어울려 수인역 사거리
에서 한참 떨어진 낙섬까지 망둥어를 잡으러 다니던 시절을
그려보다 도립병원 앞에서 택시를 내렸다. 어둠이 깔리자 눈
은 진눈깨비로 변하면서 오다가 말다가 길만 질척거리게 했
다. 철규는 그새 녹아서 빗물처럼 고여 있는 흙탕물을 피하
며 도립병원 뒤로 뚫린 샛길을 따라 집으로 올라가려고 율
목동 쪽으로 걸어갔다.

그때 신흥동 약주집에서 술을 마시고 나오던 너댓 명의
남자들이,

"야, 저 해군 보니까 철규 새끼 생각난다. "
하며 옆사람과 마주 보면서 노상에서 담뱃불을 붙이고 있었
다.

"저게 누구냐? "

철규는 자기 이름을 부르는 말에 걸음을 멈추고 돌아보다
어이없이 웃었다. 낙섬에 망둥어 잡으러 가서 갯골에서 죽어
라 맞붙어 싸웠던 경태 녀석이 아닌가? 그는 너무 반가와서
경태 곁으로 다가서며 낮게 불렀다.

"경태야, 철규 새끼가 생각나니? "

"어랍쇼! 호랑이 제 말하면 나타난다더니…… 이게 누구
야? "

경태가 어안이 벙벙한 표정으로 지켜보다 호인처럼 껄껄
웃었다.

"야, 경태! 누구 또 왔냐? "

저만치 떨어져서 정장을 한 신사와 함께 걸어오던 경태
친구들이 앞서 가던 친구들을 부르며 물었다. 목소리를 들어

보니가 중학교 3학년 때 함께 앉았던 영만이가 분명했다.

"영만아! 선생님 모시고 빨리 와 봐. 오늘 저녁 사건 터졌어……."

경태가 쫓아가서 모시고 온 선생님은 다름 아닌 중학교 3학년 때 철규를 끔찍히 아껴준 담임선생이었다. 철규는 갑자기 눈물이 핑그르 도는 것 같아 길게 심호흡을 한 뒤,

"선생님, 저, 강철규입니다. 알아보시겠습니까?"

하고 문영일 선생의 손을 덥썩 잡았다.

"무에라고? 자네가 분명 내 속을 썩히며 인천공고에 들어간 강철규란 말이지?"

젊었을 때부터 눈이 나빠 사람을 안면 가까이서 빠꼼히 쳐다보는 버릇이 있던 문영일 선생이 콧등까지 흘러내린 안경을 밀어올리며 그를 뚫어지게 지켜봤다.

"그렇습니다. 선생님!"

"허허, 초설이 내린 크리스마스가 기어히 보고 싶은 사람까지 만나게 해주는구나. 과연 신의 은총이로다……."

문영일 선생이 제자를 만난 기쁨을 감당하지 못해 시를 낭송하듯 큰 소리를 내며 껄껄 웃었다. 그들은 노상에서 악수도 하고 안부도 물어대다 다시 발걸음을 돌려 신흥동 약주 골목으로 내려갔다. 철규는 집에도 들어가지 못한 채 잡힌 몸이 되었다.

"철규야! 너, 정말 때 맞춰 잘 왔다. 오늘 이 자리는 중학교 3학년 때 함께 놀던 동네 급우들이 모처럼 선생님과 술이라도 한 잔 나누자고 마련한 자리야. 우리는 이미 전주가 있으니까 우선 너부터 한 잔 받아. 정말 반갑다, 이

자식아! ”

경태가 담임선생과 함께 모이게 된 술자리의 배경과 성격을 설명하며 노르스름한 김포약주를 한 컵 부어 주었다. 문영일 선생은 아끼던 제자를 10년 만에 처음 만났다는 감회 때문에 무척 흥분해 있는 표정이었다. 철규는 문영일 선생의 그런 모습을 바라보고 있으니까 문득 교무실로 불려가 문초를 당하던 때가 생각났다.

“철규야! 상급학교는 단순한 기분으로 선택해서는 안된다. 네가 훌륭한 기술자가 되겠다는 생각은 참 좋은 생각이다. 그러나 공고를 선택한 것은 어딘가 생각이 부족한 것 같구나. 집안에서 반대하지 않으면 인문계 고교에서 수학과 영어 그리고 물리나 화학을 좀더 체계적으로 공부한 다음 공대를 선택할 생각은 없느냐? ”

“싫어요. ”

그는 완강하게 몸을 흔들었다. 문영일 선생은 더욱 난감한 표정으로 가족관계를 물었다. 정말 예기치도 못했던 질문이었지만 그는 정직하게 대답했다. 위로 형님 두 분과 누님 세 분이 있는데 누님들은 다 결혼했고 아버지는 중풍으로 누워 계신다고. 그리고 어머니는 이따금씩 동네 아주머니들이 부탁하는 한복을 지어주시며 반찬값이나 벌어 쓰는데 요사이는 아버지의 병환 때문에 그나마도 못하고 있는 처지라고.

문영일 선생은 그제야 의문이 풀린 듯 고개를 끄덕였다. 그러나 아직도 인문계 고교를 추천하고 싶은 생각을 버리지 못했는지 형님의 직업을 물었다.

　형님 두 분은 6·25 때 불구가 된 상이용사라고 그는 어눌하게 대답했다. 그래도 심한 편은 아니여서 한 분은 인천시청에서 문서수발을 하고 한 분을 처가 곳에서 과수농사를 지으며 그럭저럭 밥술이나 먹고 산다고 얼버무렸다.

　문영일 선생은 맥이 풀린 표정으로 돌아가라고 했다. 그는 고개를 떨어뜨리고 선생님의 책상에서 물러났다.

　"정선생, 장가만 들지 않았어도 저놈을 꼭 제고(제물포고)에 집어넣어 학비를 대주고 싶을 만큼 아까운 생각이 들어…… 그런데 저놈하고 마주앉아 있으면 내가 꼭　속고 있는 기분이 든단 말이야. "

　문영일 선생은 옆에 앉은 국어선생을 쳐다보며 속상한 마음을 털어놓고 있었다. 교무실 문앞에서 그런 말을 들으면서도 그는 조금도 꺼리끼는 것이 없었다. 담임선생을 속인 일도 없었고 부풀려서 이야기한 것도 없었던 것이다. 다만 한 가지 못다한 말이 있다면 고등학교도 누님이 보내줘서 간신히 갈 수 있다는 말은 하지 않았을 뿐이었다. 그리고 공고를 선택하게 된 것은 매형이 그렇게 하라고 해서 자신은 말없이 따른 것뿐인데 담임선생에게 그런 가정사정까지는 이야기할 필요는 없다고 생각했던 것이다. 매형 도움으로나마 포기했던 고등학교라도 입학하면 그나마 다행이니까 말이다.

　그런데 고등학교를 졸업하던 해 정옥은 대학을 가지 않겠느냐고 물었다. 그는 대답하기가 난감해서 농담하듯 대꾸했다.

　"고등학교도 싫어서 간신히 졸업했는데 또 머리 아프게 대학엘 가? 난 대학 따위는 정말 싫어……. "

정옥은 그 말이 싫었던지 3개월 동안 얼굴도 내밀지 않고 냉전을 벌렸다. 어쩌다 길에서 만나면 그냥 못 본 체했다. 국민학교와 중학교를 함께 다녔지만 정옥에게서 그런 모습을 보기는 처음이었다. 그는 뒷날 시간이 나면 그녀의 속상한 마음들을 풀어주리라고 생각했다. 그러나 웬지 그 일만은 미루게 되었다. 다정하게 대해 주면 정옥은 대학생이라고 또 충고를 남발할 것 같았다.

"철규야, 다급하게 생각지 말고 인생을 멀리 봐. 내가 대학 졸업하고 나면 도와줄께. 항시 공부한다는 생각은 버리지 말아…… "

정옥은 이러면서 어디론가 달아나려는 그를 자신 곁에 꽁꽁 묶어두려고 했다.

철규는 그런 정옥이가 못마땅하게 느껴졌다. 어느 때는 조바심까지 밀리기도 했다. 행여 정이 깊어져서 결혼이라도 하게 되면 둘째 형과 똑같은 처지가 될 것 같았다. 이런 조바심은 둘째 형수 때문에 더 심했다. 둘째 형수도 그녀처럼 부잣집 딸이었고 꿈이 많은 여자였다. 그러나 형은 두뇌만 명석했을 뿐 가진 것이 없는 불구자였다.

그런데도 두 사람은 결혼했다. 신부집에서는 애지중지 키운 딸을 평생 고생시킨다고 애초부터 두 사람의 결혼을 반대했다. 그러나 형수는 어른들의 반대와 그릇된 사회통념을 사랑의 힘으로 깨어버리고 결혼했다.

두 사람의 결혼은 행복해 보였다. 그러나 두 사람의 관계는 언제나 절름발이였다. 형수는 불구의 형을 위해 생활전선에 나서야 했고, 취약점이 많은 가정을 위해 처녀시절의 꿈과 바램을 모두 버려야 했다.

그런 사이를 면밀히 알고 있던 그로서는 형수가 말할 수 없이 가련해 보였다. 형수가 왜 가정의 기둥이 되어야 하고 그 많은 고생들을 이겨내어야 하는지, 곰곰 생각해 보면 두 사람의 관계가 애초부터 비등하지 않은 절름발이 사이기 때문에 그렇다는 생각뿐이었다.

철규는 그런 삶이 싫었다. 1등은 못해도 2등으로나마 당당하게 살아가며 자신의 역량과 노력으로 남편의 소임을 다하고 싶었던 것이다. 두 형들처럼 처가집으로부터 도움을 받는 신세는 치욕처럼 느껴져서 생각하기도 싫었다.

그런데 그를 괴롭히는 일이 또 생겼다. 정옥의 오빠 때문이었다. 그녀의 오빠는 국민학교와 중학교의 선배여서 평소에도 조언을 아끼지 않았었는데 그들 두 사람이 소꿉친구의 차원을 벗어나면 가만히 두지 않겠다고 노골적으로 엄포를 놓았다. 그런 엄포를 놓는 정옥의 오빠와 부딪칠 때마다 머리 터지게 싸울 수도 없고 정말 괴로왔다. 마치 자신이 결함 투성이 같고, 이러다가는 십수 년을 정리 좋게 아래윗집에서 살아온 부모님들의 가슴에도 큰 아픔을 던질 것 같아 겁도 났다.

그는 당분간 구설과 주시의 대상에서 벗어나 혼자서 생각해 볼 수 있는 시간을 갖고 싶었다. 그래서 기꺼이 직업군인으로 지원했다. 빨리 제대하고 나가봤자 뾰족한 수도 없을 것 같아서 아주 터를 잡고 눌러 앉아버린 것이다. 그런데 정옥은 그가 미국에 유학을 가기 전에 진해에까지 내려와 여관방을 정해 놓고 열흘간 또 그를 괴롭혔다.

느닷없이 동거를 하자는 것이었다. 부모님과 오빠가 더 나이 들기 전에 결혼을 해야 한다면서 중매꾼들을 집안으로 불러들이고 있으니 빨리 자신을 점찍으라는 것이었다. 그러면서 그녀는 스스로가 먼저 옷을 벗었다. 철규는 화들짝 놀라며 곁에 있던 이불을 덮어씌웠다.

"너 갑자기 왜 이래?"

"철규가 나를 일주일간만 데리고 자면 우리 엄마와 오빠가 중매꾼들을 집안으로 불러들이며 날 괴롭히지는 않을 것 아냐?"

"정옥아! 사랑과 결혼은 다른 세계야. 우리 형님들의 생활을 생각해 봐."

"너희 형님들이 어떤데. 20년간이나 좋아한 철규를 지금와서 다른 여자한테 양보하라는 거야? 너, 나 말고 다른 여자 있어?"

"바보야, 그런 뜻이 아니라니까! 빨리 혼돈에서 깨어나 네 길을 택해. 난 너와 보조를 맞출 수 없는 절름발이야."

"절름발이? 그건 이유가 안돼. 함께 벌어서 저축하며 살면 되지 뭐가 절름발이라는 거야?"

"정옥아! 나는 아직 밖에 나와 살림을 할 수 있는 영외거주권도 없는 하사야. 아무런 경제력도 없는 나에게 날 잡아가라는 식으로 옷을 벗고 이러면 나는 어떻게 해. 빨리 옷부터 입고 써늘하게 식은 눈으로 날 쳐다 봐. 네 의식 속에는 내가 그렇게 좋고 늠름해 보이지만 사실은 장래가 보이지 않는 쫄병에 불과해, 나는."

"너, 우리 오빠가 사병에게는 동생 줄 수 없다는 말에 토라졌어? ”

“토라진 게 아냐. 나는 아직 할 일이 많이 남아 있고, 결혼식을 올려도 퇴근해서 살림을 할 수 있는 영외거주권도 없어. 제발, 빨리 인천으로 올라가…….”

“싫어! ”

“그럼 어떡하겠다는 거야? ”

“나, 일주일간만 데리고 자 줘. 그러면 인천 올라가서 철규 영외거주권 생길 때까지 기다릴께.”

“너. 지금 나를 붙잡고 투정을 하는 거냐, 아니면 농성을 벌이는 거야? 내가 너를 일주일간 데리고 자면서 네 오빠와 부모님이 중매꾼들을 집안으로 못 불러들이게 했다 치자. 그러면 우리 어머니와 큰형님은 너희 부모님 면전에서 뭐가 되니? 여자가 대학을 졸업하고 선생님쯤 되었으면 어른들 생각도 좀 해야지? 너 왜 그렇게 철부지니? ”

“그럼 난 어떻게 하란 말이야. 한 해 한 해 나이는 먹어가고 엄마와 오빠는 자꾸 중매장이를 끌여들여 마음에도 없는 남자들 불러와 사람 무안케 만들고…… 주변에서 뭐라고 하는 줄 알아? 무슨 결함이 있어 나이 스물 일곱이 가깝도록 결혼도 못한다고 해. 나, 흔들리지 않게 좀 잡아 달란 말이야…….”

정옥은 오히려 더 큰소리로 화를 내다 고개를 숙여 흐느끼기 시작했다.

철규는 그때사 정옥의 나이가 초조감을 느낄 때가 됐구나 하는 것을 느끼며 그녀를 달랬다.

“정옥아! 주변 사람들이 너를 보고 노처녀라고 놀려대도 나는 너를 열아홉 순정을 지닌 소녀처럼 보고 있어. 그리고 앞으로도 아주 행복한 마음으로 결혼식을 올릴 거야. 흔들리지 마라. 나는 사귀는 여자도 없고 분명히 너 하나뿐이다……. ”

“정말이야? ”

엎드려서 흐느끼던 정옥이가 그 말 한 마디에 샐쭉 웃으며 고개를 들었다. 철규는 어이가 없어 덩달아 웃으며 또 그녀를 위로했다.

“그래, 이 바보야! ”

“그럼 나 한 번만 안아 줘. 불안해서 미치겠단 말이야. ”

“좋아, 빨리 옷부터 입고 네 모습으로 돌아가. ”

철규는 담배를 한 대 붙여 물고 밖에 나갔다가 한참 후에 다시 여관방으로 들어왔다. 그녀는 언제 투정을 부렸느냐는 듯 예쁘게 루즈까지 다시 칠하고 앉아 있었다.

철규는 격정적으로 달려드는 그녀를 건성으로 껴안아 주며 자신도 모르게 눈물을 흘리고 말았다. 이 항구, 저 항구로 돌아다니며 노하사가 윤락녀에 끌려 들어가듯, 동정은 이미 어느 갯골에다 버린 지가 오래된 몸으로 정옥을 건드린다는 것은 사람이 할 짓이 아니라고 생각되었다. 설사 국가와 민족을 위해 스무 살의 동정은 그렇게 버렸다 쳐도 일생의 등촉을 밝히는 신혼 초야만은 마음의 준비라도 갖추고 그녀와 합방하고 싶었지, 길거리의 여관방에서 개 헐레하듯 순진하기만 한 정옥의 몸을 함부로 건드리기는 싫었다. 그는 정옥과의 결혼문제만은 좀더 생각하고 싶어 키스를 원하는 그녀를 떼어놓으며 빨리 인천으로 올라가라고 달랬다.

하지만 그녀는 인천으로 올라가지 않았다. 그가 귀대시간에 쫓겨 배로 들어가버리자, 이튿날 민간인의 면회신청을 받는 수병의 집에서 777함의 함장을 면회했다. 그때 그녀는 그와의 관계와 집안사정을 늘어놓으며 함장의 선처를 호소했다. 승조원들의 탈영과 애정문제에 시달려 온 함장은 영문도 모른 채 철규가 원한다면 특별 케이스로 영외거주권을 발급해서 두 사람의 결혼을 도와주겠다고 약속하며 오히려 정옥을 도와주고 있었다.

철규는 결코 있을 수 없는 일이라며 영외거주를 사양했다. 그는 그때 해군영어학교를 1등으로 졸업하고 본대에 들어와 잠시 대기하면서 도미일자를 기다리는 국비유학생 처지였으므로 정옥과 결혼문제를 생각할 만큼 정신적 여유가 없었던 것이다.

그런데도 정옥은 함내 선임상사와 병과 선임하사관인 조중사까지 수병의 집으로 불러내어 철규와 자신과의 관계가 결혼으로 연결될 수 있게끔 제발 좀 도와달라고 호소했다. 그통에 강철규와 임정옥의 러브 스토리는 777함의 전승조원이 다 아는 까십거리가 되었다.

"돈 많은 부잣집 가스나가 점찍으라고 벗어줘도 회치지 못하는 짜식이 어째 고로콤 영어는 잘하지?"

정옥을 만나고 들어온 조중사가 그들 두 사람의 관계를 도와줄 마땅한 방법이 나오지 않자 숫제 놀려댔다.

"선임하사님! 제발 정옥이 좀 올라가게 해주세요. 우리들의 결혼문제는 제가 유학을 갔다온 다음에 깊이 생각해 보겠습니다. 철딱서니없이 지껄이는 정옥이 말 듣고 내가 어설

픈 짓이라도 하면 양가 어른들 원수지간 만들고 정옥 오빠
와 나와의 관계도 평생 등돌리는 선후배지간이 된단 말이에
요. ”

"그럼 내가 하나만 묻자. 너, 그 여자 좋아하니? ”

"그럼요. 저는 정옥이가 나이를 먹든 말든 제가 홀로서기
할 때까지 교편을 잡으며 조용히 기다려만 준다면 틀림없이
그녀와 당당하게 결혼식 올릴 겁니다. ”

"여자한테 도움을 받으며 결혼한다는 게 그렇게 싫으냐? ”

"차암, 선임하사님도! 지금 정옥이네 집으로부터 욕을 얻
어 먹으면서 결혼을 한다고 칩시다. 정옥이는 인천에서 교편
생활을 하는데 진해로 전근이 가능하다고 생각하십니까? 그
건 불가능하잖아요. 정옥이는 자꾸 인천으로 올라와서 군대
생활을 하라는데 그게 저의 입장에서 현실적으로 가능합니
까? 정옥이는 좋은 양가집에서 태어나 고생없이 자랐기 때
문에 뭐든지 주변 사람들의 도움을 받으면서 노력하면 안되
는 게 없다고 하지만 세상이 어디 그렇습니까? 그렇게 해서
되는 일도 있지만 분명히 끝까지 안되는 일도 있지 않습니
까? 제발, 정옥이만 좀 올라가게 해 주십시요. 유학갔다와서
제가 시원하게 처리하겠습니다. ”

이런 사정까지 해가면서, 조중사를 사이에 넣어 올려 보낸
정옥은 그후 다시 진해에는 내려오지 않았다. 그는 유학을
가서도 의식적으로 그녀의 편지에 답을 해주지 않았다. 유학
을 갔다온 다음에는 또 한미합동군사훈련까지 받고 와야 할
일이 생겨서 연락을 못하고 있다가 이번에 겨울출동을 나왔
던 것이다.

정옥은 그후, 나이 먹은 여자를 그대로 방치해 놓고 있다고 미움과 격정, 원망과 저주의 편지까지 보내면서 괴로와하는 모습을 보였지만 진해에 다시 내려와 소란을 피우는 일은 없었다. 그는 잠잠하게 기다려 주는 그녀가 한편으로는 측은하고 한편으로는 고맙기도 하였지만, 이번에 만나면 무슨 말로 자신이 소위로 임관할 때까지만 더 기다려 달라고 사정하여야 좋을지 가슴은 콩 튀듯 화딱증만 일고 있었다.

"강군, 자네 부모님들은 어떠신가? 언제가 아버지가 편찮으시다고 했지? "

"네. 아버님은 제가 군에 입대하던 해 돌아가셨고, 어머님은 큰형님과 같이 율목동에서 살고 계십니다. "

"그래. 자네는 정말 그 어려운 환경 속에서도 지혜롭게 살아왔어. 흔들리지 말고 꿋꿋이 걸어가게. 자네가 선택한 그 길이 최선인 것 같네……. "

"부끄럽습니다, 선생님! 자주 찾아뵙지도 못해서 면목 없습니다. "

"괜찮으이. 우리 이제 일어나세. 강군도 어머니한테 인사 드리러 가야지……. "

문영일 선생이 무르익은 자리를 깨며 먼저 일어났다. 철규는 여기저기서 날라오는 술을 다 받아먹고 불콰하게 취한 모습으로 주점을 나왔다.

숭의동 사거리 옆에 있는 최갈비집도 그날 밤은 왁자지껄했다. 작전부 교반장 장준태가 위생사 김영호 하사와 전탐사 박병두 하사, 또 통신사 신석호 하사를 대동하고 나와 걸찍하게 돼지갈비로 몸 보신부터 해댔던 것이다.

둥그런 원탁 복판에다 잉걸불을 걸고, 갖은 양념이 된 돼지갈비를 적쇠에다 올려 이리저리 뒤적거려 가면서 구워 먹는 맛은 배안에서는 상상도 할 수 없는 식도락이었다.

그들이 앉아 있는 원탁 위에는 빈 소주병 여남은 개가 담배꽁초를 받아들이며 연기를 품었고, 마늘·된장·동치미 그릇들이 바닥을 드러내며 술자리가 끝나감을 알려 주고 있었다.

"이제 에지간한데?"

마지막 술잔을 비운 위생사 김하사가 기름기가 쪼옥 빠진 갈비 한 점을 또 물어뜯었다.

"그만합시다. 나도 이젠 알딸딸해요."

장준태가 돼지갈비와 곁들여 나온 동치미 국물을 한 모금 후르르 들이키고는 꺼억, 게트림을 했다.

"여기 계산하시오."

벗어놓은 코트를 걸치며 전탐사 박병두 하사가 주인을 불렀다. 개털 조끼에다 가죽점퍼를 걸친 최갈비집 주인이 손을 비비며 계산서를 들고 왔다.

"언제 먹어도 변함없는 맛입니다. 오늘 저녁 몸 보신 잘했어요."

"하이구, 모처럼 오셨는데 2차는 제가 한 잔 사올리겠습니다. 장하사님이 우리집 다니신 지가 벌써 한 5년 되지요?"

최갈비집 주인이 박병두 하사가 내미는 식대를 받으며 또 고개를 굽씬 숙였다.

"말씀만 들어도 고맙습니다. 2차는 처가집에서 마실 테니까 다음에 올 때 한 잔 사주쇼……. "

최갈비집 주인이 뜨악한 표정으로 장준태를 지켜보다,

"아, 그렇죠 그렇죠! 제가 땅개 출신이라 미처 그 생각을 못했군요. 어서들 나가 보세요. "

하면서 그들을 문앞까지 배웅했다.

"저녁도 배불리 먹었고, 술도 알딸딸하고…… 이제 장모님 사랑만 그립구나, 쓰펄! "

장준태가 코트 깃을 세우면서 빵모를 뒷통수에다 터억 갖다 붙였다. 위생사 김하사가 덩달아 빵모를 밀어부치더니,

"햐, 오늘 저녁은 크리스마스에다 눈도 내렸겠다. 한 곡 안 뽑고 어찌 견딜쏘냐……. "

하면서 비척비척 눈이 얼어붙은 대로를 어깨를 끼고 걷기 시작했다.

"조오치! 경자도 기다리고 영자도 기다리는데 어찌 이 밤을 독수공방할 꺼냐, 한 곡 뽑어. 준태 뭐하냐? "

"좋소! 우리 오늘 상륙 나온 기분 한번 냅시다. 김상국이가 불렀는 부라보 해군 어떻소? "

준태가 통신사 신석호 하사와 위생사 김영호 하사의 어깨를 끼며 목소리도 우렁차게 선창을 던졌다. 그러자 나머지 세 사람이 얼큰하게 취해 오는 술기를 쫓을 듯 덩달아 장준태의 노래를 따라 불렀다.

내 얼굴이 검다고 깔보지 마라
이래 뵈도 바다에선 멋진 사나이

커다란 군함 타고 한 달 30일
넘실대는 파도 속에 청춘을 맡겼다.
야야야 야야야 야얏야 야야야 얏얏얏
갈매기가 잘 안다 두둑한 뱃장
사나이 태어나 두 번 죽느냐.

"하나아 두우울 세에엣 넷에엣! "
위생사 김하사가 한 손으로 가락을 넣자 나머지 세 사람
은 또 걸으면서 어깨를 흔들어댔다.

미끈하게 뽑았다고 붙들지 마라
네 눈에는 근사하게 보이겠지만
상륙하면 하룻밤에 빈 털털이
돌아갈 땐 빗쟁이가 그래도 좋단다
야야야 야야야 야얏야 야야야 얏얏얏
갈매기가 잘 안다 두둑한 뱃장
사나이 태어나 두 번 죽느냐.

그들이 눈 덮힌 숭의동 사거리를 지나 옐로우 하우스 쪽
으로 걸어가자 길가던 행인들이 길을 비켜 주며 빙긋이 웃
었다.
"부두에 해군배 들어왔나 봐. 좋을 때다! "
준태는 한참 어깨를 흔들며 걸어가다 숭의동 옐로우 하우
스 2호집으로 들어갔다.
"경자야, 순자야, 물개 서방님이 오셨다. 빨리 목욕물 데워

라! ”

  준태가 현관으로 들어서며 시끌쩍하게 소리치자 핑크색 형광등을 켜놓고 미숫방(윤락녀들이 손님을 기다리며 대기하는 방)에 나와 앉아 있던 경자가 화들짝 놀라는 표정으로 뛰어나오며,

  “어머나 어머나! 배 들어왔나 봐. 엄마! 이리 내려와 봐요 ……. ”

하고 소리치며 맨발로 뛰어나와 준태의 목을 껴안고 늘어졌다.

  “자기야, 언제 왔어? ”

  “언제 왔어, 라니? 요거요거 서너 달 손 봐 주지 않았더니 말투까지 변했구나? ”

  준태가 칭칭 감기는 경자의 젖가슴을 한번 주물러주더니,

  “장모, 어디 갔어? 저 사람들 오늘밤 신방 좀 꾸며 줘. ”

하면서 경자를 번쩍 안아 한 바퀴 빙 돌리다 키스를 해줬다.

  통신사 신석호 하사와 전탐사 박병두 하사는 옐로우 하우스에 처음 와보는 듯 주눅 든 표정으로 준태의 몸짓만 지켜보고 있었다.

  “김하사! 여기가 그 유명한 인천 옐로우 하우스요. 오늘밤 조부대가리가 와리 하도록 객고를 푸시오. 뒷책임은 다 내가 지겠소. ”

  장준태가 경자를 내려 놓으며 겁먹고 있는 위생사 김하사를 놀려댔다.

  “대구 자갈마당이나 부산 완월동보다 더 좋은 것 같다. ”

  통신사 신석호 하사와 전탐사 박병두 하사가 2층으로 올

라가는 충계와 입구 미숫방을 힐끗힐끗 쳐다보며 군침을 삼
켜댔다.

"그럼그럼, 국제적으로 알려진 뱃놈들의 오아시스인데 대
구 자갈마당에다 대겠소. 마음 푹 놓고 파트너 젖꼭지나 빨
아 주시오. 문어다리처럼 휘감기면서 극진히 받아줄 게요."

준태가 얼떨떨해 하는 박병두 하사와 신석호 하사를 바라
보며 호기를 부려댔다. 그때 장마담이 이층에서 내려오며,

"내 이럴 줄 알았다니까. 777함 들어왔다는 소문은 듣기는
데 왜 안오나 했지……. 어서 올라가세. 영자·미자·순자
내려와서 이 사람들 빨리 안으로 모셔라. 정태는 보일러 좀
뜨겁게 돌리고……. "

하면서 눈 덮어쓰고 찾아온 손님을 문간에 세워두고 있다고
대번에 호통을 쳤다.

옐로우 하우스 2호집은 장마담의 호통 소리에 비상이 걸
렸다. 정태는 보일러에 조개탄을 퍼넣으며 그들의 목욕물 데
우기에 바빴고, 경자·영자·미자·순자는 제 발로 떼거리로
몰려온 건각들을 한 사람씩 자기방으로 데리고 가서 윗도리
를 받아 걸고, 양말을 빨아 널고, 새 잠옷을 꺼내 입혀 주며
두 달치 봉급을 주머니에 넣고 나온 그들을 아주 혼을 빼놓
을 듯 정성을 쏟았다.

"이 사람들아, 그래 저녁은 먹었는가? 이 눈발 날리는 밤
에 찾아오느라 얼마나 고생했는가? 어서, 뜨끈뜨끈한 찌게에
다 속풀이 술이나 한 잔 들고 자게. "

장마담이 그새 콩나물과 무우를 썰어넣고 끓인 쇠고기 국
물에다 소주 두 병을 들고와서 준태 방으로 사람들을 모이

게 했다.

준태가 뜨거운 물로 샤워를 하고 나오며,

"하아! 우리 장모님은 언제 봐도 최고라니까……. "

하면서 잠옷 차림으로 철퍼덩 퍼질러 앉았다.

경자·영자·미자·순자는 파트너 옆에 앉아 그들의 다리를 주물러 주기도 하고, 찌게를 떠먹여 주기도 하면서, 마치 긴 출장에서 돌아온 남편을 대하듯이 파트너들의 몸과 마음을 녹혀 주고 있었다.

"경자하고 영자는 술 너무 많이 먹지 말고 이 사람들 내일 아침 준비해라. 나는 요 아래 시장에 가서 장 좀 봐올 테니까. 미자하고 순자는 잠자리하면서 성질 내면 안된다! "

장마담의 호령 한 마디에 미자와 순자는 자라처럼 고개를 속 집어넣었다. 그들은 외국인들이 들어와 달러를 뿌려도 남자들이 자신의 유방이나 거웃을 만지면 발딱 성질을 내곤 했는데, 오늘 저녁에는 결코 그런 불손한 짓을 해서는 안된다고 미리 예고까지 받았으니 정성을 다해 전탐사 박병두 하사와 통신사 신석호 하사를 모셔야 하는 것이다.

"네. 어머니! "

미자와 순자가 모기 소리 만하게 대답하며 킬킬 웃자 장준태가,

"너희들은 어째 술잔을 비워 놓냐? 빨리 한 잔 가득 부어 드려라……. "

하면서 위생사 김하사의 잔을 가리켰다.

"카아, 술맛 좋고…… 포술부 윤치백이는 이런 술 함께 마시지 않고 지금 어디를 헤매고 있을까? "

위생사 김하사가 함께 배에서 나와 하인천 객선부두에서 헤어진 포술부 교반장 윤치백 하사를 들먹거렸다.

"걸마, 오늘 수병들 교육시키러 나갔어요. "

"수병들 교육이라니? "

"포술관이 첫출동 나오는 수병들 술이라도 한 잔씩 사주라며 촌지봉투를 준 모양이오. 그러니 어쩔 거요. 싸구려 막걸리집에 데리고 가서 목 추겨 주고, 길 안내하면서 여자맛이라도 보여 줘야지……. "

"인천에 이런 데가 또 있단 말이야? "

"하아, 박하사는 우째 사람이 그래 민하요? "

준태는 억장이 무너진다는 듯 전탐사 박병두 하사를 바라보았다.

"자, 시간없어. 빨리 쭈욱쭈욱 마셔. "

윤치백 하사는 포술부 애송이 수병들 다섯을 용현동 물텀벙이집에 앉혀 놓고 막걸리를 사주고 있었다. 그는 첫출동을 나온 수병들이 몸을 사리며 술을 피하자 주인이 들고온 술바켓츠를 들고 다니면서 의무적으로 두 양재기씩 퍼먹였다.

"입 떼지 말고 마셔. 배 가라 앉으면 이보다 더 독한 소금물도 몇 며칠씩 마시며 살아야 돼, 임마! "

쭈빗쭈빗 눈치만 살피며 술을 사양하던 정수병이,

"교반장님! 이러다 저희들 취하면 실수한단 말입니다. "

"짜식아! 조금 전에 내가 뭐랬어? 오늘 저녁은 직책 계급 다 떼놓고 형님 동생하자고 했는데 왜 교반장이라고 불러. 벌주로 막걸리 한 양재기 더 빨아. "

윤치백 하사는 애리애리해 보이는 정수병이 귀여워서 눈을 딱 부라리며 술을 한 양재기 더 안겼다. 발갛게 취해서 추위가 가신 수병 다섯 명이 신이 나서 박수를 쳤다. 정수병이 윤치백 하사 편을 드는 동기생들을 나중에 죽이겠다는 듯이 입을 실룩거리다가 술 양재기를 받아 꿀꺽꿀꺽 삼켜댔다. 밖에서 물텀벙이 한 냄비를 다시 끓여 들여온 주인이 배꼽을 잡고 웃었다.

"막걸리 너무 급하게 먹이면 토해. 아직 시간 있으니까 천천히 먹여."

장포사로 근무하다 3년 전에 제대한 주인은 윤치백 하사의 병과 선배였다. 그는 후배가 부하들까지 데리고 나와 술을 팔아주는 것이 고마운지 또 막걸리 한 바켓츠를 더 넣어주었다.

"이젠 형님도 드셔야죠?"

벌주를 받아 마신 정수병이 죽을 힘까지 다내 윤치백이를 보고 형님이라고 부르자 수병들이 또 박수를 짝짝짝 쳤다.

"옳치를! 배에 들어갈 때까지는 형님 동생 하는 거다, 알았지?"

"알았습니다, 형님! 이젠 답주를 받으셔야죠?"

정수병이 한 양재기 찰찰 넘치게 막걸리를 떠서 윤치백 하사에게 권했다.

"이건 감질 나서 틀렸어……."

윤치백 하사는 고개를 흔들며 술 양재기를 밀었다. 그것 가지고는 숫제 기별도 안 가니까 반 바켓츠를 한참에 달라는 것이었다. 정수병이 눈이 동그레지며 괜찮겠어요, 하고 물었다.

"괜찮다, 이놈아! 화약연기에 시달리는 포쟁이는 막걸리가 음료수니라……. "

윤치백 하사는 밥 먹기 전에 막걸리 반 바켓츠를 목씻기로 마셨는데 또 반 바켓츠를 입도 한번 떼지 않고 꿀꺽꿀꺽 삼켜댔다. 술이 넘어갈 때마다 꿈틀거리는 그의 목 울대를 보고 수병들이 혀를 내둘러댔다.

"됐어! 이제 포 쏘러 가자! 모두들 3인치 속삭포로 장전해 열 발씩만 쏴. 학익동 년들 미주알까지 맞구멍 나게. 알겠나? "

수병들이 대답을 못하고 서로 눈치만 살폈다. 그들은 두 달치 봉급을 합쳐도 여자에게 줄 화대가 안된다는 것을 미리부터 알고 있었던 것이다. 윤치백이가 다시 물었다.

"너들 갑자기 왜 벙어리가 됐냐? "

"포는 있어도 포탄이 없습니다. "

"그건 포술관이 준 촌지로 충당한다. 술은 형님이 사는 걸로 하고. 이제 됐느냐? "

"좋습니다. "

그들은 물텀벙이집을 나와 인하공대가 있는 학익동으로 향했다. 백설에 덮힌 학익동 대로는 성탄절이라 자정이 가까와 오는데도 창가에 불을 밝히고 있는 가게가 많았고, 이따금씩 젊은 축들이 떼지어 노래를 부르며 지나갔다.

윤치백이는 수병들과 함께 어깨를 끼며,

"끽동까지 행진곡을 부르며 간다. 알겠나? "

하면서 큰소리로 외쳤다.

수병들이 윤치백 하사 좌우로 반반 나눠져서 어깨를 끼며 구령을 넣었다.

"노래 1발 장전! 곡명은 진짜 사나이. 발사! "

윤치백 하사가 선창을 넣자 수병들이 으앗 으앗 으앗 하
고 기합을 넣으며 합창을 했다.

사나이로 태어나서 할 일도 많다만
너와 나 나라 지키며 영광에 살았다.
전투와 전투 속에 맺어진 전우야
산봉우리에 해가 뜨고 달이 질 적에
부모형제 우릴 믿고 단잠을 이룬다.

"한나 두울 세엣 네엣…… 2절 계속! "

윤치백이가 구령으로 간주를 넣어주자 수병들은 또 목청
을 뽑았다.

사나이로 태어나서 할 일도 많다만
너와 나 나라 지키며 영광에 살았다.
전투와 전투 속에 맺어진 전우야
산봉우리에 해가 뜨고 달이 질 적에
부모형제 우리 믿고 단잠을 이룬다.

학익동 홍등가는 그날도 여전했다. 눈이 내려 사위가 고요
하게 잠들어가도 홍등가를 관통하는 긴 골목은 여자를 찾는
취객들이 콧노래를 부르며 지나갔고, 핑크색 형광등과 홍등
을 밝히며 뜨네기 손님을 기다리는 여자들은 찬바람이 몰아

치는데도 유방과 허벅지를 다 드러낸 채 실팍한 긴밤 손님을 잡기 위해 지나가는 남자들마다 붙잡고 오빠, 아저씨 하면서 놀다가 가라고 매달렸다. 그러나 사내들은 미리 정해놓은 단골집이 있는 듯 다음에 보자면서 그냥 지나갔다. 7호집의 경숙이는 포오 한숨을 쉬며 은숙이를 바라봤다.
　"크리스마스날인데도 어째 이래 긴밤 손님이 없지? "
　"글쎄 말이야, 아직들 술마시느라 정신들 없는 것 같애."
　그들은 하도 몸이 떨려서 뚝방 옆의 포장마차에서 닭똥집 한 접시를 안주 삼아 막걸리 한 되를 나눠 마시고 미숫방으로 들어왔다. 윤자와 미숙이는 초저녁부터 예쁘게 꾸미고 미숫방에 나와 앉아 있다 모포로 아랫도리를 덮은 채 잠이 들어 있었다.
　"거, 이상하다! 오늘 아침 재수 패를 떼보니까 분명히 똑 떨어졌는데. 우장을 쓴 손님이 온다고…… "
　밝으레하게 술이 피어 오른 은숙이가 뭔가 이상하다는 듯이 고개를 갸우뚱했다.
　"그치! 나도 분명히 손님이 온다고 패가 똑 떨어졌는데 숏타임 손님도 하나 없어. 왜 이럴까? "
　그들은 또 한숨을 내쉬며 문밖으로 고개를 내밀었다. 골목 어귀가 시끌적하면서 물개들의 노래소리가 들려왔다.
　"그러면 그렇치! 내 재수패가 틀릴 리는 없지…… "
　경숙은 금시 생기가 돋는 표정으로 골목 어귀 쪽을 달려갔다. 이집 저집에서 긴밤 손님을 못 잡은 아가씨들이 기린처럼 목을 빼내며 윤치백 하사와 수병 다섯 명을 에워쌌다.
　"너희들 왜 이래? 빨리 비켜. "

윤치백 하사가 자주 드나드는 집이 있다는 시늉을 하자
달려들던 아가씨 하나가,

"야, 입구에도 한 코 떨어뜨리고 가. 몽땅 끌고 가서 뉘네
집 왕근이 잡게 해줄 일 있어? "
하며 필사적으로 물고 늘어졌다.

"야야. 2호 성자 저리 비켜. 이 사람들 다 내 손님이야. "

뒤늦게 다가간 경숙이가 윤치백 하사를 붙잡고 늘어지는
성자를 뜯어내자 성자는 대뜸 화를 냈다.

"놔아라 이년아! 네 년이 이 해구신 여섯 개를 다 차지할
겨? 네 년은 콧구멍 눈구멍 가즈고도 쭉쭉이 빠냐? "

"이년이 손님 앞에서 악쓰네. 남의 단골 붙잡고……. "

경자가 대번에 눈에 쌍심지를 돋구며 윤치백 하사를 껴안
았다.

"자기야, 어서 내려가. 같이 온 사람 몇 사람이야? "

윤치백이가 애잔한 표정으로 성자를 지켜보다,

"야, 너 이쁘구나. 오늘 이 신랑 극진히 모셔라. "
하면서 정수병을 떨어뜨렸다.

"고마와요. 오빠! "

성자가 그새 성깔이 풀어지며 헤헤헤 웃었다. 윤치백이가
말했다.

"화대는 내일 오전에 내가 다 계산해 줄 테니까 저 신랑
아침 잘 해 먹여서 10시까지 7호집으로 데리고 와. "

"알겠어요. "

한판 오지게 붙을 듯한 싸움이 윤치백의 선방으로 화해가
됐다. 경숙이는 하나를 잃고 넷을 건진 것으로도 만족한지

리더 역할을 하는 윤치백 하사를 끌고 7호집으로 내려왔다.
　"우리 애들 첫출동 나와서 아직 아무것도 몰라. 깨끗이 씻겨서 푹 재워 줘. "
　윤치백 하사는 마치 집에 돌아온 듯 경숙이에게 그렇게 일러놓고 먼저 그녀의 방으로 들어갔다.

이별의 인천항

땡 땡 땡······.

어디선가 하루의 시작을 알리는 새벽 종소리가 들려왔다. 정순은 살며시 돌아누우며 화장대 위에 놓여 있는 괘종시계를 바라보았다. 파란 형광빛을 내쏘고 있는 시계는 새벽 4시 30분을 가리키고 있었다. 그녀는 한 30분 정도 더 누웠다가 일어나도 괜찮겠다 싶어서 옆에 누운 철만을 보았다. 남편도 교회당의 종소리에 잠이 깬 것 같았다.

"자요? "

"아니. "

"더 주무실 거예요? "

"일어나야지. 철규도 왔는데. "

철만은 어젯밤 술에 취해 늦게 들어온 동생을 생각하며 자리에서 일어났다. 정순도 따라 일어나 옷을 입으며 불을 켰다. 아이들이 사용하는 건넌방은 아직도 조용한데 아랫채 큰방에서 부시럭거리는 소리가 들려왔다. 시어머니도 기침한 것 같다.

"오늘 도련님한테 뭐라고 말씀하실 거예요? "

"뭘? "

"아랫집 정옥이 처녀 결혼했다는 이야기는 당신이 먼저 해줘야지요. 오해하시지 않게 말이에요. "

"글쎄. 우리가 먼저 이야기는 해줘야 될 것 같은데 뭐라고 말머리를 틀어야 좋을지…… 난감하구먼. "

"도련님 상처 덜 받게 당신이 알아서 애기를 좀 해주세요. 정옥이 처녀도 오빠 등살에 못 견뎌 울면서 시집갔다고요……
…. "

"여남은 살 먹은 사춘기 애들도 아니고…… 20년간이나 교제해 온 사람을 잊어라 말아라 하기도 뭣하고…… 당신은 뭐라고 얘기해 주는 게 좋겠소? "

"글쎄요. 가슴에 병은 안 생겨야 할 텐데…… 당신, 정옥이 처녀 우리 가게에서 예단 준비한 거 모르지요? "

"뭐라고? 예단을 우리 가게에서 했다고? "

철만은 정순을 바라보며 놀라는 빛을 보였다. 아내가 중앙시장에서 호구지책으로 10년째 포목점을 운영하고 있는데 정옥이가 거기서 결혼 예단을 준비했다는 이야기는 처음 듣는 소리였다.

"그래요. 도련님과는 인연이 닿지 않아 헤어져야 할 처지지만 이웃간에 정은 변하지 말자면서 굳이 우리 가게에서 예단을 끊겠다는 걸 다른 가게에 보낼 수도 없고 해서 내가 구색을 맞춰 끊어 주었어요. 다른 데 시집가더라도 행복하게 살으라는 뜻에서요."

"그 차암! 어젯밤 철규 표정 보니까 아직도 정옥이 처녀 결혼한 걸 모르고 있는 것 같던데 어쩌면 좋지?"

"당신한테도 그랬어요? 오늘, 정옥이 처녀 만나보고 오후에 배에 들어간다고?"

철만은 담배를 붙여 물며 고개를 끄덕였다.

"정옥이 처녀가 편지는 보냈다던데…… 오빠 등살에 못 견뎌 다른 곳으로 시집은 가지만 도련님이 가슴 아파할 걸 생각하면 금방 죽고 싶은 마음뿐이라고……."

"계속 바다에 나가 있느라 그 편지를 못 받은 모양이군."

"전 도련님이 잘못했다는 생각도 들어요."

"뭘?"

"정옥이 처녀가 글쎄, 진해에까지 내려가 일주일을 묵으면서 도련님한테 애걸복걸 매달렸데요. 자기 좀 붙잡아 달라고요."

"그래에?"

"네에! 자기를 붙잡아주는 셈 치고 일주일만 동침해 달라고요. 그러고 나면 자기 부모와 오빠가 다른 데 선보라고 끌고 다니지는 않는다는 거지요."

"그런 일도 있었데?"

"그렇다니까요. 일주일만 데리고 자면서 먼저 점찍으라고……. 그래도 글쎄, 우리 도련님은 자기 기반잡을 때까지 기다리라며 한번 안아주지도 않더래요. 그만 그때 정옥이 처녀 말마따나 점이라도 꼭 찍어놨으면 첫사랑한 애인 다른 남자한테 뺏기지는 않았을 것 아녜요?"

"실데없는 소리! 그러면 정옥 양 오빠가 우리 철규 미국까지 갔다올 수 있게 가만히 놔 뒀겠어? 그놈은 제 동생 건드리기만 하면 혼인 빙자 간음죄로 집어넣어 철규 일생을 망쳐 놓겠다고 공공연히 악담을 퍼붓고 다녔는데……. "

"정말 악연이예요, 악연! 정옥이 처녀 오빠는 우리 도련님 어디가 그렇게 못마땅해 그런 말까지 하면서 도련님을 괴롭혔지요? "

"철규가 사병으로 입대한 직업군인이고 우리가 가난하다고 깔보고 그랬겠지 뭐. "

"정말 듣고 보니 괘씸하네. 그러거나 말거나 먼저 점 찍어 놓으면 어쩔 거예요. 자기 여동생이 20년간이나 사랑한 애인인데……. "

"제 둘째 형수 때문에 더 그랬을 거요, 아마. "

"그 동서가 어쨌는데요? "

"제수 씨가 부모 반대한 결혼을 해놓으니까 영 모양이 안 좋았거든…… 아버지도 혼인 잘못했다고 괴로와하시다 돌아가셨고. "

"도련님 어릴 때 일인데 설마 그것까지 알고 있을려구요. 무슨 다른 생각이 있었겠지요……. "

"그 다음이야 당신한테 마음 고생 안시키려구 그랬겠지 뭐. "

"도련님도 차암, 내가 포목점을 하는데 아무리 쪼달려도 정옥이 처녀 혼수 못해 줄까 봐 20년씩이나 사랑한 애인을 다른 남자한테 넘겨 줘요? "

"없는 게 죄지. 철규인들 그렇게 모질어지기까지는 얼마나 마음 고생이 심했겠소. 어서 속풀이 국이나 끓여 줘요. 아침이나 먹인 뒤 장래 문제를 의논해 보게…….”

“어머님도 안절부절이예요. 도련님이 상사병이라도 나서 엉뚱한 짓이라도 할까 봐요. 술 잡숫고 정옥이 처녀 오빠한테 찾아가 행패 같은 건 안 부리겠지요?”

“그러면 쓰나. 다 운명이려니 하면서 이겨 나가야지. 나는 그보다 더한 아픔도 참으면서 오늘날까지 사는데.”

“당신도 나 말고 첫사랑한 여자가 있었수?”

“이 사람이 엉뚱하기는…… 전쟁통에 몸 다쳐서 청운의 꿈 다 버리고 이렇게 산다는 말이요.”

“그거야 당신 세대에선 누구나 다 겪어야 하는 일인데 어쩌겠수?”

“그러거나 말거나 지금까지 몸 안 다치고 잘 사는 사람들도 많잖소?”

“하이고, 고마 됐구마. 그런 골물 속에서 이만큼이나 집칸 지니고 살면 되었지 자꾸 위를 쳐다보면 어쩌겠수?”

정순은 다시 시계를 쳐다봤다. 새벽 5시 30분이었다. 그녀는 굵은 뜨게실로 짠 개털 스웨터를 걸치고 건넌방으로 건너갔다. 맏딸 영인이가 잠옷도 입지 않고 몸부림을 치면서 자고 있었다. 그녀는 딸의 잠자는 모습이 영 못마땅했다. 이불 위에 드러내 놓은 영인이의 허연 허벅지를 한 대 소리가 나게 때렸다.

“중학교 2학년이나 되는 년이 잠버릇이 어찌 이렇게 험하니? 왜 잠옷은 안 입고 자.”

한 대 얻어 맞고 벌떡 일어난 맏딸이 꼭 선머슴애 같다.

큰 소리로 나무라기는 했어도 정순의 눈가엔 자식 사랑이 자글자글 끓었다. 핏덩이 같이 어린 것을 시어머니에게 맡겨 놓고 포목점에 나가 장사를 시작한 지가 엊그제 같은데 그 새 세월이 흘러 딸자식도 젖가슴이 불룩하고, 엉덩짝도 팡파 짐하게 퍼지면서 큰계집애 티를 내는 모습이 대견해 보여 그녀는 속이 훤히 들여다보이는 영인이의 젖가슴에 찬 손을 쑥 집어 넣어 잠을 깨웠다.

"이년 이거, 누굴 닮아 젖가슴은 이래 실팍하지. 사위 보 고 싶으면 내일 당장 시집보내도 되겠구나. "

"앗 차가와! 왜 그래? "

영인이가 하품을 해대다 짜증을 부렸다.

"오늘 일찍 교회에 나가 봐야 된다면서? 어서 일어나. 여 섯시가 다 됐어. "

"삼촌 오셔서 안 나가기로 했어. "

"상인이와 수인는 어디서 자니? "

"아랫채 건넌방에서 삼촌하고 같이 자. "

"삼촌 술 드시고 왔던데 왜 또 거기 몰려갔어? 모처럼 집 에 오셨는데 혼자 편히 주무시게 할머니 방에서 자지? "

"삼촌이 같이 자자고 그러셨어. 엄마는 괜히 나만 붙잡고 큰소리야. "

"너, 삼촌한테 아랫집 정옥이 처녀 결혼했다는 이야기 꺼 내면 안된다. 아버지가 찬찬히 말씀하시기 전까지. "

정순은 입단속하라고 영인이에게 단단히 일렀다.

"염려 마. "

영인이가 입이 쑥 튀어나온 얼굴로 대답했다.

"어서 일어나 집안 청소부터 좀 해라. 아침은 큰방에서 삼촌과 함께 먹을 거니까. "

"오늘 일요일이잖아. 나 좀더 잘래. "

"잔소리 말고 어서 일어나서 마늘도 좀 까라. 삼촌 시원하게 속풀이 국이라도 끓여 드리게……. "

"몰라. 엄마가 해. 난 졸린단 말이야. "

영인이는 이불을 끌어당겨 다시 드러누웠다. 정순은 이른 아침이다 싶어서 그냥 부엌으로 나갔다. 장독간에서 눈을 치우던 진주댁이 부엌으로 들어왔다.

"손 시리지 않으세요. 어서 큰 방으로 들어가세요. 애비도 아까 일어났어요. "

"괜찮다. 규야 갈 때 주게 떡쌀이나 좀 담궈라. "

진주댁은 군에 나간 아들들이 휴가나 외박을 나오면 꼭 떡을 해줘야 된다면서 쌀궤 뚜껑을 열었다. 정순은 미처 그 생각은 못했다면서 진주댁을 대신해 떡쌀을 한 말 퍼냈다.

"어머님! 고기는 닭을 튀길까요, 돼지고기를 삶아 얄팍얄팍하게 썰어 드릴까요? "

"생강하고 다마네기(양파) 저며 넣고 돼지고기나 좀 삶아라. 상인이와 수인이도 좀 먹이게. "

"아침에는 숙주하고 무우 썰어넣고 쇠고기국을 끓일려고 하는데요? "

"오냐. 알아서 해라. 규야, 술은 어디서 마셨다더냐? "

"요 앞에서 동네 친구분들한테 붙잡혔다던데요. 배가 어제 오후에 인천항에 들어왔데요."

"언제, 장가들겠다는 소리는 안하더냐? "

“피로하다고 일찍 자라고 했어요. 애비가요. ”

“규야가 아랫집 처녀 시집갔다는 소식 듣고 술 먹었다는 말은 안하더냐? ”

“크리스마스라 동네 친구분들하고 마셨데요. 너무 염려 마세요. ”

“큰아범이 장가 언제 들런지 물어보기라도 한다더냐? ”

“아침 드시고 나면 의논이라도 해볼 모양인가 봐요. ”

“규야가 아랫집 처녀 시집갔다는 말 들으면 상심이 클 터인데…… 대체 군댓살이는 언제까지 해야 된다더냐? ”

“삼촌은 평생 군대에서 살겠다는 마음인가 봐요. ”

“장가도 안들고? ”

“아니지요. 군대에서 좀더 기반잡아 하겠다는 말이지요.”

“후휴우. 전생에 무슨 죄가 많아 두 아들 군대 보내 불구 만들고 하나 남은 것마저 거기서 늙게 해야 되는지……. ”

“막내 삼촌은 직업군인이기 때문에 애비나 둘째 삼촌하고는 틀려요. 너무 상심 마세요. ”

“군대살이는 그게 그거지, 뭐가 틀리는 게 있겠느냐. 그러나 저러나 마땅한 색시라도 있어야 짝을 맞춰 줄 터인데. ”

“괜한 걱정 마세요. 인물 좋겠다, 외국 자주 나다니시겠다, 계급 높아지면 여자 없겠어요? ”

“너는 아랫집 처녀 오래비가 장곤지 뭔지가 못되면 동생 안 주겠다고 큰아범한테 와서 울림장 놓는 소리도 못 들었냐? ”

“그 분은 뭘 몰라서 그래요. ”

“아니다. 큰아범도 힘이 없으니까 입 다물고 참았지, 옛날

진주에서 대소가가 떵떵거리면서 살 때만 같았어도 가만히
는 안 있었을 게다. 큰아범 성격이 얼마나 불같았는데. ”
　“진주에서 대소가와 함께 어울려 살지, 인천엔 왜 올라오
셨어요? 진주 강씨들은 아직도 그쪽에서 집성촌을 이루고
사신다면서요? ”
　“돌아가신 너그 시아부지가 자식들 한양 가까운 곳에서
신식공부 시킨다고 솔가해 올라왔잖니? ”
　“그럼 해방 전에 인천으로 오셨어요? ”
　“그래. 올라와서 두 해 사니까 해방되더구마는. 그리고 다
섯 해 되니까 빨갱이가 밀고 내려왔는데…… 너, 여기 물 좀
부어라 보자.”
　함지에 담궈 놓은 쌀을 팍팍 문질러 대던 진주댁이 손에
묻은 떡쌀을 털어냈다. 정순은 따뜻한 물을 두어 바가지 퍼
서 쌀함지에 퍼부었다. 진주댁은 떡쌀을 일렁일렁 흔들었다.
허연 쌀뜨물이 함지 속에서 빙그르 맴을 돌면서 위로 떠오
른 떡쌀을 차분히 가라앉혔다.
　“규야가 이 쌀뜨물 숭냥을 좋아한단다. 한 바가지는 숭냥
끓이고 나머지는 국솥에 부어라. 국맛이 훨씬 좋을 게다. ”
　진주댁은 부옇게 쌀가루를 뿜어올리는 뜨물을 다른 함지
에다 따뤄내고, 맑은 물을 서너 바가지 더 부어서 떡쌀을 조
리로 일었다. 물에 불어서 낱알이 훨씬 굵어 보이는 떡쌀이
찹쌀처럼 뽀얗게 윤을 냈다.
　“시루떡 찌실려면 콩도 좀 담궈야지요? ”
　정순이 쇠고기국을 다 앉혀놓고 물었다. 진주댁은 떡쌀을
다 일어놓고 그 위에다 소금을 뿌려 간을 맞췄다.

“그래라. ”

“애비도 휴가 나왔을 때 떡을 해 주셨어요? ”

“큰아범은 한 번밖에 못해 줬다. 둘째는 한 번도 못해 주고. ”

“왜요? ”

“공부하던 둘째 또래는 몽지리 끌려갔는데 휴가 나올 틈이 있어야제…… 시절도 어째 그렇게 변덕스러웠는지……. ”

진주댁은 두 아들이 군대 나갔던 시절을 돌아보다 그만 눈시울을 적셨다.

“고깃집에 문 열었겠지요. 돼지고기 주문해 놓고 제가 떡 방앗간에 갔다 올께요. ”

정순이 진주댁을 위로할 듯 말을 걸었다. 진주댁이 치마 자락으로 눈물을 닦으며 일어났다.

“괜찮다. 콩 손질해서 내가 방앗간에 갔다올 테니까 너는 어서 아침 준비나 해라. ”

밥솥에서 푸릉푸릉 한김이 솟았다. 정순은 시어머니가 떡 쌀 함지를 이고 대문을 나서는 걸 보고 들어와서 영인이를 불렀다.

“영인아! 상인이하고 수인이 깨워서 세수부터 해라. 더운 물 수돗가에 퍼내 놨다. ”

정순이 퍼내 놓은 더운 물 바켓츠에서 김이 치솟았다. 영인이는 물을 한 대야 퍼서 신문을 읽다가 나온 철만에게 건네주며,

“아빠, 삼촌 집에 오니까 참 좋지? ”

하면서 철만이가 짚고 있는 지팡이를 받아주었다.

관통상을 입어 오른쪽 다리가 왼쪽보다 훨씬 가늘고 짧아 보이는 철만은 왼쪽 다리로 전신의 체중을 감당하며 세수를 했다. 아버지가 세수를 다 할 때까지 지팡이를 들어주고 있던 영인이가 수건을 건네 주면서 물었다.

"아빠! 오늘 삼촌따라 배 구경하러 가면 안돼? "

"삼촌 미국에서 배 인수해 왔을 때 진해에 내려가서 아빠하고 함께 구경했잖니? "

"그럼 아직도 777함 타는 거야? "

"그래. 어서 삼촌도 일어나라고 해라. 아침 먹게. "

철만이 딸에게 수건을 다시 건네 주며 맡겨 놓은 지팡이를 받았다. 영인이는 아빠가 세수를 끝내고 큰방으로 들어가자 수건으로 단발머리를 묶어 올리고 세면을 끝냈다. 국민학교 2학년인 수인이가 눈을 부비며 수돗가로 다가와 자지를 끄집어내 밤새 참았던 오줌을 내갈겼다.

"애애, 오줌 튀어! "

수돗가에 서서 얼굴을 닦고 있던 영인이가 한쪽 다리를 탁탁 털며 큰소리로 역정을 냈다.

"너도 이제 변소에 가서 소변 봐. 언제까지 수돗가에서 오줌 눌 거니? "

수인이는 쓰다 달다 말도 없이 줄기차게 나오고 있는 오줌줄기를 제 누나 쪽으로 돌리며 소방작업을 하듯 겁을 주었다. 자꾸 잔소리 하면 밑으로 눌러 놓고 있는 성난 자지를 90도 각도로 들어올려 오줌욕을 시켜 주겠다는 엄포였다.

"옴마야! 수인이 너, 엇따 오줌 내갈기는 거야? "

큰채 쪽으로 달아나던 영인이가 수인이를 뒤돌아보며 악

쓰듯이 씨부렁거렸다. 허연 김이 풀풀 치솟는 오줌을 한참이
나 내갈기던 수인이가 통쾌해 죽겠다는 듯 낄낄 웃었다.
 "변소에는 형아가 오줌 누고 있단 말야. "
 "그럼 형아 나올 때까지 참아야지. "
 "오줌 마려워서 못 참겠는 걸 어떻게 해. "
 "그래도 부끄럽지도 않니? 다 큰 녀석이 누나한테 손가락
만한 자지를 쑤욱 내놓고? "
 수인이는 그 말을 듣고 보니 화가 나서 견딜 수가 없었다.
그는 김이 솟고 있는 뜨거운 물을 한 바가지 퍼서 제 누나
에게 퍼부울 듯 큰채 쪽으로 달려갔다. 영인이는 혀를 쏙 내
밀며 대청으로 올라가 마루 문을 닫았다. 물 퍼불 시기를 놓
친 수인이는 화가 나는 듯 뒤도 돌아보지 않고 마당으로 물
한 바가지를 휙 뿌려버렸다.
 "앗 뜨거! "
 화장실에서 소변을 보고 수돗가로 나오다 느닷없이 날라
온 뜨거운 물을 한 바가지 덮어 쓴 상인이가 화다닥 몸을
꼬면서 어쩔 줄을 몰라 하다 동생 곁으로 다가가 엉덩짝을
한 대 차버렸다.
 "이새꺄! 엇따 물을 뿌려. 너, 죽을래? "
 동생의 엉덩짝을 한 대 내질러도 분이 풀리지 않는지 상
인이는 세 살 아래 동생을 또 한 대 쥐어박았다. 물 한 바가
지 잘못 뿌리고 형한테 두 방이나 얻어맞은 수인이는 이래
저래 화가 나서 그만 울음을 터뜨렸다. 그런데도 상인이는
뚝뚝 떨어지는 물을 손으로 털어내며 또 동생의 엉덩짝을
한 대 더 걸어찼다.

자신의 잘못을 인정하고 두 대까지 맞아주던 수인이는,

"왜, 자꾸 때려. 나하고 맞짱 한번 까! "

하면서 형의 면상을 향해 냅다 헤딩으로 들이받았다.

상인의 코에서 금방 코피가 서너 방울 떨어졌다. 그러거나 말거나 수인이는 형의 아랫도리를 껴안고 너 죽고 나 죽자는 식으로 달려들며 분을 참지 못했다.

"이게 엇따 덤벼들어……? "

헤딩으로 공격을 당해 눈도 못 뜨고 있다가 뒤늦게 정신을 차리고 일어선 상인이가 물고 늘어지듯 달라붙는 제 동생의 팔을 꺾으며 그대로 아랫도리를 걷어찼다. 수세에 몰린 수인이는 힘으로는 도저히 당할 제간이 없고, 그렇다고 분은 안 풀리니까 형의 사타구니 사이로 대가리를 들이밀며 허벅지 중간께를 지끈 깨물어버렸다.

"으악! "

상인이가 죽는다고 비명을 질렀다. 큰방에서 철만이가 뛰어나왔고, 부엌에서 정순이 놀란 얼굴로 뛰어나왔다.

"또 시작이군. 너희들은 그저 눈만 뜨면 물고 뜯고 으르렁거리는구나……. "

정순이 속이 상한다는 듯 한숨을 쉬며 남편을 바라보았다. 삼촌이 왔지만 버릇을 좀 고쳐 놓으라는 눈빛이었다. 철만을 지팡이를 짚고 나와 두 아들을 마당 복판에 세웠다.

"아침부터 왜 싸웠니? "

"소변보고 나오는데 뜨거운 물을 퍼붓잖아요. 이것 봐요. 옷이 다 젖었어요. "

큰놈을 지켜보고 있던 철만은 작은놈을 닦달했다.

“너는 왜 형에게 뜨거운 물을 퍼부었니? ”

“누나 땜에 실수했단 말이에요. ”

“누나가 어쨌는데? ”

“자꾸 놀리면서 약 올렸단 말이에요. ”

수인이는 수돗가에서 자지를 내놓고 오줌을 누다 망신을
당했다는 말을 못해 그렇게 얼버무리며 그만 앙 하고 울음
을 터뜨렸다.

“모처럼 삼촌이 집에 오셨는데 이렇게 치고 박고 싸워도
되냐? ”

상인이는 그만 얼굴을 들지 못하고 고개를 숙였다. 수인이
도 울음을 그치고 고개를 숙였다. 철만이는 마음 속으로는,

“그래. 머슴애는 그렇게 치고 박고 싸우면서 자라야 우애
도 깊어지는 법이야…… . ”
하면서도 입으로는,

“둘 다 엎드려 뻗쳐! ”
하고 체벌을 내렸다.

형을 보고 있던 수인이가 먼저 얼음이 얼은 마당에다 손
을 짚고 엎드려 뻗쳤다. 상인이도 마지못해 엎드려 뻗치며
동생을 죽이겠다는 듯 이를 갈았다. 철만은 큰놈의 성깔을
너그럽게 만들듯,

“허리 쭉 펴고, 둘 다 오른 쪽 다리를 들어올려! ”
하고 엄하게 소리쳤다.

두 아들은 손이 얼어터질 것 같아도 아빠가 짚고 있는 지
팡이가 두려워서 엎드려 뻗친 상태에서 오른쪽 다리를 들어
올렸다.

"우리는 형제간에 우애 있게 지내지 못해서 개처럼 한쪽 다리를 들고 아빠에게 벌을 받는다. 따라 해! "

철만이가 꽥 소리를 치며 지팡이로 두 놈의 엉덩짝을 한 대씩 치자 상인이와 수인이는 닭똥 같은 눈물을 뚝뚝 흘리며 아빠가 선창한 말을 따라 외쳤다. 철만은 두 아들이 자기 말을 또 따라 하라고 엄명을 내렸다.

"우리는 삼촌이 일어나실 때까지 이렇게 벌을 받는다. "

두 아들이 또 따라했다. 철만은 지팡이로 수인이 엉덩짝을 건드리며 똑바로 하라고 또 겁을 주었다. 수인이가 허리를 펴며 우는 소리를 내었다. 철만은 마루께로 다가가 걸터앉아 두 아들을 감시했다. 그때 한옥으로 지은 대문이 삐걱 열리면서 둘째 철민이가 아이들과 함께 집안으로 들어왔다.

"형님! 철규가 왔다면서요? "

영인이가 전화를 걸어주어서 급하게 달려온 둘째 철민이가 마당 한쪽에서 체벌을 받고 있는 조카들을 지켜보다 빙긋이 웃으면서,

"이녀석들 아침부터 또 싸웠구나. 삼촌이 아빠한테 한 번만 용서해 주시라고 할 테니까 빨리 일어나 서로 사과해. 잘못했다고."

수인이가 구원자를 만난 듯 호호 손을 불며 일어나 형에게 잘못했다고 먼저 사과했다. 상인이도 계면쩍게 씨익 웃으면서 동생에게 먼저 손찌검을 해서 미안하다며 악수를 청했다. 수인이가 형의 손을 잡고 수돗가로 데리고 가서 흘러내리는 코피를 뜨거운 바켓츠 물로 씻겨 주었다.

아까부터 마당이 소란스러워 잠이 깬 철규는 두 조카가

큰형님한테 벌을 받고 있어서 밖으로 나오지는 못하고 있다
가 혼자서 빙긋이 웃었다. 대문을 열고 들어오는 둘째 형의
얼굴도 반갑지만, 옛날 3형제가 아버지로부터 체벌을 받으며
자라던 때가 불현듯이 떠오르며 비로소 집에 온 느낌이 드
는 것이다. 그는 그제사 방문을 열고 밖으로 나오면서 둘째
형에게 인사를 건넸다.
　"형님! 저 왔습다. "
　"그래. 몸 편히 있다가 왔지를? 아까 영인이한테 너 왔다
고 전화 받았다. 어젯밤 늦게 왔다면서? "
　"네. 세수하고 들어갈께요. 먼저 방으로 들어가세요. 형수
님은 함께 오시지 않았어요? "
　"같이 오다가 가게에 들어갔다. 뭐 좀 살 게 있다면서……
…. "
　철규는 두 형들이 큰채로 들어가는 것을 보고 수돗가로
다가가 조카의 머리를 쓰다듬어 주었다.
　"괜찮아, 괜찮아! 사내는 성질 날 때 한바탕 치고 박고 해
야 몸도 튼튼해지는 법이야……. "
　상인이와 수인이는 그때사 화가 완전히 풀린 듯 헤벌쭉
입이 벌어졌다. 상인이가 말했다.
　"삼촌! 미안해요. 우리가 아침부터 시끄럽게 해서……."
　"괜찮아, 이녀석아! "
　철규는 치약을 짜서 양치질을 하며 또 두 조카의 머리를
쓰다듬어 주었다.
　"해군 삼촌! "
　양치질을 끝내고 입안을 행구고 있는데 호인이와 숙인이

가 둘째 형수와 함께 마당으로 들어서며 반갑게 웃고 있었다. 철규는 치솔을 바지 뒷주머니에 찔러넣으며 호인이와 숙인이를 번쩍 안아 올렸다.

"아이구, 우리 호인이와 숙인이도 많이 컸구나! 호인이 올해 몇 학년이니? "

수인이보다 한 살 아래인 호인이가 1학년이예요 하면서 쑥쓰러운 표정을 지었다. 다섯 살인 숙인이는 철규가 두려운지 금시 울음을 터뜨릴 표정이었다. 철규는 둘째 형네 조카와 질녀를 큰채 마루 위에 내려놓고 둘째 형수가 들고 온 장거리를 받았다.

"어제 저녁 늦게 들어와서 전화도 못 드렸습니다. 집엔 다 편하시지요? "

철규가 둘째 형수를 바라보며 정겹게 인사를 했다. 명희가 장갑을 벗으며 손을 내밀었다.

"도련님! 우리 악수 한번 해요. 너무너무 오랫만이예요. 얼마만이죠? "

. "둘째 형수님은 미국 유학 갈 때 뵙고 처음 보니까 한 2년 넘은 것 같네…… 직장 다니시느라 힘드시지요? "

"맨날 그렇지요, 뭐. 휴가 나오셨어요? "

명희가 입가에 고운 웃음을 띠며 철규의 건장한 모습을 부러운 듯이 지켜봤다. 남편도 가슴에 총상만 입지 않았어도 시동생처럼 얼굴빛도 구리빛이고, 어린 자식들을 친정어머니에게 맡겨 놓고 직장생활까지는 안해도 되었을 것이라는 아픔이 흘러내리고 있었다.

"아뇨. 배가 물받으러 들어와서 잠시 외박 나왔습니다. 어서 들어가세요. 추우실 텐데…… ”

“괜찮아요. 어머님은 어디 계세요? ”

“떡방아간에 나가셨어요. 헌데 이건 뭐예요? ”

“오늘 3형제 분이 술 한 잔 드시라고 마실 것 좀 사왔어
요. ”

“하, 이거! 난 어젯밤에도 동네 친구들한테 붙잡혀 많이
취했는데…… 안으로 들어가세요. ”

철규가 둘째 형수의 등을 밀며 정순을 불렀다.

“큰형수님! 석바위 둘째 형수님 오셨습니다. ”

정순이 부엌문을 밀치고 마당으로 나오면서,

“동서! 어서 오게. 눈 내린 뒤끝이라 날씨가 찹제? ”
하고 명희의 손을 잡으며 그동안에 못 만난 정부터 나눴다.

“도련님 오셨다구 맛있는 것 많이 하시나 봐요? 구수한
냄새가 등천을 합니다, 형님! ”

“국 좀 끓였네. 어서 들어가세, 아침 먹게. ”

명희가 마루 위로 올라서자 방청소를 마친 영인이가 숙인
이를 안고 나오면서,

“숙모! 숙인이 너무너무 으젓해졌어요. 어떻게 이렇게 어
른스러워졌지? ”
하면서 머리를 빗겨 두 갈래로 따아 주었다.

“영인아, 숙모 부엌에 나가보게 너 입던 웃도리 좀 빌려
줄래. ”

명희는 입고 왔던 가죽톱파를 벗어놓고 영인이가 집안에
서 입는 겨울 스웨트를 걸치고 부엌으로 들어갔다. 그녀는
정순과 함께 아침상을 차렸다.

"할머니! "

사촌 형들과 함께 마당에 나와 있던 호인이가 대문을 밀치고 들어오는 진주댁을 보며 반가운 빛을 보였다.

방앗간에 떡살을 맡기고 들어오던 진주댁이 환하게 웃으며,

"하이고오! 우리 석바위 강아지도 왔구나……. "

하면서 호인이를 꼭 껴안았다.

"아범도 왔냐? "

"네. 엄마도 왔어요."

"그래? 어서 들어가자……. "

진주댁은 손자들을 데리고 큰방으로 들어갔다. 세 아들과 손자 손녀들이 앉아 있어 넓은 큰방은 모처럼 훈기가 돌았다. 진주댁은 부엌문을 열어 둘째 며느리도 지켜보며 조반상을 폈다.

제사를 지낼 때 쓰는 큰 상을 두 개나 펴도 조반상은 비좁았다. 그래도 모처럼 함께 모인 가족들은 진주댁을 중심으로 모여 앉아 즐겁게 조반을 마쳤다.

"너희들은 모두 아랫채에 건너가서 놀아라. 아빠 엄마는 삼촌과 함께 가족회의 좀 하게……. "

철만이가 철규의 혼사문제 때문에 가족회의를 하여야겠다고 하자 영인이가 동생들을 데리고 아랫채로 건너갔다. 명희가 설거지를 마치고 정순과 함께 방으로 들어와 귤과 사과를 깎았다. 정순은 전기포트에서 물이 끓자 커피를 탔다.

"막내야, 놀라지 말고 들어 봐라……. "

방안 분위기가 차분하게 가라앉자 철만이가 철규를 보면

서 입을 열었다. 정옥이를 만나러 가야겠다고 급하게 차를
마시던 철규는 큰형의 입에서 전혀 생각지도 못하던 말이
나오자 처음에는 농담하는 줄 알고 두 형수들을 쳐다보며
히죽히죽 웃어대다,
　"아니, 지금 큰형님이 하신 말씀 농담이 아니세요? "
하면서 얼굴색이 굳어졌다.
　"아랫집 정옥이 처녀가 도련님께 편지를 보냈다던데 못
받아 보셨어요? "
　정옥이가 결혼했다는 사실을 믿지 않으려고 하는 철규의
모습이 안타까운지 그의 큰형수는 정옥이가 혼수 예단을 끊
으러 와서 괴로와하던 모습을 전해 주었다.
　"진해에서 나온 지가 하도 오래 되어서 전혀 모르고 있었
습니다. "
　철규가 정색을 하고 심정을 늘어놓았다. 철만이가 전가족
을 대표해 동생을 위로했다.
　"아랫집 정옥이 처녀를 네가 이해해 주어라. 모든 잘못은
이 형에게 있다……. "
　철규는 자신도 모르게 아래로 떨어지는 고개를 들며 자세
를 바로 했다. 눈앞이 침침해지면서 정옥이가 진해에 내려와
소란을 피우던 때가 망막을 찔러왔다. 그때 자신의 진로와
계획을 밝히며 정옥을 흔들리지 않게 붙잡지 못한 것이 큰
잘못처럼 생각되었다.
　"큰형님이 무슨 잘못이 있습니까? 불찰은 저한테 있습니
다. 그러니까 지난해 제가 유학 떠나기 전에 정옥이가 진해
에 내려와서 자신의 가정사정 얘기며 입장을 이야기합디다.

한 해 한 해 나이를 먹으니까 집에서 결혼을 서두르고 있는데 네 쪽에서 빨리 결단을 내려 달라고요…… 하지만 그때만 해도 저는 영외거주권도 없는 처지였고, 또 유학을 갔다 와야 된다는 강박관념 때문에 정옥의 말을 귀담아 들을 수가 없었습니다. 지금도 그렇지만 사실 저는 일찌기 결혼하고 싶은 생각은 없습니다. 결혼해서 어떻게 사느냐가 중요하지, 결혼한다는 그 자체가 모든 걸 해결해 줄 수는 없잖아요. 지금 이 순간도 정옥이가 다른 남자와 결혼했다는 사실은 믿어지지 않지만 형님이 잘못했다거나 우리 가족이 저에게 잘못했다는 생각은 들지 않습니다. 술이나 한 잔 주십시오. 달랑 불알 두 쪽뿐인 저한테 정옥이가 시집와 고생하면서 사는 것보다 저보다 더 훌륭하고 능력 있는 남자한테 시집 가서 잘 살아 주면 오히려 제 마음이 더 편할 것 같습니다. 나중에는 어떨지 몰라도요……. ”

  곁에 앉아 있던 둘째 철민이가 철규의 등을 두들겨 주며,

  “철규야, 이 형도 내 사는데 바빠 너를 좀 도와주지 못한 게 미안하구나. 마음이 아프더라도 아랫집 정옥이 처녀가 네 앞길을 생각해서 다른 사람한테 시집갔다고 생각하고 행복을 빌어 주어라……. ”

하면서 아내 명희가 갖다주는 맥주를 한 잔 부어 주었다.

  “도련님! 저도 한 잔 부어 드릴께요. 마음 고생이 얼마나 심했겠어요. 원래 동갑나기끼리 사랑하면 남자는 도련님처럼 비련의 주인공이 되기 십상이예요. 남자들은 군대에 나가고 직장 찾고 하느라 결혼문제는 신경도 못 쓰고 있는데 여자들은 나이가 꽉 차서 마냥 기다릴 수만은 없잖아요. 나중에

다른 여자분 만나더라도 정옥이 처녀 보듯 열열히 사랑해
주세요. 그리고 도련님도 빨리 결혼하세요. 그것도 정옥이
처녀를 잊을 수 있는 한 방법이예요. ”

　철규는 둘째 형수가 부어주는 술도 말없이 받아 마시며
괴로운 마음을 감추었다. 큰형 철만이가 물었다.

　“집에서는 내년 봄쯤 네 결혼식을 생각하고 있다. 네 생각
은 어떠냐? ”

　철규는 완강하게 고개를 저었다.

　“내년 2월 중사로 진급되면 여름쯤에 임관시험을 보려고
합니다. 너무 성급하게 생각지 마십시요. 저 이제 스물일곱
인데요. ”

　“그러면 임관한 다음에 결혼하겠다는 말이냐? ”

　“네. 이왕 직업군인으로 발을 들여놓았으니까 혼자 있을
때 좀더 기반을 닦아놓고 결혼하겠습니다. 저, 장교로 임관
한 다음에 좀 도와 주십시요. 그땐 형님과 형수님들의 도움
기꺼이 받아들이겠습니다. ”

　철만과 철민은 천천히 고개를 끄덕이며 한시름 놓는 표정
이었다. 철규의 큰형수가 말했다.

　“도련님 여기서는 그렇게 말씀하시고 진해에 가셔서는 혼
자 우시는 것 아니세요? ”

　“글쎄요. 진해에 내려가면 또 어떨지 몰라도 지금은 골치
아픈 신상문제 하나가 어렵잖게 해결된 것처럼 시원섭섭한
느낌입니다. 내가 정옥이를 사무치도록 사랑하지 않았나 봐
요. ”

　철규는 픽 웃으면서 자신의 감정을 속이지 않고 드러내

보였다. 하지만 진주댁은 막내아들의 그런 모습이 더 가슴을 쓰라리게 했다. 아래윗집에서 서로 죽어라 싸우며 자란 머슴 아들도 어느 한쪽이 장가를 들면 남은 쪽은 애가 달아 잠을 못 이루는 법인데 하물며 20년을 오누이처럼 자라며 혼인을 약속한 사이인데 가슴이 아프지 않을 리가 있을까? 일찍 아버지를 여위고 형님들 밑에서 어렵게 자라 말을 못해서 그렇겠지…… 쯔쯔. 없는 것이 원수지, 가난이 얼마나 가슴을 쓰라리게 했으면 저 젊은 것이 그 예쁜 처녀 잃고도 저래 무뚝뚝하게 장래 걱정만 하고 있을까? 아이구 불쌍하고 애련한 내 새끼야…….

더 앉아 있으면 눈물이 나올 것 같아 진주댁은 코를 팽 풀면서 자리에서 일어났다.

"떡방앗간에 갔다 오마. 둘째는 가지 말고 기다려라. "

진주댁이 큰방을 나가자 둘째 형수 명희가 또 술을 한 잔 권하며 철규를 위로했다.

"도련님! 꼭 임관하셔서 자라나는 조카들한테도 늠름한 모습 보여 주세요. 그러면 아랫집 정옥이 처녀도 한편으로는 기뻐해 줄 거예요…… 모처럼 집에 오셨는데 어디 가보실 데는 없으세요? "

"정옥이가 있으면 둘째 형수님 댁에 자문 좀 받으러 갈려구 했는데 여기서 뵙게 되어서 오히려 잘 되었네요. 그냥 이렇게 앉아서 이야기나 하면서 놀지요, 뭐. "

잠잠히 앉아서 담배를 피우고 있던 둘째 형 철민이가 물었다.

"그 임관시험은 어렵지 않니? "

　"어려워도 저는 여태껏 군대생활 하면서 따놓은 근무 평점도 있고 또 인사참모님의 추천도 있고 해서 몇달만 준비하면 합격은 될 것 같아요. 너무 염려 마세요. 안되면 한 해 더 준비하면 되겠지요. "

　"그래, 두 형들은 군대 나가서 몸만 다치고 왔지만 너라도 좀 빛을 봐라. "

　철민이가 아픈 마음을 달래지 못해 혼자 술잔을 비우자 큰형수가 한 마디 거들었다.

　"이제 애들 이 방에 오라고 해서 같이 놀아요. 영인이가 가족파티 한다고 교회에도 나가지 않고 기다리고 있어요. "

　"그래요? 그러면 이 방에 오라고 하세요. 오랫만에 조카들 밝게 노는 모습 봅시다. 형수님, 요사이도 바위고개 잘 부르세요? "

　철규가 아랫채 조카들을 큰방으로 불러들이며 둘째 형수를 바라보았다.

　"형님하고 결혼하고 나니까 그 노래도 시들해졌어요. 영인이, 요새도 교회에서 기타 쳐요, 형님! "

　철규의 둘째 형수가 정순을 보며 물었다. 정순이 고개를 끄덕이며 상 위에 놓인 커피잔을 거두었다.

　"영인이, 엊그제도 교회에서 기타 쳐서 손끝이 아프다더라. 동서가 시켜 봐. 할지도 모르니까…… "

　명희가 방안으로 들어오는 영인이를 붙잡고 가족파티를 열자고 하자 아이들이 좋아서 어쩔 줄을 몰라했다.

　"야, 신난다! 누나가 기타 치면서 사회 봐. 우리는 노래하고 춤출 테니까. "

상인·수인·호인이가 한창 인기를 얻고 있는 트위스트 김의 흉내를 내며 엉덩이를 흔들어 댔다. 숙인이는 오빠들 뒤에 물러서서 겁먹은 표정으로 서 있었다. 영인이가 건넌방에서 기타를 들고 나오면서 징 크로스비가 부른 징글벨을 부르기 시작했다.

준태 녀석은 지금쯤 뭘하고 있을까?

철규는 조카들과 어울려 노래를 부르고 놀면서도 따분함을 이기지 못해 작전부 교반장 준태를 생각하며 또 술을 한 잔 꿀꺽꿀꺽 마셔댔다…….

아랫층에서 올라오는 고소한 냄새에 경자는 잠이 깨었다. 10시가 넘었는데도 옆에 누운 장준태는 아직도 한밤중이었다. 경자는 살며시 이불 속을 빠져 나와 벗어놓은 브래지어와 팬티로 알몸을 가리며 머리를 추수려 올렸다.

침대 밑에는 어젯밤 준태와 운우지정을 나누면서 사용한 휴지가 너저분하게 널려 있었다. 그녀는 그것들을 빗자루로 쓸어 휴지통에 넣고 욕실로 들어가 샤워부터 했다.

세상에 무슨 남자가 새벽까지 올라타냐?

그녀는 샤워를 마치고 몸에 묻은 물기를 닦으며 혼자 웃었다. 저녁마다 뭍에 올라오는 뱃사람들과 어울려 운우지락을 나누는 생활이 좋아서 대학교 2학년 때 집을 뛰쳐나와 옐로우 하우스에서 터를 잡은 몸이지만, 어제 저녁은 유별난 느낌이 들었다. 마치 준태를 꼭 껴안고 천국에라도 들어가 철버덩철버덩 밤새껏 헤엄을 치다가 새벽녘에 잠에 곯아떨어진 채로 이승에 내려온 기분이었다.

정말 모처럼만에 느껴보는 기분 좋은 하룻밤이었다. 제 혼
자 깔짝거리다 드렁드렁 코를 곯아대는 일반 상선의 먹물
묻은 세일러들하고는 비교도 할 수 없는 정염(情炎)이었다.
너무 황홀했다. 아랫도리는 아직도 뻐근하게 마비되어 있는
느낌이었다. 바다에서 생활하는 사람들이라 여자의 몸이 그
립기도 하겠지만, 그래도 그렇지 밤새껏 올라갔다 내려갔다
하면서 무려 8시간을 그것만 하는 남자는 이 세상에 준태뿐
인 것 같았다.

해구신은 힘이 좋다는 말이 있지만, 그녀가 앞발 뒷발 다
들기는 이번이 처음이었다. 정말 벅차고 숨막히는 하룻밤이
었다. 준태를 만난 지 3년 만에 처음 느껴보는, 여섯 번을
죽었다 깨어난 밤이었다.

맛있게 모닝 커피라도 끓여 주어야지…….

그녀는 벗어놓은 나이트 가운을 걸치고 아랫층으로 내려
갔다. 프라이 팬을 석유곤로 위에 올려놓고 장마담이 주방에
서 콩을 볶고 있었다.

"엄마, 뭐하는 거예요? "

주방 찬장에 진열되어 있는 커피잔 두 개를 꺼내 깨끗이
씻으며 경자가 물었다. 장마담이 소금과 설탕을 뿌려가며 노
르끼리하게 잘 볶은 콩을 한 옆에다 들어내 놓은 뒤, 기름에
재어 놓은 김을 구우며 말했다.

"저 사람들 배에 들어갈 때 뭐 좀 싸주어야지…… 인천에
만 오면 잊지 않고 찾아오는 사람들을 어찌 빈 손으로 보내
느냐? "

"참, 엄마두…… 밤에는 속풀이 찌게 끓여주고 아침에는 조

반 지어 먹이고…… 거기다 바다에 나가 먹을 밑반찬과 심심
풀이 맛콩까지 만들어 주면 뭐 남는 게 있겠시다……?"
　경자는 입을 삐죽거리며 웃었다. 몇년씩 잊지 않고 찾아오
는 단골들을 위해 장마담이 딸 가진 장모들처럼 지극정성으
로 세세한 데까지 신경을 쓰는 모습이 그녀는 예사로 보이
지가 않았다.
　"이년아, 딸라 뿌리는 코쟁이한테 남기면 됐지, 저 사람들
한테도 장삿속 보일 테냐?"
　장마담은 턱도 없는 소리 하지도 말라며 부지런히 김을
구워 냈다. 경자는 하룻밤 풋사랑이 좋아서 신선놀음을 하고
있지만 장마담은 물초처럼 늘어진 뱃사람들이 찾아와 하룻
밤씩 여자들과 자면서 생기를 얻어서 가는 모습이 좋아서
옛님을 기다리듯 꽃장사를 하고 있는데 장삿속으로 이익 따
지게 생겼느냐는 말이었다. 그녀는 청춘에 끌려나와 나라지
키는 군인들한테는 무조건 잘해 주어야 한다는 것이 지론이
었다.
　"세월이 가면 너들도 사람이 사는 것이 뭔가를 알게 될
거다……."
　장마담이 객적은 소리 그만 하고 어서 올라가라고 하자
경자가 커피잔 속에다 생달걀을 깨서 노른자만 빼넣으면서
한 마디 더했다.
　"그러니까 우리 자기가 엄마 보고 장모님, 장모님 하면서
좋아하지. 엄마, 나 준태 그 사람 좋아해도 괜찮아?"
　"이년아! 네가 알아서 할 일이지 왜 그걸 나한테 묻냐?"
　장마담이 김을 구워 놓고 일어나 국솥을 곤로 위에 올려

놓으며,

"그 사람들 어젯밤에 객고라도 원없이 풀었는가 모르겠다. 육계장 끓여 놨다. 어서들 내려와서 아침 먹자…… 벌써 10시다. "

"알았어요. 모닝커피 마시고 나면 샤워시켜 내려올께요."

경자는 콧노래를 부르며 2층으로 올라갔다. 영자도 헬쑥한 얼굴로 머리카락을 쓸어올리며 모닝 커피를 타러 방을 나왔다. 경자가 커피잔을 든 채로 물었다.

"파트너 일어났니? "

"음. "

"엄마 육계장 끓여놨다더라. 어서 내려가서 아침 먹자. "

"웬일이셔? 엄마는 이 사람들만 오면 유별나더라, 언니?"

"6·25 때 애인이 해군 나가서 죽었데……. "

"오오라! 엄마도 우리들한테 드러내 놓고 말 못할 아픈 사랑이 있었구나. "

장마담이 해군들만 찾아오면 잘해 주는 이유를 그제야 알겠다며 영자가 입을 막고 웃었다. 영자가 다시 경자의 귀에다 입을 대고 낮게 재잘거렷다.

"언니, 언니! 내 방 손님이 그러는데 진해에 내려가면 어떤 여자가 있는데 그 사람은 글쎄, 외출 나온 수병들이 화대가 없어 객고를 못 푸는 걸 보면 자기 방으로 데리고 가서 그냥 막 준데…… 그래서 진해에 있는 수병들은 모두들 그 여자를 보고 수병의 어머니라고 부른데…… 그 사람도 꼭 우리 엄마 닮았나 봐. 그렇지?"

"제 멋에 사는 게 인생인데 나도 그렇게 우리 자기 씨한테 육보시나 하면서 살까? ”

　경자가 천연덕스럽게 한 마디를 내뱉자, 영자가 샘이 난 얼굴로 물었다.

　“언니, 어젯밤에 좋았구나? ”

　“천국에서 오늘 새벽에 내려온 기분이다. 넌 어땠니? ”

　“나두, 오랫만에 울었어……. ”

　영자는 운우지정이 목젖까지 차오르면,

　“자기야, 나 좀…… 아아……. ”

하면서 우는 버릇이 있었다.

　“네 파트너 목타겠다. 어서 모닝 커피 끓여 줘라. ”

　경자가 2층 계단 층계참에서 까르르 웃다가 자기 방으로 들어갔다. 준태가 그때사 부시시 눈을 뜨며 얼굴을 찡그렸다. 따갑게 뻗어오는 햇살이 눈부셨다.

　“커텐 가려 줄까? ”

　준태가 고개를 끄덕이며 길게 심호흡을 했다. 경자는 침대에 걸터 앉으며 준태의 등을 가볍게 안마해 주었다.

　“샤워하고 모닝 커피 마셔. ”

　준태가 속옷을 꿰입으며 물었다.

　“옆방 사람들 일어났어? ”

　“음. 자기 양말하고 속내의 바꿔줘도 괜찮지? ”

　준태가 고개를 끄덕이며 샤워장으로 들어갔다. 경자는 옷장 설합에서 새 팬티와 런닝셔츠 한 벌을 꺼내 샤워장으로 넣어 주었다. 그리고 들고온 양말은 화장대 위에 올려 놓으며 방청소를 했다.

　“커피 맛 좋은데? ”

샤워를 마치고 나온 준태가 그녀와 함께 모닝 커피를 마시며 웃었다. 객고가 풀린, 상쾌한 얼굴이었다. 경자는 새벽녘까지 한숨도 재워주지 않은 준태가 좋았다. 그녀는 커피를 마시다 말고 그의 코를 잡고 비틀었다. 그와 마시는 모닝 커피 맛이 좋다.

"나, 자기 보고 싶을 때 진해에 내려가면 안돼? "

경자가 커피잔을 놓으며 낮게 물었다.

"새삼스럽기는…… 인천 올 때마다 이렇게 오면 되지 진해에까지 꼭 내려와야겠어? "

"음. "

"왜? "

"자기가 좋아서. "

"어디가? "

"내가 준비해 주는 속옷과 양말 신고 가는 모습이. "

"그걸 싫어하는 사람도 있나? "

"다들, 여편네가 알면 큰일난다면서 질겁을 해…… 자기는 그런 생각 안들어? "

"난, 그런 거 검사해 줄 사람도 없어……. 경자가 검사해 줄래? "

"진짜야? 나, 더럽다고 하지 않을 거야? "

"너, 지금 무슨 소리 하는 거냐? "

"이따금씩 자기 보고 싶을 때 진해에 내려가고 싶어. 그래도 괜찮아? "

"너 편한 대로 해라. 난, 역마살이 껴서 파도따라 이리저리 떠돌는 몸이다. 진해에 내려올려면 마음 단단히 먹어라."

“나도 자기 하나만 가지고는 안돼. 그래두 괜찮지? ”

“너 보고 요조숙녀가 되라는 말이 아냐. 그냥, 정을 주고 싶을 때 곁에 있어 주기만 하면 된다는 말이야. 그래도 괜찮아? ”

“그거면 족해. 나이를 먹는지 문득문득 누군가가 그리워질 때 옆에 아무도 없다는 생각을 하면 이상하게 가슴이 끓는 거 있지? 그땐 자기라도 만나러 가고 싶어? ”

“그래. 그런 가슴은 나도 얼마든지 달래줄 수 있다. 아무 걱정 말고 진해에 내려와라. ”

“정말? ”

경자는 밤새껏 생각해 놓은 말을 그제사 할 수 있었다는 듯 또 그의 어깨를 주물러 주었다.

“어서 양말 신고 밥 먹으러 내려가. 엄마가 자기 주려고 김도 구워 놓고 육계장도 끓여 놓았어.”

“그래에? ”

“그거뿐인 줄 알아? 콩도 볶아 놓았어. ”

“콩은 왜? ”

“자기, 야간에 당직 서면서 졸릴 때 한 알씩 씹으라고……우리 엄마 참 좋지? ”

“사람이 사람에게 정을 줄 수 있다는 것은 그만큼 가슴이 건강하다는 뜻이야. 너도 좀 배워. ”

“알았어. 나도 자기한테 잘할께. 흉보지 마. ”

준태는 장마담의 뜨거운 정을 고마와하다 갑자기 생각난 듯,

“아 참! 내가 여기 올 때 뭘 하나 가지고 왔는데…… 코트

어디 있어? ”

“옷장에 있지. 왜? ”

경자가 붙박이 옷장 속에 고이 걸어둔 준태의 반코트를 들고 왔다. 준태는 코트 속주머니에서 미제 향수 두 병을 꺼냈다.

“이거, 사관생도들 싣고 원양항해 나갔다가 필리핀 슈빅베이 미군 피엑스에서 산 것인데 너 하나 갖고 엄마 하나 갖다 줘. ”

납짝하고 갈색 빛깔을 띠는 향수 두 병을 받아들고 경자가 탄복하듯 소리를 질렀다.

“고맙다 자기야! 그 먼 데까지 가서 나하고 엄마 생각하며 이걸 샀어? ”

“아냐. 여러 개 사왔는데 너하고 엄마한테 주려고 두 개 남겨놓은 거야. ”

“어쨌든! 어서 내려가 밥 먹어. ”

경자는 준태의 뺨에다 키스를 해주었다. 그리고는 날아갈 듯 아랫층으로 내려갔다.

“엄마 엄마! 우리 자기가 엄마한테 선물 사왔어. ”

준태에게 주려고 볶은 콩과 구운 김을 와이셔츠 상자에다 넣어 예쁘게 포장을 하고 있던 장마담이 호들갑을 떨고 내려오는 경자를 쳐다보며 나무랬다.

“집 무너지겠다, 이년아! 좀 조용히 못하냐? ”

경자는 그래도 아랑곳하지 않은 채,

“우리 자기가 향수 사왔단 말이야. 향기 한번 맡아 봐. 아, 황홀해! ”

하면서 자기 몫의 향수병을 열어 냄새를 맡으며 또 깜박깜박 숨넘어가는 소리를 내었다.

"이년아! 주야로 숨넘어가는 소리만 내지 말고 너희 서방들 데리고 내려와 뭣 좀 먹여라. 네년들은 어찌 그렇게 철딱서니들이 없냐?"

장마담이 선물꾸러미를 다 싸놓고는 경자를 한 대 쥐어박았다. 경자가 윗층으로 쫓겨 올라가면서 혀를 쏙 내밀었다.

"밤일은 뭐, 자기만 했나? 나도 밤새 같이 했었는데……."

"저년은 하여튼, 내가 못 말린다니까……."

장마담도 경자가 갖다 준 향수가 싫지 않은 듯 한참 지켜보다 아침상을 차렸다. 시계는 그럭저럭 정오가 가까와 있었다.

잠시 후 준태가 함께 온 전탐사 박병두 하사와 위생사 김영호 하사, 그리고 통신사 신석호 하사를 데리고 아랫층 식당으로 내려왔다. 모두들 헬쑥한 얼굴이었다. 그러나 객고가 풀린 얼굴들이라 만면에 웃음이 가득했다. 장마담은 그들 옆에서 밤을 같이 한 파트너들이 시중을 들어주는 모습이 좋아서 연방 뜨거운 육계장 국물을 퍼다 날랐다.

"음식이 입에 맞지 않더라도 많이 드세요. 오늘은 우리 사위들 오는 날이라 낮장사는 포기했어요……."

쭈빗쭈빗 눈치만 보면서 앉아 있던 위생사 김영호 하사가 되게 부러운 표정으로 불쑥 한 마디 했다.

"저도 앞으로 인천 오면 꼭 찾아뵙겠습니다. 그때도 꼭 이런 국 좀 끓여 주십시요. 저, 둘째 사윗감으로 어떻습니까?"

위생사 김영호 하사 옆에 붙어앉아 뒤늦게 밥숟갈을 들던

영자가,

　"어마나 어마나! 이이 좀 봐. 나한테는 물어보지도 않구 엄마한테 먼저 말하네. "

하면서 김영호 하사의 팔뚝을 꼬집었다.

　"영자, 저년! 저 능큼스러운 모습 좀 봐. 좋으면 좋다고 하지 사람 사는 게 별 것인 줄 아냐? "

　장마담이 여장부처럼 껄껄 웃더니,

　"그래, 좋다! 우리 둘째 사위도 키도 크고 이마도 넓고 어디 나무랄 데 없이 좋구나. 인천 오면 편하게 쉬었다 가시게. 사람 가슴에 정 주고 다닐 때가 그래도 지나놓고 보면 제일 좋은 시절일 게요. "

하면서 자신도 모르게 나온 눈물을 닦아냈다.

　"우리 엄마 또 옛날 애인 생각하나 봐. 영자야, 그치? "

　경자가 까르르 웃다가 곁에 앉은 영자를 툭 쳤다. 장마담이 도저히 못 참겠는지 주방으로 들어가 코를 팽 풀었다.

　"장하사, 강철규 하사하고 윤치백 하사는 어디서 만나기로 했어? "

　식사를 마친 위생사 김영호 하사가 물었다. 준태가 따끈따끈한 보리물을 한 컵 부어 마시면서 시계를 봤다.

　"3시에 하인천 황해집에서 만나기로 했어요. 막걸리라도 한 잔 같이 마시려구요. 같이 갈라요? "

　"그럼. 가야지. "

　준태는 함께 온 동료들과 같이 2층으로 올라와 각기 자기 방으로 들어갔다. 시계는 정오를 넘고 있었다.

　"내 바지 어딧지? "

　준태가 경자가 내어준 바지를 보며 물수건을 찾았다. 어젯
밤 눈 내린 길을 걸어와서 그런지 바짓가랭이에 흙이 잔뜩
묻어 있었다.
　"자기야, 내가 바지 좀 다려 줄께. 조금만 기다려 봐."
　경자가 군용 모포와 다리미를 들고와 진흙이 묻은 준태의
바짓가랭이를 펴놓고 다림질을 시작했다.
　"자기야, 해군들은 복제가 참 특이해."
　"어떤 면이?"
　"땅에 닿을락말락하는 통 넓은 바지가 너무 낭만적이야……
……."
　"군인들이 입는 바지를 낭만적인 시각으로 보다니…… 그
건 너무 소녀같은 발상이다."
　"어쨌든, 하의가 돗폭처럼 펄럭일 정도인데 이것도 무슨
뜻이 있어?"
　경자가 한쪽 가랭이를 또 물수건으로 닦아 펴면서 물었다.
준태가 답했다.
　"그럼, 뜻이 있지."
　"왜 통 넓은 나팔바지를 입는데……? 이야기 좀 해 줘."
　경자가 준태를 빤히 쳐다보며 응석을 부리듯이 물었다. 준
태는 경자의 그런 모습이 사랑스러웠다. 그는 침대에 걸터앉
아 해군들이 통넓은 나팔바지를 즐겨 입는 이유를 설명했다.
　"배가 침몰할 경우, 해군들은 구조함까지 헤엄쳐 가야 돼.
이때 옷을 입고 있으면 수영하기가 불편하겠지?"
　"응."
　경자가 고개를 끄덕이자 준태는 신명이 난 목소리로,

　"이때 쉽게 벗어던지기 위해 아랫가랭이는 넓게 입는 거
야. 이해가 돼? "
　그녀는 수긍이 간다는 표정으로 고개를 끄덕이다 또 물었
다.
　"그럼 상의는 왜 투우사들처럼 꼭 끼게 입어? 수영할 때
벗어던지기 힘들 텐데. "
　"그것은 바다의 특성 때문에 그렇게 입어. 예를 들어, 수
영을 해서 도피해도 상체는 수면 위에 반 이상 내어놓게 되
는데 이때 상의를 벗어버리면 동상을 입거나 화상을 입을
경우가 많아. 이런 것을 방지하면서 용이하게 헤엄을 치려면
몸에 착 달라붙는 옷이 간편하겠지? 그래서 상의는 꼭 끼게
입는 거야. 무슨 말인지 알겠어? "
　"응, 정말 재밌다. 자기는 어떻게 그런 것까지 다 알지? "
　경자가 바지를 다려서 탁탁 털어주며 까르르 웃었다.
　"해군에 복무하다 보면 자연적 알게 돼. "
　"자기는 몇년 복무했는데? "
　"7년 조금 넘어. "
　"계속 이 군함만 탔어? "
　경자가 상의 왼쪽 어깨에 붙은 승함기장을 가리켰다.
　"아니, 다른 배도 탔어. "
　"외국에도 자주 나갔다 왔어? "
　"두 번. "
　"어디 어디 갔다왔는데? "
　"동남아시아하고 하와이에. "
　"좋겠다, 자기야. 외국에 나갔을 때도 여자들하고 긴밤 잤

어? ”

 “잘 수도 있었지만 나는 숏타임만 즐겼어.”

 “왜? ”

 “달러가 없어서. ”

 “외국에도 우리처럼 이래? ”

 “이런 데도 있고 못한 데도 많지…… 왜 그런 걸 자꾸 물어? 사람 곤란하게……. ”

 “그냥, 재미있어서…… 나, 자기 가는 거 보러 부두에 나가도 괜찮아? ”

 “괜찮지. 하지만 추울 텐데……? ”

 “그건 상관없어. 자기만 괜찮다면. ”

 “부두 옆에 있는 막걸리집에 모여 마지막으로 한 잔 더 마시려고 하는데 그래도 괜찮겠어? ”

 “영자하고 둘이서 먼 발치에서 자기 떠나는 것만 보고 올께. ”

 “손 흔들어 주면서 울려구? 나, 그러면 마음 약해서 바다에 나가서도 며칠씩 잠 못 잔다. 그러지는 않겠지? ”

 경자가 모포를 거두면서 고개를 떨구었다. 헤어지기가 몹시 싫은 표정이었다.

 “진해에 도착하는 날 꼭 편지해 줘. 내가 내려갈께. 그리고, 나…… 한 번만……. ”

 경자가 말을 더듬거리며 고개를 돌렸다. 준태는 쏴하니 가슴 속으로 바람이 몰아치는 것 같아 경자를 일으켜 세워 껴안아 주다가 침대에 눕혔다.

 “너, 왜 사람 발걸음 무겁게 하냐? ”

"나도 모르겠어. 내가 왜 이러는지? "

준태는 가슴에 얼굴을 묻고 있는 경자의 뺨을 어루만져 주다 뜨겁게 키스를 해 주었다. 배가 인천에 들어올 때마다 경자와 같이 밤을 보냈지만 오늘은 이상하게 헤어지기가 싫었다. 그런 감정은 경자도 마찬가지였다. 그녀는 준태의 가슴에 얼굴을 묻고 있다가 더듬거리는 목소리로 몇 마디 했다.

"있잖아, 나 자기 좋아해도 괜찮아? "

"나 같은 놈 좋아해서 뭘 하게. 나이 더 먹기 전에 실팍한 놈 잡아 살림이나 해. 난, 너를 좋아할 자격도 없는 놈이다 ……. "

"왜? "

"바다에서 살아야 하잖냐. "

"언제까지? "

"나도 모르겠다. 언제까지 이렇게 살아야 하는지. "

준태는 진급이라도 해야만 육상근무가 가능했다. 그러나 병과의 선임자들이 앞길을 막고 있어 앞으로 2~3년 정도 더 근무해도 중사 진급은 될까 말까였다. 그렇다고 철규처럼 장교로 진출해 볼 수 있는 길도 없었다. 임관시험에 붙을 실력도 없을 뿐만 아니라 노력한다고 해서 될 일도 아니었다. 그냥 세월이 답답증을 풀어줄 때까지 함상생활을 하다가 나중 제대가 되면 고향으로 돌아가 라디오나 전화기를 고쳐주는 전파상이라도 하나 차려서 밥술이나 얻어 먹으며 나머지 여생을 보내려고 생각하고 있었다.

"그럼, 자기 배 탈 때까지만 좋아하는 건 괜찮아? "

“그래. 편한 대로 해라. 그저 네 곁에서 쉬었다 갈께.”

“나도 그것만이면 족해. 어서 일어나.”

경자가 먼저 일어나 그의 옷을 꺼내 주었다. 준태는 코트 주머니에 든 봉급 봉투를 꺼내 그녀에게 송두리째 주었다.

“나중 진해에 내려올 때 차비나 해라.”

경자가 화들짝 놀라면서 싫은 빛을 보였다. 그녀는 어젯밤 그가 던져준 한 달치 봉급봉투를 그대로 갖고 있었다.

“아냐. 이건 넣어가. 어제 준 것만 해도 충분해. 웬 돈을 이렇게 많이 가지고 다녀?”

경자가 책망하듯 목소리를 높이며 그의 주머니에다 다시 한 달치 봉급봉투를 넣어 주었다. 준태는 다시 봉급봉투를 꺼내 반을 뚝 잘랐다.

“바다에 나가면 쓸 데도 없어. 이건 네가 보관해라.”

“진해에 들어가면 어떡할 거야?”

“그땐 또 봉급 나오겠지 뭐.”

“자기도 다른 사람처럼 적금들면서 돈 좀 모아. 그래야 예쁜 색씨 얻지?”

“너만 있으면 돼. 저 방에 가서 빨리 나오라고 해라. 떠날 시간 됐어…….”

준태는 먼저 방을 나와 아랫층으로 내려왔다. 걸레질을 하고 있던 장마담이 손을 털면서 다가왔다.

“배에 들어갈려구?”

“네. 올 때마다 번번이 폐만 끼치고 갑니다. 이거 얼마 안 되는 금액이지만 제 정성이라 생각하십시요. 어제 저녁은 너무 고마왔습니다.”

준태가 하직인사를 하면서 경자가 넣어준 봉급봉투의 돈
을 뚝 잘라 내어놓자 장마담이 눈을 부라리며 꾸짖었다.

"이 사람아! 공은 공이고 사는 사네. 넣어 가서 술이나 한
잔 더 마시고 들어가게나…… 이건 바다에 나가서 먹으라고
김 몇톳 구워 넣었네. 들고 가게. "

준태는 장마담이 내민 선물상자를 받아들며 정겨운 웃음
을 지었다.

"장모님, 이런 식으로 장사하시다 살림 동나겠습니다. 다
음부턴 이러지 마세요. 저희들 부담스럽습니다. "

"살림이 동나도 나는 자네들이 와주는 것만으로도 고맙네.
바다에 나가더라도 몸조심하고 인천 오면 들리게. 나는 일년
에 서너 차례씩 찾아오는 자네들 얼굴 보는 낙으로 산다네."

장마담은 또 6·25 때 해군 나간 옛님이 그리운지 잠시
허공을 지켜보며 눈밑을 눌러댔다. 경자·영자·미자·순자
가 함께 온 동료들을 데리고 아래로 내려왔다. 위생사 김영
호 하사가 늦게 내려온 세 하사들을 대표해 하직인사를 했
다.

"저희들 잘 쉬었다 갑니다. 다음에 인천 오면 또 찾아뵙겠
습니다. "

경자·영자·미자·순자가 입을 막고 키들키들 웃었다. 전
탐사 박병두 하사와 통신사 신석호 하사는 낯이 뜨거운지
안절부절 못하는 몸짓으로 빨리 달아날 구멍만 찾고 있었다.

"잘 쉬었다 간다니 다행이구먼. 다음에도 인천 오면 들리
게. 우리네는 포주짓을 해 먹고 살아도 정에 약한 것이 천성
이네. "

"안녕히 계십시오. "

위생사 김영호 하사가 모자를 쓰고 정식으로 경례를 했다. 장마담이 황공한지 어서 나가라면서 먼저 미숫방 쪽으로 걸어갔다.

"부두에는 경자하고 영자만 나가냐? "

"네. "

"부두에 나가서 술 마시면 안된다. 알았냐? "

장마담이 주의를 주며 네 사람의 신발을 내주었다. 준태는 거리로 나와 지나가는 택시 두 대를 잡았다. 경자와 영자를 함께 태워 먼저 보내고 네 사람은 뒷차를 타고 하인천 객선부두로 달려갔다. 눈이 온 뒤끝이라 불어오는 바람결이 몹시 차가왔다.

"출항이 몇시지? "

위생사 김영호 하사가 물었다.

"오후 5시요. "

"황해집에서 한 잔 더 마셔도 시간은 충분하겠네? "

"어쨌든 가봅시다. 강철규가 진급명령 내려왔다고 한 잔 사겠다고 했으니까 ……윤치백이도 올거요, 아마. "

"조오치! 우리네야 먹고 노는 데는 안 빠지지…… 영자도 옆에 있겠다, 오늘도 술맛 나겠는데, 장하사? "

"배에 들어가서 취할 셈 치고 실컷 마시고 들어갑시다. 진해에 들어갈 때까지 술생각 나지 않게. "

앞좌석에 앉은 준태가 객선부두 입구에서 택시를 세우며 차삯을 지불했다. 준태는 먼저 택시에서 내려 하인천 객선부두 주위를 두리번거렸다. 경자와 영자를 태우고 먼저 떠난 택시가 저만큼에 서서 흰 연기를 내뿜었고, 구성진 유행가 가락이 부두 쪽에서 흘러 나왔다.

낙도행 여객선이 떠날 시간이 임박했는 것 같다. 객선부두 앞 음식점과 선술집에서 추위를 쫓으며 배 떠날 시간을 기다리고 있던 섬사람들이 한무리 떼를 지어 객선부두 안으로 바삐 뛰어 갔고, 술병 상자와 옷보퉁이를 가득 실은 리어카꾼이 짐짐짐 하면서 질척거리는 큰길을 바삐 지나갔다.

준태는 길 옆으로 물러서서 잠시 서쪽 하늘을 지켜보았다. 또 눈을 뿌릴려는지 해가 기울고 있는 서쪽 하늘은 저녁 굶은 시에미 상판대기 모양 이따금씩 돌개바람을 내뿜으며 낮게 내려앉았고, 부두 쪽에서 들려오는 통통배의 기관음 소리가 바람이 잠잠해질 때마다 매캐한 기름냄새와 함께 밀려왔다.

"어떻게 할래? "

준태가 코트깃을 세우며 다가온 경자와 영자를 바라보았다. 여우 목도리에다 벨벳 코트를 입고 나온 경자는 모델처럼 화려해 보였다. 그녀는 부산한 부두 정경이 새삼스러운지 약간 상기된 얼굴로 물었다.

"자기야, 우리 요 밑에 시장에 들어가 쇼핑 좀 하고 올 테니까 먼저 들어가. 저기 저 술집에서 친구분들과 만나기로 했어? "

경자가 황해집을 가리켰다. 준태는 뒤에 서 있는 위생사 김영호 하사와 일행을 보면서 고개를 끄덕였다.

"우리 4시 반까지 황해집에서 술 마시고 있을 테니까 볼 일 보고 와. 쇼핑할 게 많아? "

경자가 고개를 저으며 물러갔다. 준태는 시계를 보며 일행
과 함께 황해집으로 걸어갔다. 철규가 사주는 술을 90분 정
도 마실 수 있는 시간이 있었다.

"야, 장준태! 빨리 와, 임마! "

황해집 문을 열고 들어서자 벌겋게 취한 윤치백이가 소리
를 질렀다. 준태는 일행 세 명과 함께 안으로 들어가며 씨익
웃었다.

"얼씨구! 이 놈씨가 오늘은 왜 이래? "

강철규가 술 따뤄 주는 여자들과 함께 키득거리며 눈동자
가 확 풀려 있는 모습을 보고 준태가 의아한 빛을 보였다.

"야, 너 가스나 안 따라 나왔어? "

준태가 뭔가 이상하다는 듯 다시 묻자,

"응, 어서 와서 막걸리 한 잔 해. "

하면서 강철규가 그제야 혀 꼬부라진 소리로 아는 체를 하
더니,

"어이구, 우리 위생 김하사님과 작전부 엘리트들께서도 함
께 오셨네. 어서 오시오. 내가 진급시험 합격주 한 잔 사는
거니까 배 떠날 때까지 실컷 마시고 들어갑시다…… 이 보
쇼, 주인장! 여기 잔 네 개 더 갖다 주시고 술도 두어 말 더
갖다 놓으쇼. 꺼억! "

하면서 여자들의 부축을 받으며 일어나 김영호 하사에게 손
을 내밀었다.

"아니, 우리 강하사가 오늘 웬일이야. 집에 좋지 않은 일
있었어? "

김영호 하사가 악수를 하면서 연방 놀란 빛을 보였다. 윤

치백이가 준태에게 술잔을 건네며 한 마디 했다.

"저녀석 오늘 좀 취하게 놔두고 술이나 드쇼. 지난해 진해에 내려와 소란 피운 아랫집 그 가스나가 떠나버렸데요. "

"뭐? 다른 놈씨하고 결혼했다는 말이야? "

준태가 새하얗게 질린 얼굴로 묻자,

"맞았어, 맞았어! 점찍어 달라고 보채던 정옥이가 나도 모르는 사이에 다른 놈씨하고 결혼해 버렸어. 준태야, 난 이제 어떻게 해야 되냐? "

하면서 강철규가 괴로운 듯 킬킬 웃었다. 한복을 곱게 차려 입은 여자 하나가 얼굴을 찡그리면서 말했다.

"장하사님, 이 분 1시 조금 넘어 오셔서 여태껏 계속 마셨어요. 술 너무 권하지 말고 노래 부르며 놀다가 가세요. 5시까지 배에 들어가야 된다면서요? "

"이런 얼치기 같은 새끼! 20년간 죽 쑤어서 개 주고 왔구나. 이 새꺄, 내가 뭐랬니. 계집은 점찍어 놓고 난 다음에 위해 주라고 했잖아? 술 마셔, 새꺄! "

준태가 대뜸 화를 내며 술잔을 내밀었다.

강철규가 또 키득키득 웃으면서,

"그래. 준태 네 말이 맞았다. 계집은 점찍어 놓고 위해 주어야 하는 건데 내가 실수했어. 실컷 술이나 마시다 들어가자구…… "

하며 또 주인을 불렀다.

"어떻게 해요. 술 더 갖다 드려요? "

다가온 주인이 동기생인 윤치백이와 장준태를 보며 물었다. 장준태가 대답했다.

"그럼요. 아무 소리 말고 찌게 한 냄비 하고 술 한 말만 더 갖다 놓으슈. 우리가 들어갈 때 깨끗이 계산해 드리고 갈 테니까……. "

"아니, 그런 뜻이 아니라……. "

주인이 계산 때문에 망설이는 것이 아니라고 말하자 윤치백이가 받았다.

"쓰러져도 우리가 업고 갈 테니까 염려 말고 술이나 갖다 놓으슈. "

윤치백이가 아픈 가슴을 가누지 못해 또 막걸리를 벌컥벌컥 마셔댔다. 전탐사 박병두 하사와 통신사 신석호 하사도 그때사 술좌석의 분위기를 파악한 듯 강철규를 위로했다. 이때 아코디언과 클라리넷을 든 부녀악사가 들어와 구성지게 '홍도야 울지 마라'를 연주했다. 접대부의 등을 두들이며 키득키득 웃어대든 강철규가 눈을 크게 뜨고 소리쳤다.

"이보시요! 마침 잘 오셨쑤. 여기 들어와 연주 좀 해 주시요. 우리 떨거지들 한 판 두들기게……. "

아코디언을 둘러멘 맹인 아버지와 클라리넷을 든 길라잡이 딸이 방으로 들어와 공손이 절을 하면서 '삼팔선의 봄'을 연주했다. 황해집 주인도 마침 잘 왔다면서 두 부녀악사가 엉덩이를 붙일 수 있게 홀에 있는 의자를 두 개 방에 넣어 주었다. 부녀악사는 또 고개를 굽씬 숙이며 삼팔선의 봄 2절을 연주했다. 윤치백이가 포대에 앉아 즐겨 부르던 노래가 나왔다면서 목청도 우렁차게 따라 불렀고, 강철규도 그때사 우울한 기분이 가시는지 신명나게 노래를 불렀다. 방안에 분위기는 거리의 악사가 들어오자 금시 되살아나기 시작했다.

　"악사님! 이 친구 1년 만에 고향 왔다가 첫사랑한 애인 놓쳐버리고 울고 있어요. 신명나게 노래라도 부르면서 기분 전환하게 반주 좀 부탁합시다. 이건 수고비요. "

　준태가 주머니에서 천 원짜리 지폐 두 장을 내어놓자 클라리넷을 든 악사가 다소곳이 고개를 숙이며 또 노래 한 곡을 선사했다. 최갑석 씨가 부른 '고향에 찾아와도' 였다.

　"좋다! 강철규 뭐하니. 빨리 일어나 전주곡 받아야지. "

　윤치백이가 신명이 나서 어쩔 줄을 몰라하며 강철규를 일으켜 세웠다. 강철규는 전주곡만 들어도 가슴이 흔들리는지 두 눈에 눈물을 머금은 채 감정을 토해냈다.

고향에 찾아와도 그립던 고향은 아니드뇨.
두견화 피는 언덕에 누워 풀피리 맞춰 불던 내 동무여!
흰 구름 종달샘에 그려보던 청운의 꿈을
어이 지녀 가느냐 어이 새워 가느냐

　"박자 좋고 음정 좋고…… 자, 2절도 계속! "

　그새 취한 위생사 김영호 하사가 빵모를 뒤집어서 푹 눌러썼다. 그리고는 각설이처럼 사지를 흔들어대며 강철규의 등을 두들겼다. 아코디언과 클라리넷이 화음을 이루며 간주를 끝내자 철규는 또 흐느끼듯 아픈 마음을 드러내 보였다.

산은 옛 산이로되 물은 옛 물이 아니로다
실버들 향기 가슴에 안고 배 띄워 노래하던 옛 동무여!

홀러간 구비구비 적셔보던 야릇한 꿈을
어이 지녀 가느냐 어이 새워 가느냐.

　강철규의 애절한 목소리는 함께 상륙 나온 동기생들과 동료들을 울렸다. 악사는 바짝 고조된 방안의 분위기를 식히지 않을 듯 이번에는 백년설 씨가 부른 '대지의 항구'를 연주하기 시작했다. 이 노래는 위생사 김영호 하사가 18번인 듯 악사들을 신명나게 만들었다.
　준태도 술이 취하는지 박경원 씨가 부른 '이별의 인천항'을 주문했다. 아코디언을 멘 맹인 악사가 의자에서 일어나 애간장을 녹일 듯 간드러지게 전주곡을 뽑아냈다. 장준태는 조금 전까지 치렁치렁 감기던 경자의 아름다운 모습을 생각하면서 숨을 몰아 쉬었다.

쌍고동이 울어대는 이별의 인천항구
갈매기도 슬피우는 이별의 인천항구
항구마다 울고가는 마도로스 사랑인가
정들자 이별의 고동소리 목메여 운다.

　하인천 시장에 들어가 준태가 바다에 나가서 쓸 휴지·비누·치약·담배·양말 등을 한 보따리 사서 영자와 함께 황해집으로 들어오던 경자는 맹인 악사의 경쾌한 연주와 어젯밤을 함께 한 장준태의, 가슴을 펴덕이는 듯한 목소리에 자신도 모르게 눈밑을 붉히고 있었다. 장준태는 그녀가 홀에 들어와 지켜보고 있는 것도 모른 채 간주에 빠려 들어가며 또 아픈 마음을 내보였다.

　등대마다 임을 두고 내일은 어느 항구
　쓴웃음친 남아에도 순정은 있다.
　항구마다 울고가는 마도로스 사랑인가
　작약도에 등대불만 가물거린다.

"자, 이제 들어가셔야 할 시간입니다. "
　고조된 분위기를 깨기 싫어서 시계만 쳐다보고 있던 황해집 주인이 철규가 들고온 떡보따리와 고기보따리를 들고 나오며 아쉬운 표정을 지었다. 시간 가는 줄 모르고 각설이 춤을 추어대든 위생사 김영호 하사가 제일 먼저 정신을 차리며 고참자답게 술자리를 정리했다.
　"오늘 즐겁게 놀다가 갑니다. 술값 계산하시오. "
　"아닙니다. 아까 저분이 들어올 때 미리 계산을 했어요."
　술집 주인이 고개를 저으며 오히려 거스름돈을 내주었다. 김영호 하사는 거스름돈을 받아 철규의 주머니에 찔러넣어주며 전탐사 박병두 하사와 통신사 신석호 하사를 불렀다.
　"이거, 강하사가 기관부 대원들 주려고 집에서 가지고 온 떡인가 봐. 두 사람이 배까지 좀 들어다 줘. "
　박병두 하사와 신석호 하사가 강철규의 짐을 들고 나가자 윤치백이가 다가와,
　"강철규는 내가 어깨 끼고 들어갈 테니까 김하사가 짐이나 좀 챙겨 주시오. "
하면서 비틀거리는 강철규를 부축해 밖으로 나갔다.

준태는 홀에서 기다리고 있던 경자와 영자를 데리고 김영호 하사와 함께 객선부두 안으로 걸어갔다. 777함은 부두에 접안해서 물과 기름을 다 받은 뒤 바닷물이 들어올 때 외항에 나가 있었다. 대신 인천경비부에서 나온 소형 경비정이 상륙자들을 싣고 가기 위해 객선부두 부교 옆에서 시동을 걸어놓고 대기하고 있었다. 경자는 먼 외항에서 부우웅 부우웅 고동을 울리는 777함을 한참 바라보다 장준태 곁으로 다가갔다.

"자기야, 이거 가지고 가. "

경자가 상륙자들을 싣고 갈 소형 경비정 앞에서 예쁘게 포장한 선물상자를 내밀었다. 한 손에 장마담이 준 선물상자를 들고 있던 준태가 놀란 얼굴로 되물었다.

"이건 또 뭐냐? "

"치약하고 담배 몇갑 사넣었어. "

"배에 들어가면 많이 있는데 왜 또 이런 걸 샀냐? "

"그냥. "

경자가 흔들리는 모습을 보이기 싫어 돌아섰다. 준태는 씨익 웃으면 그녀 앞으로 다가갔다.

"진해에 들어가는 대로 편지할 테니까 보고 싶으면 언제든지 내려와라. "

"사람들 보고 있어. 어서 가. "

준태는 경자의 목소리가 흔들리고 있는 것이 안타까와 잠시 말없이 그녀를 지켜보다 등을 한 번 밀어주며 저벅저벅 걸어갔다. 상륙자들은 이미 경비정에 올라타고 있었고, 정장은 준태가 마지막으로 올라타자 엔진을 후진시키며 부교를 빠져 나갔다.

경자와 영자는 서로 저만치 떨어진 채로 멀어져 가는 경비정을 바라보며 손을 흔들어주다 돌아섰다. 끼룩끼룩 울면서 창공을 지나가는 갈매기 울음소리가 해거름의 겨울부두를 울리며 급살맞게 어둠을 불러왔다.

미로의 끝

울릉도 동북방 해상, 1965년 1월 —.

또 그녀가 나타나서 따라오고 있다. 약간 화가 난 모습이었다. 한 번만 꼭 껴안아 달라고 투정을 하면서 뭐라고 마구 쫑알거리기도 했다.

철규는 그녀를 보지 않으려고 안전당직실 쪽으로 걸어갔다. 그녀는 여전히 그를 부르며 따라왔다. 그는 도저히 뿌리칠 수 없어서 라이프 라인에 몸을 기대고 정옥의 환영이 일렁거리는 바다를 넋없이 바라보았다.

777함은 울릉도 동북쪽 80km 해상에서 동경 131도 선을 따라 천천히 남으로 내려오고 있었다. 새벽녘이라 바깥은 아직도 장막같은 어둠이 앞을 막고 있었다. 그러나 바다는 모처럼 잔잔한 느낌이었다. 철썩철썩 밀려오는 잔파도들이 뱃전을 때리고 지나갈 때마다 퍼런 인광이 고기비늘처럼 흩날

렸고, 은하수가 길게 드리워진 새벽 하늘은 귀때기를 따끔따끔 얼어붙게 했다.

결혼생활은 잘하고 있을까?

철규는 바다 저만치에서 일렁거리고 있는 정옥의 환영을 지켜보다 길게 한숨을 내쉬었다. 술에 취해 인천을 떠나온 지 일주일이 넘었건만 정옥의 환영은 하루라도 나타나지 않는 날이 없다. 큰형으로부터 그녀가 결혼했다는 소식을 들었을 때만 해도 골치 아픈 신상문제 하나가 저절로 해결된 느낌이었고, 앞으로는 그녀에게 결혼시기를 1년만 더 기다려 달라고 사정하지 않아도 되겠다는 생각 때문에 꽉 막혀 있던 가슴 한 구석이 뻥 뚫린 기분이었다. 그런데 지나 놓고 보니 전혀 그런 기분이 아니었다.

몸이 좀 한가할 때는 어김없이 그녀의 환영이 나타나 눈앞에서 어른거렸다. 그리고 평소 그녀에게 다정하게 대해 주지 못한 것이 그렇게 가슴을 아프게 할 수가 없었다. 마치 가슴에 동굴같은 구멍이 뻥 뚫어진 느낌이었고, 살아서 움직이고는 있지만 자신은 껍데기뿐인 것 같았다. 바깥 순찰을 마치고 당직실에 혼자 앉아 있으면 왜 그렇게 자신도 모르게 눈물이 나오는지 주체를 할 수 없을 때도 많았다.

엊그제는 하도 가슴이 미어질 듯이 아파서 갑판에 나와 혼자 소리없이 울다가 언 몸을 녹히기도 했다. 밤중에 당직을 서면서 아무도 보지 않는 갑판에서 혼자 울었기에 망정이지, 슬피 우는 그의 모습을 누가 보기라도 했으면 실성하게 돌아버린 놈이라고 욕이라도 했을 것이다.

이제는 그녀의 행복을 빌어주며 깨끗이 잊어버리고 싶었

다. 그러나 마음이 그렇게 되지가 않았다. 슬픈 유행가 가사 한 자락에도 가슴은 금시 축축해지는 느낌이었고, 진해에까지 내려와 한 번만 안아 달라고 매달리던 그녀를 생각하면 누가 눈에 고추가루를 뿌린 것처럼 그렇게 눈물이 쏟아질 수가 없었다. 그녀와 티격태격 싸우며 함께 있을 때는 몰랐는데 20년간이나 아래윗집에서 같이 자라며 쌓인 그녀의 입김은 문신처럼 질기게도 사라지지 않는다는 생각도 들었다.

이렇게 사무치도록 그립고 잊혀지지 않을 줄 알았다면 그녀가 사는 곳이라도 알아보고 올 걸…… 하지만 이제 와서 그런 생각을 하면 무슨 소용이 있는가. 정옥이가 행복하게 사는 것을 만족해 하면서 하루라도 빨리 잊어야지…….

그녀의 환영과 한바탕 씨름을 하고서는 늘 그렇게 마음을 먹으면서도 불쑥불쑥 나타나는 그녀의 환영에 끌려가서 넋 나간 사람처럼 밤바다를 지켜보고 있는 자신이 어느 때는 되게 싫어지기도 했다. 사내 자식이 그렇게 심성이 여려서 무엇을 하겠는가 말이다. 하지만 그리움의 늪에 끌려 들어가 한참씩 넋을 잃고 있는 자신을 돌아볼 때면 철규는 늘 수음을 하고 난 뒤끝처럼 씁쓸한 웃음만 삐어져 나왔다.

정옥아! 이제는 네가 당한 고통이 어떤 것인가를 알겠구나. 그리고 유학가서 그 잘난 공부한다고 너한테 편지 한 통 보내주지 않은 것이 마음에 걸리는구나. 내가 이만큼 가슴이 아픈데 넌들 얼마나 괴로왔겠냐. 괴롭더라도 내 모습 빨리 잊고 너도 새로 만난 그 사람과 함께 즐겁게 살아. 살다보면 나 같은 건 또 잊혀지겠지. 그리고 먼 훗날, 길거리에서 우연히 만나더라도 옛날 함께 놀던 소꿉동무처럼 서로 정답게

살아가는 이야기나 나누자꾸나. 너와 난 어쩌다가 아래윗집
에서 함께 자라며 그 사랑이라는 것을 하게 되었고, 이 밤도
나는 너를 못 잊어서 이렇게 바다 복판에서 혼자 울어야 하
는지…… 생각하면 가슴 속으로 찬바람만 몰아치는구나…….

철규는 손수건을 꺼내 흘러내린 눈물을 닦으며 안전당직
실로 들어갔다. 손이 얼어서 교대시간이 다 되어도 일지를
적을 수가 없었다. 그는 얼어붙은 손과 귀를 부비며 기록대
앞으로 다가갔다.

시계는 새벽 3시 40분을 가리키고 있었다. 그때 기록대 앞
벽면에 나팔처럼 붙어있는 스피커에서 갑자기 비상경보가
하달되기 시작했다.

따안— 따안— 딴딴딴…….

다급하면서도 날카롭게 울려 퍼지는 전투배치 경보는 조
용한 안전당직실의 분위기를 순식간에 깨어버렸다. 흡사 난
리가 난 것 같았다.

"누가 이따위 짓을 하지……?"

철규는 순찰일지를 정리하려다가 어이없이 웃고 말았다.
아직도 바깥은 칠흑같은 어둠이 앞을 막고 있는데 누가 이
꼭두새벽에 비상경보를 발동하는지 심사가 고약하다는 생각
까지 들었다. 그는 투덜거리면서 기계적으로 방한복을 걸쳤
다.

"실전! 총원 전투배치……. "

원엠시(IMC : 함내방송시스템)가 부장의 목소리를 싣고
거듭 울려퍼졌다. 철규는 상황이 엉뚱한 곳으로 진전되자 당
황했다. 어느 심술궂은 장교가 훈련경보를 내렸는 줄 알았는

데 듣고 보니 실전 경보인 것이다. 그는 새벽 3시 50분에 울려 퍼지는 전투배치 경보가 죽음을 부르는 전주곡 같아 부르르 몸이 떨렸다.

"빨리 함교로 뛰어 올라가야지……. "

그는 바짓가랭이를 집어넣으면서 바삐 신발끈을 조여 나갔다. 이제 함교로 올라가서 음력전화기(함내 음력회로에서만 쓸 수 있는 특수전화기)를 연결시키고 라이프 자켓(Life-Jakett : 구명의)과 철모를 덮어쓰면 싸울 준비는 끝나는 것이다.

침실에서 누워 자는 승조원들이 일어나서 자신처럼 전투준비를 끝마치려면 최소한 2분은 걸릴 것이라는 걸 계산하면서 그는 실내를 한 바퀴 둘러보았다. 테이블 위에 올려 놓은 비상렌턴이 보였다. 그는 그것을 허리에 찼다. 밖으로 나오는데 당직일지가 눈에 거슬렸다. 그는 다시 그것마저 설합 속에 넣어놓고 실내의 조명등을 껐다. 마음이 놓이고 무슨 일이든 다 해낼 것 같은 자신감도 생겼다. 철규는 그때야 갑판으로 뛰어나가면서 크게 외쳤다.

"실전, 총원 전투배치! "

자다가 뛰어나오는 포요원들이 전투배치를 외치면서 포대 쪽으로 달려갔다. 철규는 2번 갑판으로 올라가 함교를 향해 냅다 뛰었다. 새벽 바람이 몹시 차가왔고, 코끝이 금시 얼얼했다.

"이거, 오늘 새벽엔 귀때기가 다 얼어붙네……. "

철규는 음력전화기 플러그를 꽂으면서 덜덜덜 몸을 떨었다. 가슴이 꽉 막히는 것 같고 귀까지 멍멍해졌다. 조금 전

안전당직실 앞에서 정옥을 생각하며 넋을 잃고 있을 때는 몰랐는데 날이 새면서 불어오는 새벽바람은 코끝을 도려내는 것같이 매서웠다.

그는 전화기를 덮어쓰면서 자신도 모르게 발을 동동동 굴렸다. 말랑깽이 포술관이 함교로 뛰어오는 모습이 보였고, 함장과 부장이 철규 곁에서 갑판을 내려다보면서 승조원들의 전투배치 진행상황을 지켜보고 있었다. 하지만 아직도 장막같은 어둠이 걷히지 않아서 전방은 꽉 막혀 있는 느낌뿐이었다.

"아, 아, 각 수리대 보수본부? 감도 시험 중. 결과 보고하라."

철규는 전화기 감도를 시험하면서 작전부 교반장 장준태를 원망했다. 총원이 실전에 배치붙기까지는 각 상황실과 안전당직실에 예비비상이 걸리는데 그때 안전당직실로 통하는 비상 벨이라도 한 번 눌러 주었으면 이렇게 당황하지는 않을 것이 아닌가?

망할 자식! 옐로우 하우스에 있는 경자 년을 생각하다 까먹은 게 분명해. 무엇이 내려왔는지는 모르겠지만 전투배치 끝나면 보자…….

이번 출동 끝나면 경자를 진해로 불러내려 살림을 하겠다는 준태를 생각하며 철규는 이를 부드득 갈았다.

"보수본부, 리페어 원(제1수리대가 보수본부에 보고합니다). 감도 좋음. 전화기 이상없음."

준태를 욕하고 있는데 제1수리반에서 보고가 올라왔다. 철규는 뒤따라 올라오는 각 수리반의 보고를 받으면서 포대를 내려다보았다. 아직도 어둠 때문에 아무것도 보이지 않았다. 전화 교신 소리만 시끄럽게 들려왔다.

윤치백이가 포장으로 있는 31포가 제일 먼저 전투배치가 완료되었는 모양이었다. 함교 전화수 정중사가 전화기 감도 시험을 끝내자,

"31포 전투배치 완료! "

하고 복창했다.

함장이 고개를 끄덕였다. 포술관이 선회검사와 고각검사를 지시했다. 포술관은 정중사를 사이에 넣어 탄약고·호이스트 실(무거운 포탄을 포대까지 기계로 들어올리는 기계실)·신관조종실까지 면밀히 확인했다.

각 실(室)의 전투배치가 거의 완료되자 부장이 미리 연결시켜 놓은 주전화기를 껐다. 주전화기는 1급회로였다. 각 상황실·수리대·포대 등에서 올라오는 보고나 교신 내용을 직접 감청할 수도 있었고 명령을 내릴 수도 있었다.

"이거, 오늘은 오지게 한 판 붙을 모양인데……. "

철규는 사태가 심각함을 느꼈다. 그렇잖으면 부장이 직접 전화기를 끄지 않는 것이다. 대관절 뭐가 나타났기에 부장이 저런단 말인가? 철규는 두 귀에다 촉각을 곤두세우고 주변을 살피기에 바빴다. 각 상황실과 포대는 그새 전투준비가 완료되어 있었다. 함장이 발포명령만 내리면 그대로 포탄이 나가게끔 장전까지 끝내 놓고 있었다.

"대관절 뭐가 나타났을까? "

철규는 하도 궁금해 함장의 거동만 지켜보았다. 각 상황실에서 전투배치 완료보고가 올라오면 함장은 개괄적인 전황

을 간추려 메시지를 내리는 것이 관례로 되어 있다. 그런데 오늘 새벽은 상황의 흐름조차 파악할 수가 없었다. 시끄럽게 보고가 올라와야 할 전탐실에서 777함의 위치보고도 올라오지 않았고, 적의 정황도 보고되지 않았다. 모두가 굳은 표정으로 시간만 기다리고 있었다.

"함교, 리페어 투?"

제2수리반에서 철규를 불렀다. 철규는 반사적으로 부장의 표정을 살피면서 음력전화기의 호출보턴을 두 번 눌렀다가 떼었다. 지금 부장이 촉각을 곤두세우고 함내 전반의 상황을 감지하고 있으니까 좀 참으라는 신호였다. 제2수리반 전화수가 금시 알아차리고 잠잠해졌다.

철규는 40밀리 포대 쪽으로 시선을 옮겼다. 함교 뒷쪽에 위치한 41포와 42포는 근거리 사격용 대함포대였는데 각 포대마다 정수(定數)의 포요원들이 완전무장하고 있었다. 모두가 붉은 라이프 자켓과 철모를 덮어쓰고 함장의 발포명령만 기다리고 있었다.

20밀리 포대도 마찬가지였다. 20밀리 포요원들은 적의 비행기가 나타날 것을 대비해 대공사격자세로 하늘을 바라보고 있었다. 추위 때문에 수족을 움직이지 않으면 견딜 수가 없는지 이따금씩 고각과 선회각을 움직이면서 포대를 빙그르르 돌았다.

철규는 무의식적으로 전성관(傳聲管 : 함교와 연결된 육성 전달 파이프)을 바라보았다. 조타실에서 함교로 연결된 전성관인데, 시끄럽게 벨 소리가 울려 퍼지고 있었다. 철규는 그 벨 소리가 기관실에서 올라온 소리라고 생각했다. 평속에서

최고속력으로 전환시키는 걸 보니 기관실도 그새 보조기기
까지 완전 가동시켜 비상전투속력(최고속력보다 한 단계 위
의 전투속력)까지 낼 수 있는 준비가 된 모양이었다.

"함교, 전탐실? "

전탐실(전자탐지실)에서 함교를 불렀다.

"함교, 아이 아이(I eye : 함교 들었다) ! "

"위치보고! "

"보고하라. "

부장이 직접 받았다. 식별할 수 없는 어떤 이동하는 물체
가 우리 어선단이 밀집해 조업하고 있는 울릉도 쪽으로 계
속 북상하고 있다는 보고와 함께 777함의 위치가 보고 되었
다. 777함은 현재 울릉도 동북방 70㎞ 해상에 있었고, 속력
은 18노트였다.

"이동하는 물체가 무엇으로 보이는가? "

함장이 물었다.

"아직 확실치 않습니다. 레이더 스코프 상에는 계속 북상
하고 있는 것만 확인되고 있습니다. 좀더 접근해 봐야 되겠
습니다. "

"본함 위치 보고하라! "

함장이 다시 명령을 내렸다. 아직도 바깥은 깜깜 새벽이어
서 지척을 분간할 수 없었다.

"전탐실, 함교? "

부장이 재빨리 작전관을 불렀다. 철규는 전성관을 타고 들
려오는 작전관의 보고를 엿들으면서 777함의 위치를 감지했
다.

현재 777함은 울릉도 동북방 65km 해상에서 25노트로 독도 쪽으로 내려가고 있었다. 공해상까지 나갔다가 침로를 변경해서 이동하는 물체를 향해 계속 접근하고 있는 중이었다. 이 정도의 속력이면 30여 분 후에 이동하는 물체는 777함의 주포 사정거리 안에 들어올 수 있었고, 3인치 속사포가 불을 뿜으면 궤멸이 가능했다.

"553함과 해경(海警) 위치 보고하라. "

함장이 다시 명령했다.

"아이 써어(Eye Sir : 잘 들었습니다)! 전탐실, 함교(함교에 있는 부장이다. 빨리 전탐실 나와라)? "

부장이 함장의 명령을 복창하고 난 뒤 전탐실을 불렀다. 작전관이 재빨리 전성관을 이용해 553함의 위치를 보고했다.

553함은 연안쪽을 쾌속으로 달려 내려오다 지금 막 우리 어선단쪽으로 나오고 있었다. 12노트로 접근하고 있기 때문에 40여분 후에야 이동하는 물체와 조우가 가능했다.

해경은 울릉도 남쪽에 있었다. 20여 분만 북상하면 우리 어선단과 접근이 가능하며, 어로작업을 중단시켜 울릉도 쪽으로 대피시킬 수 있었다. 함장은 각 함정들의 이동상황을 파악한 후 직접 전용전화기를 들고 통신관을 불렀다.

"잠시 후 이동하는 물체를 궤멸시키기 위해 포격을 가할 계획이다. 해경에 연락해 어로작업 중인 어선들을 남쪽으로 이동시킬 것을 전달하라. 이상! "

"아이 써어! "

통신관의 복창소리가 또렷하게 들려왔다. 함장은 전화기를 놓고 부장을 바라보았다.

"661함 위치 보고하라. "

"영일만 동남방 40km 해상에서 북상 중. 이상! "

"662함 위치 보고하라. "

"공해상을 따라 18노트로 북상 중. 이상! "

"군사분계선 이북의 적황 보고하라. "

"현재 이동하는 선박과 항공기 없음. 이상! "

"항공기 지원요청 재확인하라. "

한참 숨가쁘게 함교와 전탐실간에 교신이 오고 갔다. 함장은 바삐 지시를 내려놓고 전방을 주시했다. 멀리서 반짝거리는 별빛만 보일 뿐 전방은 아직까지도 짙은 어둠에 싸여 있었다. 함장은 기도하듯 잠시 어둠에 잠긴 바다를 지켜보다가 마이크를 집어들었다.

"나는 함장이다. 함내 총원은 그대로 들어라. 지금 독도 남방 170km 해상에 식별 불가능한 이동하는 물체가 본함 레이더에 포착되었다. 함장은 이 이동하는 물체가 간첩을 싣고 공해상으로 내려 온 북한 선박이라고 보고 있다. 더 접근해서 정체를 확인해 봐야 알겠지만, 만약 이 이동하는 물체가 북한 간첩선이라고 확인되면 상부의 지시에 따라 나포, 또는 격침시켜버릴 계획이다. 승조원 총원은 함장의 이런 의도를 명찰하여 일사 분란하게 각자의 임무를 완수해 주기 바란다. 승조원 개개인이 현재의 위치에서 완벽하게 자기의 임무를 완수해 주면 우리는 분명히 이 이동하는 물체를 나포 또는 궤멸시켜버릴 수 있다. 왜냐하면 이동하는 물체는 현재 사방으로 포위된 상태이고 주포의 사정거리 안에 들어와 있기 때문이다. 그럼 제관들의 분전을 기대한다. 이상! "

함장의 메시지는 원엠시를 타고 함내 구석구석까지 전달되었다. 그의 목소리는 차분하면서도 힘이 들어 있었고, 승리를 예견한 사람처럼 자신감이 넘쳐 흘렀다. 철규는 자신도 모르게 힘이 솟았다.

"함교, 전탐실? "

전탐실에서 다시 보고가 올라왔다.

"위치보고! "

작전관이 777함의 위치를 보고했다. 777함은 그새 울릉도 동남방 40km 해상에 와 있었다. 이동하는 물체는 이제 주포의 사정거리 속에 들어와 있었다. 기함에서 발포명령만 떨어지면 함장은 그대로 포격명령을 내릴 자세였다. 함장이 말했다.

"이동하는 물체 상황보고하라. "

이동하는 물체는 777함의 접근을 눈치 챈 것이 분명했다. 레이더 스코프 위에는 한 덩어리로 붙어서 남하하다 두 군으로 갈라지기 시작했다. 그러나 아직도 어둠이 가로막고 있어서 육안으로는 식별이 불가능했다. 함장은 불빛으로 정지명령을 내릴 듯 발광신호수와 서치라이트 요원을 대기시켰다. 함장이 말했다.

"553함 위치 재확인하라! "

553함은 독도 서남방 90km 해상에 있었다.

"해경을 불러서 우리 어선들이 피해를 입었는지 그 여부부터 확인하시오. 그리고 553함은 남하하는 물체를 계속 추적해 이상유무 보고부터 하라고 하시오. "

함장은 지시를 내려놓고 잠시 생각을 가다듬었다. 해경 쪽에서 우리 어선들이 피해를 입었다는 소식이 들려오면 남하하는 물체는 삵괭이(북한경비정)가 분명할 것이다. 그리고 정지해 있는 물체는 피랍되었다가 풀려난 우리 어선일 것이다.

또 해경 쪽에서 피랍당한 어선들이 없다고 보고가 들어오면 이동하는 물체는 분명히 우리의 해안선에 고정적으로 박혀 있는 고정간첩과 접선하기 위해 침투한 스컹크(간첩선)라고 판단됐다. 한 척은 정지한 채 순순히 응하는 척하면서 아측의 판단을 교란시키고, 나머지 한 척은 그 틈을 이용해 다시 공해상으로 빠져나가기 위해 도주를 시도할 것이라고 가늠했다.

그러나 지금은 그 어느 것도 확증을 잡을 수가 없다. 어둠 때문에 시계(視界)가 가려져 있기 때문이었다. 함장은 작전관을 불러 울산만에서 올라오고 있는 661함에겐 대한해협 쪽으로 빠지는 길목을 지키고, 662함에게는 북위 36도선 이남으로 빠져 공해상으로 나가는 길목을 막아 주포의 사정거리 안까지 조여 오라고 지시했다. 해경에게는 이동하는 물체가 연안 쪽으로 접근하지 못하게 울진·영덕 근해를 철저히 단속하라고 지시하며 777함의 속력을 비상전투속력에서 최고속력으로 한 단계 내렸다.

"올 엔진 스태리(모든 엔진 속도 고정하라) ! 키 오른편 10도. "

함장은 777함의 속도를 고정시키고 변침했다. 북위 37도선과 동경 132도선 교차점에서 45도 각도로 영일만을 향해 급히 내려오다가 해안 쪽으로 함수를 돌려 정지하고 있는 물체 쪽으로 접근을 시도하고 있는 것이다.

"함교, 통신실? "

통신실에서 또 보고가 올라왔다. 해경과 교신한 결과 우리 어선단은 전혀 피해가 없었다. 함장은 남하하는 물체가 스컹크라고 단정했다. 그렇다면 정지해 있는 물체는 필경 엔진고장을 일으킨 간첩선일 것이다.

"이놈들! 이 망망대해에서 같이 맞붙어 싸우길 희망하진 않겠지…… 부장! 저격 소총수 배치붙이고 시신인양요원 대기 시키시요."

함장은 어금니를 지긋이 깨물면서 정지하고 있는 미확인 물체에다 불빛신호를 보냈다. 신호수가 눈이 부실 정도로 휘황찬란한 발광신호를 보냈다. 그런데도 정지해 있는 물체 쪽에서는 응답이 없었다.

"어떻게 된 거야? "

함장은 뭔가 심상찮은 느낌이 드는지 고개를 갸우뚱거렸다. 그는 777함을 정지해 있는 물체 쪽으로 더 접근시켰다.

"정지하고 있는 선박은 응답하라. 만약 불응하면 포격이 가해질 것이다. 빨리 국적을 밝히고 승조원 총원은 갑판 위로 올라오라. 당신들은 지금 포위되어 있다. "

발광신호수가 함장의 명령을 받아 발광신호로 전달했다.

탁, 탁탁, 탁탁탁…… 한 번씩 발광대의 조리개가 열릴 때마다 수만 촉광에 이르는 불빛이 새벽바다를 뚫고 앞으로 뻗어 나갔다. 그래도 정지해 있는 물체 쪽에서는 아무런 응답이 없었다. 함장은 전탐실을 불러 남으로 이동하는 물체의 위치를 확인하면서 777함을 정지하고 있는 물체 쪽으로 더 접근시켰다. 그래도 정지하고 있는 물체는 달아나지도 않은 채 계속 그 자리에 있었다.

"우리 배를 너무 접근시키지 마십시오. 저놈들이 어쩌면 우리가 가까이 오면 함께 죽자고 자폭을 시도할지도 모릅니다."

부장이 걱정스러운 시선으로 포격을 건의했다. 함장도 자신이 해야 할 일은 다 끝마쳤다면서 조금만 더 접근해 보자고 했다.

"함교, 통신실!"

통신실에서 또 보고가 올라왔다. 남쪽으로 이동하는 물체가 레이더 스코프에서 사라졌다는 것이다.

"뭐라고? 그렇다면 여태껏 레이더에 포착된 것이 돌고래 떼란 말이야?"

함장은 갑자기 맥이 풀린 표정으로 부장을 쳐다봤다.

"아니, 여기까지 돌고래들이 몰려 온다는 말입니까? 일단 접근하면서 공포탄을 한번 쏘아 보시지요. 그러면 정지해 있는 물체가 흩어지던지 물속으로 들어가던지 어떤 반응을 보일 것이 아닙니까?"

"좋아! 조금만 더 접근해 봐."

함장은 배의 속력을 한 단계 더 낮추며 정지해 있는 물체 쪽으로 777함을 접근시켰다. 발광신호수는 계속 발광대의 조리개를 두들겨 댔다. 탁, 탁탁탁, 탁탁탁……

"아직도 반응이 없습니다."

부장은 불빛이 뻗어나가는 새벽바다를 지켜보며 도리어 긴장하는 빛을 보였다. 함장은 허리춤에서 권총을 빼내 들며 서치라이트를 전방으로 비추라고 했다. 발광신호수가 불빛신호를 정지하며 서치라이트를 777함의 전방을 향해 비췄다.

타앙! 타앙! 탕탕탕……

공포탄 한 탄창을 다 쏘자 겨울바다 위에 떼지어 있던 돌고래떼들이 수면 위로 뛰어오르며 끼이익 끼이익 소리를 내었다. 함장은 그때사 긴장을 풀며 웃음을 보였다. 부장이 어이없이 속았다는 듯 덩달아 웃었다.

"신년 초부터 돌고래떼들이 나타나는 것을 보니까 함장님 아무래도 올해는 기쁜 소식 있을 것 같습니다. "

부장이 함장의 대령 계급장을 바라보면서 지난해 진급심사에서 떨어진 함장의 아픈 마음을 위로해 주었다. 올 연말이라도 진급심사에서 합격되면 함장은 제독으로 진급되면서 기함의 사령관으로 영전해 갈 수 있는 길이 열리는 것이다.

"글쎄. 저 돌고래떼들이 기쁜 소식을 전해 주었으면 좋겠구면…… "

함장은 꼭두새벽부터 진땀을 흘렸다면서 껄껄 웃다가 부장을 바라보았다.

"각 함정에다 추척결과부터 전해 주시오. "

부장은 인근 해역을 질주하고 있는 각 함정에다 이동하는 물체가 돌고래떼들이었다는 것을 전달해 주면서 전투배치 해제 명령을 내렸다. 그리고 본래의 경비구역으로 원대복귀하여 별도 지시 있을 때까지 평상적인 경비임무를 계속 수행하라고 했다. 함장은 부산하게 각 함정과 교신하고 있는 부장을 지켜보다 마이크를 집어 들었다.

"나는 함장이다. 함내 총원은 그대로 들어라. 현재 시각은 05시 55분. 함장은 이 시각을 기해 전투배치를 해제하고 상황이 종료되었음을 전승조원에게 하달한다. 우리가 2시간 가까이 추적한 이동하는 물체는 돌고래떼들로 밝혀졌다. 이 얼어붙은 동녘바다에 정초부터 돌고래떼가 나타난 것은 길조로 보인다. 승조원 모두에게 신의 가호와 행운이 있기를 기대한다. 모두 원위치로 돌아가 별도 지시 있을 때까지 평상업무를 지속해 주기 바란다. 이상! ”

함장의 상황종료 메시지가 원엠시를 타고 함내 각 격실로 하달되자 전승조원들이 일시에 큰 소리로 복창했다.

“상황 끝. 총원 전투배치 해제! ”

철규는 기운이 쪽 빠지면서 아랫도리가 달달달 떨렸다. 꼭 두새벽부터 얼어붙은 바다를 헤치며 질풍같이 달려온 것을 생각하면 포라도 한 방 쏘아야 직성이 풀릴 것 같은데, 그 긴장감 넘치는 추적의 끝이 너무 싱겁게 끝나버려서 불알만 꽁꽁 얼어붙은 기분이었다. 그는 춥고 허탈한 기분을 애써 쫓으며 끼고 있던 전화기와 라이프 자켓을 벗어 보관 박스에 넣었다.

“야, 강철규! 함교에서 조부대가리 얼지 않았냐? ”

터벅터벅 함교 층계를 타고 함수 갑판 쪽으로 내려오는데 통신실 층계참에서 장준태가 땀을 식히며 약을 올렸다. 녀석은 스팀이 후끈후끈하게 들어오는 통신실에서 완전무장까지 하고 있어서 더웠던지 방한복 앞단추까지 열어제치고 찬바람을 쐬고 있었다.

“자식아! 넌 왜 안전당직실 예비 비상벨 안 눌러 주냐? 정말 계속 그럴 거야? ”

“경자하고 살림 차릴 생각하다 잊어버렸다. 어쩔 거냐? ”

준태는 실룩실룩 웃으면서 계속 약을 올리다 담배를 한 대 건넸다. 철규는 마지못해 따라 웃으며 777함의 스케쥴을 물었다.

"언제쯤 귀항할 것 같나?

"글쎄, 아직 1주일 정도는 더 있어야 무슨 소식이 날라올 것 같은데?

그들은 함미 후갑판 끝에 있는 출입구를 통해 작전부 침실로 내려왔다. 추위에 떨은 승조원들을 위해 사주장은 고깃국을 끓이는지 취사장에서 돼지고기 익는 냄새가 시장기를 불러왔다. 철규는 아침이나 먹고 기관부 침실로 들어가야겠다고 생각하고 준태와 같이 식당으로 건너갔다.

"너, 진급되면 방 얻을 거니? 이젠 어엿한 군인 공무원인데 계속 함내에서 뭉갤 수는 없잖아……? "

준태가 작전부 식당에서 같이 아침을 먹자며 그를 옆에다 당겨 앉혔다.

"글쎄, 조중사는 자기 집도 봐주면서 옆방을 쓰라고 하는데 어떻게 해야 좋을지 생각 중이야. "

"조중사는 바로 민간상선 타고 나간데. 쉬지도 않고? "

"그럴 모양인가 봐. 왜? "

"방 얻을 계획이면 나하고 같이 얻자. 나도 대가리 싸매고 진급시험 공부 좀 하게. "

"경자하고 살림한다메? "

"이새꺄, 그거야 잠깐이지. 하사 달고 어떻게 계속 살림을 할 수 있니? 근본적인 문제를 해결해야지. 안 그래? "

"너, 진짜 경자하고 대가리가 파뿌리 될 때까지 살 계획이니?”

“경자가 계속 내 곁에 있어 준다면야 파뿌리가 아니라 대가리가 진토될 때까지도 같이 살지…….”

“너 미쳐도 아주 단단히 미쳤구나. 어디 여자가 없어 경자하고 터잡을 생각까지 하니?”

“이 새낀 대가리 먹물 든 년한테 죽사발이 되도록 차이면서도 계속 간에 헛바람 든 소리만 지껄이네. 대가리에 어떤 생각이 들어있느냐가 중요하지 씹테는 문제가 안돼, 임마?”

철규는 준태의 눈동자를 지켜보다 천천히 고개를 끄덕였다. 하긴 그런 여자들이 마음잡고 살겠다고 이를 사려 물면 요조 숙녀보다 생활력도 강하고 흔들리지도 않을 테니까 선입관을 가지고 한 여자를 매도할 수는 없을 것이다. 그러나 철규로서는 도무지 이해가 되지 않아 또 물었다.

“너, 경자 어디가 그렇게 좋아서 그런 생각까지 하게 되었니?”

“그 여자는 내 젊음과 조부대가리 하나만 원해. 난 요모조모 따지면서 구질스러운 걸 요구하는 계집은 딱 질색이야. 너나 나나 솥 걸어놓고 밥 해먹다 자빠지면 국립묘지로 들어가는데 그외 뭐가 더 필요하냐? 오늘 아침처럼 전투배치 걸렸다가 한 방 맞고 깨지면 공수래 공수거야, 임마!”

“그래. 그것도 네 개성이니까 내가 섣불리 이렇구 저렇구 막말은 못하겠다. 그러나 방을 함께 얻는 문제는 진해에 들어가 조중사와 상의한 다음에 다시 생각해 보자. 지금은 그냥 좀 쉬고 싶을 뿐이야.”

“알았다, 새꺄! 니새끼한테는 빌붙지 않을 테니까 그 상통이나 좀 펴. 아직도 그 가스나가 그렇게 보고 싶어? ”

　준태가 그에게 국그릇과 밥그릇을 밀어주며 장마담이 구워 준 김을 내놓았다. 철규는 국그릇을 당기며 괴로운 표정을 지었다.

　“알게 모르게 20년 동안 내 가슴 속에 깊이 들어와 있던 여자를 잊는다는 게 힘드는구나. 난 남녀간의 사랑이 이런 것인 줄을 이번에 처음 알았어. 너, 경자 만난 지 오래 되니? ”

　“3년 조금 넘어. 지난해까지만 해도 창녀라는 고정관념 때문에 내가 안 찾아 가면 그만이라고 생각했는데…… 씨팔 이젠 달관의 경지에서 그 여자를 바라보고 있으니 나도 어지간이 돌은 놈이지…… ”

　“그게 정이라는 거야. 너도 이제는 내 심정을 이해하게 될 거다……. ”

　“암튼, 다른 사람은 몰라도 니새끼 괴로와 하는 심정을 나는 이해한다. ”

　“정말 며칠 전까지만 해도 망막하더라고. 난 이제 어떻게 살아야 되는가 싶은 게……. ”

　“물 건너 간 여자는 무슨 수를 쓰더라도 잊어. 너, 그 가스나 가슴에 담아두고 미련을 물고 뜯고 지랄하다 보면 임관시험도 개나발이야, 새꺄! ”

　“그래. 빨리 툴툴 털고 일어날 테니까 너나 내 꼴 나지 말아라. 경자 가슴이 얼마나 따뜻했으면 너같은 녀석이 대가리 싸매고 공부를 다 하려고 하니? ”

　“새끼! 사랑이 채찍보다 더 무섭다는 걸 몰랐어? 어서 밥 먹고 각자 헤어지자. 국 다 식어. ”

철규는 국에 말아 밥 한 그릇을 비우고 기관부 침실로 넘어갔다.

"식사 합쇼!"

실내감시가 혼자 청소를 하고 있다가 그가 들어오는 것을 보고 크게 소리를 질렀다. 출동 중인데다 새벽녘에 전투배치까지 걸려서 기관부 침실은 침대가 그대로 펴져 있었다. 말단 수병들과 신출나기 하사들만 일어나 식당으로 몰려갔고, 고참하사와 선임하사들은 추위에 떨다가 들어와서 밥생각도 없는지 7시가 넘었는데도 그대로 자고 있었다.

철규는 이빨이라도 닦고 와서 침대에 누워야겠다고 생각하며 체스트(chest : 사물함) 문을 열었다. 문 안쪽에 활짝 웃고 있는 정옥의 얼굴 사진 한 장이 붙어 있었다. 그는 선 채로 정옥의 사진을 한참 지켜보다 치약을 짜서 치솔에다 찍어 발랐다. 그리고 타올을 목에 걸치고 세면장으로 들어갔다. 노하사가 울상을 하면서 화장실에서 나왔다.

"너, 왜 그래?"

철규가 잇솔질을 하다가 물었다.

"밑이 이상해요. 누런 농이 자꾸 흘러 내려서 미치겠어요."

노하사가 고개를 숙이고 괴로운 표정을 지었다.

"너 염부두에서 몸 풀면서 그냥 올라탔지?"

"네. 애들이 장화(콘돔) 신고 들어가면 성감이 떨어진다고 해서 그냥 올라탔는데 3일 전부터 파이프가 줄줄 새요."

철규는 자신의 지난 초상을 보는 것 같아 피식 웃었다.

"이 녀석아, 하인천 염부두는 소금을 싣고 온 오만 잡놈들이 다 객고를 풀고 가는 곳인데 거기 어디라고 맨발로 기

어 들어가니? 네 파이프는 소금물에도 녹슬지 않는 동파이
프냐? ”

 “기집애가 어리고 깨끗해 보여서……. ”

 “하사쯤 되는 녀석이 순진하기는…… 군의관이 할 일 없
어 너희들 세워놓고 일일히 콘돔 나눠 주겠냐? 빨리 점검해
서 팻칭(patching : 떼우기) 작업하게 위생실에 가서 글리세린
빈병 하나 얻어 와. ”

 노하사가 게처럼 두 다리를 벌리고 어기적거리면서 위생
실로 걸어갔다. 철규는 노하사의 뒷모습을 보면서 혼자 웃었
다. 불현듯 수병 때가 생각났던 것이다.

 해군에 들어와 첫출동을 나갔던 어느 아침이었다.

 침대에서 내려오는데 아래가 축축하게 느껴졌다. 몽정을
했는가? 그는 싸늘하게 전달되는 감촉이 싫어서 화장실로
들어갔다. 하의를 까내리고 축축한 부위를 확인했는데 팬티
가 누런 게 남근에서 달걀을 풀어놓은 듯한 액체가 질질 흘
러 내렸다. 왜 이런 액체가 흘러 내릴까? 그는 알지 못할 의
문에 싸이면서 오줌을 누웠다. 갑자기 남근이 끊어질 것 같
은 통증이 밀려오면서 엉치뼈까지 뻑쩍지근했다. 그는 죽을
상을 지으며 화장실을 나왔다.

 “왜, 어디 아퍼? ”

 출동준비를 가르쳐 준 선배가 물었다. 그는 오만상을 긁으
며 아픈 시늉을 했다.

 “아래가 이상해요. 자꾸 무엇이 흘러내려요. ”

 “그래에? 파이프가 터진 모양이군……. ”

선배는 조금도 놀라움이 없이 위생실에 가서 맑고 투명한 빈 병을 하나 얻어 오라고 했다. 철규는 선배가 가르쳐 준 대로 조그마한 빈 병을 하나 얻어왔다. 선배는 병의 세척 상태를 점검한 뒤,

"됐어. 다음 소변이 보고 싶을 때 첫줄기를 여기다 받아 봐. 그리고 1시간 정도 가라앉도록 가만히 놔둬."

오줌을 받은 병을 1시간 후에 보니까 농탁한 액체가 소변 속에 뭉쳐 있는 모습이 보였다. 선배는 글리세린 병을 이리저리 흔들어보면서,

"포도산구균을 수반한 임선생이 방문했구먼……."

"임선생이라뇨?"

철규는 이해가 되지 않아 되물었다.

"임질 말이야. 키는 멀쑥하게 큰 놈이 어찌 그리 순진해? 출동 준비할 때 피피(p.p) 준비했지? 그거 가지고 위생실에 가 봐. 주사 놔줄 거야."

그는 우거지상이 되었다. 몸 속이 온통 누런 농으로 가득 차 있는 듯했다. 불결했다. 지지리도 못난 자신이 싫었다. 입이 타들어갈 듯 갈증이 일기도 했다. 평생 성교 따위는 하지 않을 것이라고 혀를 깨물고 맹세라도 하고 싶었다. 그는 넋이 빠진 얼굴로 위생실로 갔다. 위생사가 왜 왔어 하고 묻다가 그가 들고간 페니실린 병을 바라보았다.

"파이프가 이상해? 언제부터 그래? 지금 부장님 피피 놔주고 있으니까 조금만 기다려……."

위생하사는 주사기를 들고 바삐 주사실로 들어갔다. 그는 피피 병을 든 채 내심 놀라고 말았다. 부장님도 나와 똑같이

피피를 맞고 있네. 그렇다면 부장님도 임선생이 방문했단 말인가? 그는 알지 못할 기분에 사로잡히며 홀로 탄식했다. 20년간 간직해 온 동정을 창녀나 다름없는 미라에게 갖다버린 것도 서러운데 임선생까지 맞아야 한다니…… 그는 이제 인간이 아니고 철저한 물개새끼가 되었다고 생각했다.

그런 사건 때문에 첫출동은 무척 우울하고 고통스러웠다. 그러나 그런 기분은 귀항과 더불어 이내 사라졌다. 선배의 조언 한 마디가 또 힘을 주었던 것이다.

"파이프 팻칭 다 되었지?"

그는 고개를 끄덕였다.

"그럼 수리가 완전한가 시운전해 봐. 그런 일에 너무 소심하면 물개 생활 못해. 적어도 말뚝 박은 놈이면 관록을 쌓아야지. 터지면 수리하고, 수리하면 시운전하고…… 그렇게 살아가다 보면 가덕도 앞바다에 박아놓은 말뚝도 빠지는 법이야……."

그는 또 선배를 따라 외박을 나갔다. 한 달 만에 밟는 진해는 새롭고 활기에 넘치는 듯했다. 모두가 흙냄새 탓이라고 생각했다. 그는 또 선배의 단골 주점에서 국산 도라지 위스키를 마셨다. 그리고 미라의 방에서 함께 밤을 보냈다.

그날 밤 철규는 이상한 기록 때문에 몸을 떨었다. 그것은 미라의 영업계획표 때문이었다. 그녀는 진해항에 들어오는 군함들의 날짜와 함께 밤을 보낸 사람들의 이름을 비망록 속에 적어놓고 만날 계획을 짜놓았던 것이다.

그는 하도 기가 차서 그녀의 비망록 속에 적혀 있는 사람들의 이름을 묵묵히 지켜보았다. 그 명단 속에는 내노라 하

고 으시대는 놈은 물론, 부정한 짓이라고는 요만큼도 안한다
고 큰소리치던 배의 고참들 이름이 깨알같이 적혀 있었다.

그는 자신의 허벅지를 쥐어뜯으며 세상을 개탄했고 선배
를 잔인한 놈이라고 원망했다. 대관절 후배를 이런 식으로
훈련시켜 어디다 써먹겠다는 것인가? 이제 선배와 그는 미
우나 고우나 한 여자를 사이에 두고 인연을 맺은 전우가 되
었고, 진해라는 도시가 이런 인연을 맺은 사람들끼리 희희
덕거리며 살아가는 곳이라고 생각하니 웃음이 나와서 견딜
수가 없었다.

그때부터 그는 자신을 물개새끼라고 생각했다. 군대생활
몇개월에 인간의 탈을 쓰고는 도저히 못할 짓까지 해버린
인간쓰레기가 된 것이다. 그는 이제 선배의 말마따나 음양으
로 관록이 붙은 직업군인이 되었고, 본래의 순진한 모습은
티끌만큼도 찾아볼 수 없을 만큼 변질되어 있음을 알았다.

그런데 노하사가 또 그가 걸어온 여정을 판박이하듯 뒤따
라오고 있다. 그는 노하사의 모습이 서글프게까지 느껴져서
애정이 깔린 목소리로 응급처치법을 가르쳐 주었다.

"내일 아침 자고 일어나서 첫 오줌 줄기를 여기 받아 봐.
진해에서 출동준비할 때 피피는 사왔니? "

위생실에서 빈 병 하나를 얻어온 노하사가 고개를 저었다.
페니실린을 사오지 않았다는 것이다.

"따라 와. "

그는 침실로 들어와 사물함에 보관하고 있던 페니실린 다
섯 병을 몽땅 노하사에게 주었다.

"성병은 절대로 숨기면 안돼. 선임자들에게 솔직하게 털어

놓으며 늘 지혜를 배워. 그리고 피피는 함장님과 부장님도 비상(砒霜)처럼 간직하고 다니는 휴대용이니까 다음 출동 때는 꼭 준비하도록 해라. 바다에 나와 파이프가 터지면 어쩌려구 여태 그런 것도 준비하지 않고 출동을 나와. 그런 것도 내가 일일이 다 점검해 주어야 하니? ”

노하사가 그때야 정신을 차리며 울먹울먹했다.

“죄송합니다, 교반장님! 다음 출동 때는 꼭 준비하겠습니다. ”

“군인 공무원이 되겠다고 네 손으로 자원서 쓰고 들어온 놈이면 내무생활도 좀 계획성 있게 해. 그렇게 파이프가 터져 질질 새는 몸으로 어떻게 간첩선을 때려잡겠다는 거야? 물개는 임마, 몸을 한번 풀어도 국가와 국민을 위해 푼다는 정신적인 무장이 돼 있어야 돼. 내 말 무슨 말인지 알겠어? ”

철규는 자기 몸 관리를 허술하게 하고 있는 노하사를 따끔하게 꾸짖었다.

“다음부터는 절대로 이러지 않겠습니다……. ”

노하사는 자신도 모르게 긴장이 풀린 일상생활을 반성하며 그 다음날부터 정성들여 성병을 치료하기 시작했다.

며칠 후 당직을 교대하러 내려온 노하사를 보고

“아직도 농이 나와?”

하고 철규가 관심 깊게 물었다. 노하사는 한층 밝은 얼굴로

“아닙니다. 이제 농은 나오지 않습니다.”

“통증은? ”

"아침 저녁 소변볼 때는 뜨끔뜨끔하게 밀려옵니다. "

"피피 맞은 지 며칠되지? "

"5일 됐습니다. "

"이번에 진해에 들어가면 시운전은 할 수 있겠군. 피피는
몇 병 남았어? "

"한 병 가지고 세 번 나눠 맞기 때문에 아직 세 병이나
남아 있습니다. "

"하루도 거르지 말고 부지런히 맞아. 진해에 들어가 술도
한 잔 못 마시고 쭈그리고 앉아 있는 것만큼 청승스러운 모
습도 없다. "

"헌데 이번에 들어가서도 며칠 쉬지 못하고 또 나가야 된
다는 데요? "

"원래 출동 스케줄이 그렇게 잡혀져 있었잖니? 우리는 지
금 776함이 사고를 냈기 때문에 육지에서 쉬어야 할 시간을
바다 위에서 까먹고 있는 것이란 말이다. "

"그럼 바다 위에서 까먹은 날짜만큼 육지에서 쉴 수 있는
시간을 연장시켜 주어야지요? "

"우리가 쉬고 있는 동안 동해로 나가서 경비구역을 지켜
줄 배가 없는데 그게 현실적으로 가능하냐? 우리 손으로 군
함을 여러 척 만들어 진수시키기 전까지는 어쩔 수 없는 숙
명이야. 불평불만없이 받아들여. "

"교반장님도 출동을 나갈 때는 몸을 풉니까? "

"그럼, 나는 기계냐? "

몸을 푼다는 것은 바다 위에서는 하등 필요가 없는 정액
을 말끔히 짜내는 일이다. 그건 정사가 아니다. 평범한 시민

들이 아침에 일어나 구강의 청결을 유지하기 위해 이를 닦
듯, 바닷생활을 이겨 내기 위한 몸의 다스림이며 화려한 밤
을 소유할 수 있었다는 충족감으로 바다에만 나가면 안개처
럼 피어오르는 정신적인 욕구를 다스리기 위한 수단이었다.
　거기에는 윤리관이 따를 수 없다. 도덕도 성립될 수 없다.
　여기에 육지에 사는 사람들이 생각할 수 없는 뱃사람들의
독특한 세계가 있다. 이런 관념은 민간 상선을 타든 어선을
타든 군함을 타든 별반 다를 바가 없다.
　철규는 이런 관념들이 처음에는 이겨낼 수 없을 만큼 힘
이 들었다. 노하사는 지금 그걸 묻고 있는 것이다. 그러나
한 해 두 해 세월이 흐르자 출동준비 차 몸 한번 푸는 것이
대수로울 것도 없었고, 육지에서 정갈하게 살아가는 사람들
이 TV 같은 데에 나와 윤리니 도덕이니 하며 정담을 나누
는 말들이 귀신 씨나락 까먹는 소리처럼 들릴 때가 많았다.
진해라는 도시를 떠날 때까지는, 아니 바닷생활을 청산할 때
까지는 그런 소리들을 생각지 말고 사는 것이 마음이 편했
다.
　"미 해군들도 상륙하면 우리처럼 윤락가를 기웃거립니까?"
　"그네들뿐만 아니라 전세계의 뱃놈들은 똑같다고 생각하
면 돼. 이빨 한번 닦으러 들어가서 이빨 뿌러뜨리고 나오면
안되겠지? 몸 간수를 잘 하라는 뜻이 거기에 있으니까 이번
에 파이프 수리되면 철저히 잘 관리해. 그게 군인이야. 군인
은 국가와 국민이 자기를 요구할 때 최상의 컨디션으로 훈
련된 몸과 마음을 기꺼이 바칠 수 있는 준비가 되어 있어야
돼. 몸을 푼다는 진정한 의미를 알겠어?"

노하사는 번민이 사라진 얼굴로 고개를 끄덕였다.

"이번에 진해에 들어가면 다음 출동을 대비해 단기휴가나 특박이 실시되는데 또 파이프가 터지지 않게 각별히 유의해. 그건 우리의 평범한 생활이고 자기를 관리하는 하나의 기술이야."

"몸은 풀어야 하는데 장화가 없을 때는 어떻게 해야 합니까?"

"그때는 사정하고 나서 바로 일어나 소변을 봐. 그리고 곧 파이프를 깨끗이 씻어 줘. 후희를 즐긴다고 여자와 같이 누워 있지 말고…… 그러면 임질 정도는 장화를 신지 않아도 70~80% 정도는 막을 수 있어."

"매독도 그러면 됩니까?"

"매독은 그런 비상수단으로는 해결되지 않아. 육감적으로 꺼림칙하게 느껴지면 배에 들어가자마자 피피를 2~3회 정도 맞아. 그러면 진해에 들어갈 때까지 별 탈없이 출동을 마칠 수 있을 거야……."

배는 예정대로 귀항했다.

모항을 떠난 지 58일만에 가덕도 앞바다를 돌아 진해항으로 들어섰다. 풋보리가 익는 듯한 흙냄새가 향기롭게 밀려왔다. 철규는 주갑판으로 올라와 코를 벌름거리면서 뱃사람들만이 느낄 수 있는 흙냄새를 한껏 들이켜댔다.

"사이드 보이 배치 붙어!"

원엠시가 출입항 예식요원들을 불렀다. 얼마 후 각 분대에서 지정된 사이드 보이(side boy) 요원들이 깨끗이 세탁한 백색 빵모와 코발트색 세일러복을 말끔하게 차려 입고 갑판으로 올라왔다. 그들은 갑판에 닿을락말락하는 나팔바지와 검은색 넥타이를 펄럭이며 주갑판 외곽 라이프 라인을 따라 강강수월래를 하듯 길게 일렬로 늘어섰다.

부웅 부웅 부우웅―.

입항신고를 하듯 777함이 속력을 줄여 외항으로 천천히 들어서며 길게 무적을 울렸다. 사이드 보이 요원들이 일제히 차려 자세로 경례를 올렸다.

"악천후와 황천의 바다에서 아무런 사고없이 임무를 마치고 귀항한 귀함의 입항을 충심으로 환영합니다……."

함대사령부 관제탑에서 번쩍번쩍하는 불빛신호로 메시지를 보내주었다. 아직 777함이 정박할 부두가 정해지지 않았으니 우선 외항에 닻을 내리고 별도 지시 있을 때까지 대기하라는 뜻이었다. 그러면서 관제탑은 그동안의 노고를 치하하듯 길게 무적을 세 번 울려 주었다.

사이드 보이 요원들은 긴 뱃고동 소리에 맞춰 또 경례를 올렸다. 내항에 정박하고 있던 크고 작은 배들과 당직 함정이 또다시 부우웅 부웅 붕붕붕 답례를 하면서 777함의 귀항을 열열히 환영해 주었다.

"앵카 렛고우(닻 투하)!"

원엠시가 또 소리쳤다. 외항으로 들어와 엔진을 정지시킨 777함이 선체를 빙그르르 회전시켰다. 닻이 매달린 함수 구멍에서 좌르르 체인 쏟아지는 소리가 귓전을 때렸다. 긴긴 항해가 끝나고 비로소 모항에다 닻을 내린 것이다. 차려 자세로 서 있던 사이드 보이 요원들이 하얀 장갑을 낀 손으로 짝짝짝 박수를 치며 흩어졌다.

"브이 피이 요원 배치 붙어(보트 하강요원 윈치에 붙어라)!"

당직근무자가 현측에다 사다리를 설치하면서 함장이 타고 나갈 보트를 내리라고 방송했다. 갑판부 요원들이 달려나와 외씨 고무신 같이 생긴 777함의 보트를 내렸다. 국기와 전단 깃발이 펄럭거리고 있는 보트는 그새 시동을 걸어 하얀 연기를 내뿜으며 함장이 내려오기를 기다리고 있었다.

잠시 후 말끔히 면도를 하고 장교복으로 정장을 한 함장이 함대사령부에 귀항신고를 하러 가기 위해 수행요원들을 데리고 현문으로 나왔다. 현문당직자와 사이드 보이가 이열종대로 서서 함대사령부에 잘 다녀오라는 뜻으로 경례를 붙였다. 뒤따라 서무병과 체송병(함내 우체부)이 공문과 편지를 수령하기 위해 함께 내렸다.

보트가 함장과 수행원들을 싣고 777함에서 떨어져 선수를 돌렸다. 당직병이 호루라기처럼 생긴 금속제 피리를 들고 삐이 삐이 삐이히 하면서 예비신호를 내뿜었다. 버들피리 소리 같은 예비신호는 스피커를 타고 함내 구석구석으로 울려 퍼지면서 강한 긴장감을 조성했다. 당직사관은 이내 마이크를 잡고 함장이 배에서 내렸다는 사실을 함내 전승조원들에게 두 번 또렷하게 방송했다.

"함장 이함! 함장 이함!"

얼마 후 배안에 있는 세탁소에는 옷을 다림질하는 수병들로 줄을 이었다. 세면장과 샤워장은 아내와 연인들을 만나러 가기 위해 준비를 하고 있는 중상사들과 장교들로 붐볐다.

수염을 깎다가 상처가 났다고 짜증을 내는 선임하사도 없었고, 샤워 물이 뜨겁다고 아우성치는 장교도 없었다. 모두가 기쁨에 찬 얼굴로 협조하면서 부지런히 사타구니를 씻어댔다. 승조원들이 모여 있는 곳에는 야릇한 흥분과 생기도 돌았다.

철규는 갑판의 라이프 라인에 팔을 괴고 부두를 관망했다. 외항에서 바라보는 내항은 마치 희망의 섬 같이 바라보였다. 거세게 몰아치던 바람도 없었고 거칠고 높은 파도도 없었다. 저녁놀을 받으며 잔잔하게 밀려오는 물결은 진한 그리움을 담은 듯 검붉게 빛나고 있었다. 그는 편지를 거두러 나간 체송병이 돌아오기를 눈빠지게 기다렸다.

한참 후 귀항신고를 하러 나간 함장이 수행원들을 태우고 깃발을 펄럭이면서 다시 돌아오고 있었다. 통통거리며 달려오는 보트 고물에는 하얀 물이랑이 파문처럼 내항으로 번져가고 있었다. 현문을 지키던 당직사관은 보트가 다가와 777함에 옆구리를 붙이자 또 안내방송을 했다.

"함장 승함, 함장 승함!"

철규는 서무실로 달려가 다짜고짜 손을 내밀었다.

"내 편지 줘."

체송병이 싱긋 웃으며 편지 한 통을 내밀었다. 정옥의 편지였다. 그는 안전당직실로 달려가 떨리는 손으로 편지의 겉봉을 찢었다. 뭐라고 적었는지 자못 궁금하기도 했다.

이 마지막 편지가 언제쯤 전달될 지도 모른 채 몇 자 적어본다.

철규!

나, 내일 결혼해.

철규의 가슴에 안겨 빨리 결혼해 달라고 매달리던 내가 쫓겨 가듯 다른 남자와 결혼한다는 사실이 지금도 믿어지지 않아…….

하지만 이 시점에서 곰곰 생각해 보니까 내가 철규에게 그렇게 매달렸던 것은 순수히 철규만을 위한 것이 아닌 것 같아. 거기엔 철규를 위한 것보다 나 자신을 위한 것이 더 많았어……. 이건 결국 내가 존재하지 않으면 철규란 존재도 무의미하다는 말이야.

나는 내 사랑의 실체를 확인한 이상 철규를 더 기다릴 필요가 없다는 생각을 했어. 철규가 아니더라도 나를 사랑해 줄 수 있는 남자라면 결혼할 수 있다는 결론을 얻었고, 너를 사랑하듯 다른 남자에게도 사랑을 퍼부으면 얼마든지 행복해 질 수 있다는 자신감도 얻었어.

그동안 좋은 연인이 되어준 걸 고맙게 생각해. 철규도 좋은 여자 만나 행복하게 살아. 안녕!

인천에서 정옥이가…….

철규는 핑하게 현기증이 밀려와서 의자에 걸터 앉았다.

"망할 계집애! 서로간의 더 밝은 앞날을 위해서 아픈 마음을 감추며 결혼한다고 하면 어디가 덧나서 꼭 이렇게 사람의 마음을 아프게 해주고 떠나가? 그럼 20년간 저를 아껴주고 위해준 나는 들러리였다는 말인가? 못된 것!"

철규는 편지를 접으며 길게 한숨을 내쉬었다. 마치 그녀로부터 호되게 뺨을 얻어맞은 기분이었다. 껴안으면 터질 것 같아 고이고이 어루만지며 20년간 아껴온 그녀에게 너 따위는 내가 없으면 아무짝에도 필요없다는, 원한서린 악담을 들은 느낌이었다.

"뭐가 그렇게 못마땅해서 이렇게 아픔을 주고 떠나갈까?"

아무리 생각해도 그녀의 속셈이 이해가 되지 않았다. 가슴 속으로 찬바람이 몰아치는 것 같았다. 머리가 터질 것 같이 아파 앉아 있을 수도 없었다. 그는 침실로 내려와 잠시 침대에 누웠다. 결혼시기를 1년만 더 기다려 달라고 그녀를 붙잡고 매달리느니보다 차라리 눈에 보이지 않게 떠나간 것이 잘 되었는지도 모른다고 생각하며 너그럽게 그녀를 이해해 주려고 하는데도 마음은 뜻대로 되지가 않았다.

"시내에 나가서 술이라도 몇잔 마시면 흔들리는 마음을 가라앉힐 수가 있을까?"

그는 자정이 가까와 올 때까지 잠 한숨 이루지 못하고 뒤척이다 침대에서 일어났다. 하릴없이 배안을 배회하기도 하고, 갑판에 나와 애꿎은 담배만 죽이며 빨간 정박등이 수놓고 있는 내항의 밤풍경을 지켜보다 다시 침실로 들어와 누워도 깊은 잠을 이룰 수가 없었다.

다음날 오후 시내로 나왔다. 긴긴 출동 뒤끝인데다 토요일이어서 함장은 당직자만 제외하고 누구나 외출 외박을 즐길 수 있게 상륙을 제한하지 않고 있었다.

그는 넋잃은 사람처럼 혼자서 시내를 배회하다 잘가는 단골주점으로 갔다. 그를 좋아하는 미라는 목욕을 가고 없었다. 혼자 카운터에 앉아 있던 송마담이 싱긋 웃으며 그를 반겨 주었다.

"아침부터 미라가 설치는 것 보고 짐작은 했지. 언제 들어왔어요? "

"어제 오후에. "

주점 안을 살펴보다 그는 창 옆에 있는 자리로 가서 털썩 소리가 나게 앉았다. 고급 술을 파는 카페 타입의 주점이어서 홀 안은 휴일인데도 한가했다. 구석진 자리에 앉아 있는 다른 배의 승조원 두 사람이 시끄럽게 실내를 울리는 엘비스 프레스리의 노래를 들으며 맥주를 마시고 있었다. 송마담이 도라지 위스키 한 병에다 마른 안주 한 접시를 들고 왔다.

"이번에는 병을 앓았어요. 왜 그렇게 얼굴이 야위었어? "

"추위에 시달려서 그런가 봐요. 별일 없었소? "

"우리야 별일 있으면 어떻고 없으면 어때. 강하사도 우리 집에 미수가 좀 있지, 아마? "

그는 미라가 없으면 송마담이라도 다가와서 아픈 가슴을 어루만져 주기를 기다리는 심정이었다. 그러나 송마담은 그가 달아놓은 외상 술값을 정리하느라 그가 실연에 몸살을 앓고 있다는 사실을 읽지 못했다.

그는 위스키를 한 모금 삼키며 쓰게 웃었다. 진해라는 도시는 언제나 이런 모습으로 그를 대해 주었다. 겉으로는 뜨락같이 아담하고 깔끔해 보여도 사람의 입김과 정이 없는 도시처럼 느껴졌다. 시내 도처에 깔려 있는 주점들은 그가 귀항하기를 눈이 빠지게 기다린 듯했다. 그러나 그 기다림은

외상 술값을 받으려는 송마담처럼 그의 주머니나 살필 뿐
겨울 바다에서 파도와 싸우며 긴긴 출동에 시달리다 돌아온
그의 가슴을 따뜻하게 감싸주지는 않았다. 정옥의 편지가 늘
그 대역을 맡아 주었는데, 그녀마저 미운 정을 늘어놓으며
떠나버리고 나니까 더 으시시하게 몸이 떨리고 가슴은 비어
있는 느낌이었다. 그는 그 빈 가슴을 술로 채울 듯 잠시 앉
아 있는 사이에도 정재되지 않은 국산 도라지 위스키를 석
잔이나 마셨다.

가을을 잃어버린 듯한 느낌이 들었다. 지난해 10월 1일 부
산 3부두에서 오픈 쉽을 마치고 바다에 나가 각종 훈련을
받고 있을 때 정옥은 다른 남자와 사랑을 속삭이고 있었고,
그가 얼어붙은 겨울바다를 오르내리며 파도와 싸우고 있을
때 정옥은 결혼식을 올리고 미지의 도시에서 밀월을 즐겼을
모습들이 눈이 아프게 밀려왔다. 그녀는 분명히 새로 택한
그 길이 얼마나 현명한 판단이었는가를 새삼 느끼고 있을
것이다.

그런데도 그는 정옥이가 1년만 더 기다려 줄 것을 꿈꾸고
있었다. 그것은 정말 혼자만의 황당한 망상이었다. 정옥은
이미 새로운 남자에 의해 잘 길들여지고 있는 여자처럼 생
각되었고, 강철규라는 존재는 한때 가지고 놀던 장난감처럼
까맣게 잊고 있을 것이라는 생각도 들었다. 그는 그런 생각
들을 지우기 위해 또 술을 꿀꺽 삼켰다.

"어마나! 언제 왔어요? "

목욕을 갔던 미라가 들어오면서 반갑게 웃었다. 그녀는 물
기도 채 마르지 않은 머리에다 목욕대야를 들고 있었다. 그

는 발그레하게 피어오른 미라를 바라보며 싱긋이 웃었다. 공존공생하는 관계처럼 출동을 나갈 때 찾아와 몸을 풀고 나가는 그녀는 오랫만에 보니까 자신도 모르게 정이 쏠렸다. 정신적인 애정은 정옥이에게 쏟으면서 육체적인 애정은 미라에게 준 자신이 흡사 지킬 박사와 하이드 같아 절로 쓴 웃음이 배어 나왔다.

"왜 그렇게 얼굴이 말랐어요?"

미라가 화장도 안한 얼굴로 다가왔다. 그는 미라를 곁에 앉히고 다짜고짜 그녀의 유방을 더듬었다.

"좀 아팠어. 넌 휴일날 장사할 생각은 않고 목욕만 다니니?"

"님이 오시는데 장사는 해서 뭘 해요. 또 나간다면서요?"

"음. 봄에나 돌아올 것 같아."

"대낮에 왜 이렇게 취했어요?"

"널 기다리다가…… 저녁이나 사줄께 나가자."

"나, 방 얻었어요. 다른 데 가지 말고 거기서 쉬어요."

"그것도 좋지!"

그는 미라의 방에서 휴식을 취하다 이튿날 오후에 배로 들어왔다.

외항에 떠 있던 배는 부두로 들어가 다음 출동을 대비한 임시수리에 들어가 있었다. 입항해서 이틀간 푹 쉰 승조원들은 조이고 닦고 기름치고 떼우고 교환하고 점검하면서 저마다 바삐 일과시간을 보냈다. 일과시간이 끝나면 영외거주자는 기쁜 마음으로 퇴근했고, 영내거주자는 외출외박증을 끊어 시내에 나가 저마다 귀항의 기쁨을 누렸다.

철규는 앙상하게 가지만 남은 벚꽃나무들을 지켜보며 하릴없이 부두 주변을 서성거렸다. 조금도 변한 것이라고는 없는 군항인데 유난히도 생경해 보였다. 그는 낯선 거리를 헤매는 이방인처럼 추위와 외로움에 몸을 떨다가 부두 매점으로 들어갔다.

"어떻게 해야 마음잡고 공부를 할 수 있을까? "

담배를 몇갑 산 뒤, 커피를 한 잔 시켜 마시면서 그는 추위를 쫓았다. 이대로 허물어진 수는 없다는 생각이 들었다. 이럴수록 더 힘을 내어 악착같이 공부해야 된다고 생각했다. 그러기 위해서는 자신의 주위에 깔려 있는 정옥의 모습부터 하나하나 지워 나가야 된다고 생각했다.

그는 배로 들어와 고이 간직해 놓은 정옥의 편지를 끄집어 냈다. 7년 넘게 군대생활을 하면서 그녀에게 받은 편지는 200통이 넘었다. 그는 공작실로 들어가 박박 이를 갈면서 편지를 찢었다.

"그래. 네가 행복하게 산다면 나라고 못 살 법은 없겠지. 두고 봐. 나도 임관하고 나면 정옥이 네가 셈이 날 만큼 행복하게 살 테니까……. "

정옥을 위해 처절하게 자신을 부순 지난 날이 어리석게 느껴져 그는 환하게 웃고 있는 그녀의 사진마저 박박 찢어 소각통에 넣었다. 그리고 산소용접기에 불을 붙여 찢은 편지와 함께 하얀 재가 될 때까지 태웠다. 그래도 가슴이 후련해지지가 않았다. 그는 또 외출을 나가 엉망으로 취해서 돌아와 송장처럼 곯아떨어졌다.

이튿날은 일요일이어서 오전과업정렬이 없었다. 침실에는

늦잠을 자는 고참하사들이 아침도 먹지 않고 계속 자다가 점심 때가 넘어서야 일어났다. 철규도 마찬가지였다.

"일어나셨습니까? "

샤워를 마치고 침실로 들어오는데 실내감시가 편지 두 통을 내밀었다.

"어제 오후에 체송병이 갖다준 건데 외출 중이라 제가 보관하고 있었습니다. "

"그래에! 누가 보냈을까? "

철규는 침대에 걸터앉아 편지의 겉봉을 찢었다. 발신인이 기록되지 않은 편지는 부산에서 온 것이었다.

"아니, 이 여자가 어떻게 편지를 보냈을까? "

그는 오픈 쉽 때 부산 3부두에서 만난 여자들이 용케도 부대주소를 잊어버리지 않고 편지를 보내준 게 고맙게만 여겨져서 한참 생각에 잠겨 있었다.

"윤소정(尹素貞), 윤소정……. "

미제 쌍마 청바지와 자켓을 입었던 소정의 얼굴을 그려보며 그는 두번째 편지를 찢었다. 첫번째 편지는 자신이 누구라는 것을 밝혔고, 두번째 편지는 사연이 없었다. 그렇다고 하얀 백지도 아니었다. 푸른 숲이 전개된 그림 한 폭이 앞을 막고 있었다.

푸른 숲엔 밝은 햇살이 눈부시게 쏟아져 내렸다. 발이 시리도록 차고 맑아 보이는 냇물이 숲속에서 졸졸졸 흘러내렸다. 나뭇가지 위엔 새들이 푸릉푸릉 날며 지저귀고 있었다. 초하(初夏)의 아침나절이 담긴 그 그림은 자연주의 화풍으로 그려져 아늑한 마음의 고향을 떠올리게 했다.

철규는 그 그림을 지켜보다 어릴 적 곤충채집을 갔던 외가집 근처의 한적한 냇가를 떠올렸다. 꿈이 있고, 어릴 적 추억이 칡넝쿨처럼 얽혀 있던 그 숲속 —. 성인이 되어 다시 한 번 가보고 싶어도 개발바람에 휩쓸려 자연의 아름다움이 훼손당했을까 봐 겁이 나 발걸음이 떨어지지 않던 그 마음의 고향 —. 그런데 그 평화롭던 숲속의 아침나절을 누가 이렇게 우리의 정서로 묘사했단 말인가. 그는 들뜬 기분으로 다시 그림 속을 지켜보았다.

스무 살이 채 됐을까말까한 이국의 처녀가 신발을 벗고 서 있었다. 물속에 잠긴 발이 그대로 다 보였다. 한쪽 소매는 걷어붙였고, 다른 한 손은 옆에 서 있는 청년의 손을 잡고 있었다. 청년도 처녀 또래였다. 키가 크고 눈이 파랬다. 그도 신발을 벗고 물속에 발을 담그고 있었다. 그는 물속을 헤엄쳐 다니는 피라미 한 마리를 잡은 모양이었다. 청년의 손아귀 위엔 피라미 한 마리가 꼬리를 파닥이고 있었다.

처녀는 그 모습을 보고 어쩔 줄 모르고 웃고 있었다. 사랑스런 웃음이었다. 이 세상 행복을 다 소유한 여인들만이 웃을 수 있는, 그들의 손 안에서 파닥이는 한 마리의 피라미는 이 세상 행복을 한 마디로 표현하는 앙징스런 마스코트처럼 느껴졌다.

"왜 이런 그림을 나에게 보내 주었을까? "

퍼뜩 이해가 되지 않아 잠시 눈을 감고 생각해 보았다. 소정이란 여자는 이런 풍경과 연인들의 모습을 동경하고 있다는 말인가. 그는 그림 한 폭을 세세히 지켜보다 움찔 놀라기 시작했다. 한쪽 모서리에, 얼핏 보아서는 잘 알아볼 수도 없는 나무 이파리 위에 깨알 같은 글씨가 적혀져 있었다.

"이 여자는 무척 개구쟁이군. 왜 이렇게 글자를 풀어서 적어 놓았을까? 빨리 읽지도 못하게……. "

그는 자음과 모음을 풀어서 적어놓은 글귀를 조합해 애써 읽어 나갔다.

"여기 적힌 먹빛의 사연이 바램하는 날 우리들의 만남도 바램한다면 나는 당신을 잊을 수 있겠습니다. 초원의 빛이여 …… 빛의 영광이여! "

아, 이건 워즈워드의 시(詩)가 아닌가? 정말 보기보다 틀리는 소녀같은 심성이군…….

그는 소정의 얼굴을 다시 그려보며 연방 고개를 저었다. 나이가 퍽 들어보이는 여자 같았는데 내적 세계가 외모와는 많은 차이가 있는 것 같았다.

어쨌든, 아름다운 여자인 것만은 틀림없는 사실이었다. 유방과 엉덩이는 온통 살덩이로 뭉쳐져 있는 것 같았지만 허리와 다리는 낭창거릴 만큼 가늘고 쪽 곧았다.

흡사 무용을 하는 여자 같았다. 온 몸이 육감적인 매력으로 똘똘 뭉쳐져 있으면서도 퍽 의지가 굳은 여자처럼 느껴졌다. 어떻게 보면 얼굴 한편에 슬픈 미소와 우수가 함께 드리워져 있어 함부로 건드릴 수 없는 조바심이 밀리기도 했다. 그렇지만 한번 알아 놓으면 끊임없이 활력을 안겨 주면서 또 하나의 새로운 세계를 열어줄 것 같았다. 하지만 이렇게 이름만 달랑 적어놓고 주소와 전화번호는 가르쳐 주지 않는다면 어쩌란 말인가?

그는 심한 유혹과 장난에 걸려든 느낌이었다. 그녀의 작은 손과 서글서글하게 큰 눈, 그리고 두툼한 입술이 망막 위에서 계속 뛰고 있었다.

"왜 이름만 밝혔을까? 다시 편지를 하겠다는 뜻인가? "

그는 다시 깊은 생각에 잠기면서 편지를 접었고, 접었다간 다시 펴보면서 꼬박 일주일을 그녀만 생각했다. 정옥이는 이제 생각할 겨를이 없었다.

머리 속이 온통 윤소정이란 여자의 얼굴로 가득차 있는 듯했다. 임관시험을 위해 책을 좀 보려고 해도 도무지 집중이 되지 않았다. 책을 덮어놓고 외출을 나가 미라와 함께 술을 마셔도 소정이의 얼굴은 지워지지 않았다.

편지라도 보내보고 싶은 마음이 간절했다. 그렇지만 주소를 모르니까 답장도 보내줄 수가 없었다.

"여기 적힌 먹빛의 사연이 바램하는 날 우리들의 만남도 바램한다면 나는 당신을 잊을 수 있겠습니다. 초원의 빛이여······ 빛의 영광이여! "

철규는 그녀가 보낸 두번째 편지를 펴놓고 거듭 소리 내어 읽어 보았다. 읽으면 읽을수록 만나보고 싶은 마음이 뭉클뭉클 끓어오르는데 주소를 적지 않은 이유가 무엇인지······ 그는 노하사와 함께 각 격실 안전점검과 수밀검사를 하면서도 윤소정이라는 여자의 속마음을 몰라 한참씩 혼잣생각에 잠겨 있었다.

"기관부 교반장님! "

갑판창고와 페인트창고 점검을 끝내고 주갑판으로 올라갔는데 함대사령부에 나갔던 체송병이 뛰어오며 소리쳤다. 철규는 노하사를 먼저 안전당직실로 보내고 현문 쪽으로 다가

174

갔다.

　"편지 드릴려고요. "

　기관부 선임수병과 동기생인 문수병이 우편가방을 둘러멘 채 편지 한 통을 쑥 내밀었다.

　"고맙다. 헌데 이 쇠톱날은 왜? "

　철규는 문수병이 편지와 함께 미제 쇠톱날 두 개를 내놓는 뜻을 몰라 되물었다.

　"칼 좀 만들어 주십시오. 노하사님한테 부탁하니까 공작실 관리는 교반장님이 한다고 해서요……. "

　"배 만들려구? "

　체송병이 고개를 끄덕였다. 철규는 편지와 톱날을 받아들고 안전당직실로 걸어갔다. 노하사가 공작실 문을 열어놓고 그라인더를 돌리고 있었다.

　"문수병 배 만든다는데 이거 칼 좀 만들어 줘."

　철규는 노하사에게 톱날을 건네 주고 편지를 개봉했다. 이번에는 사연이 없었다. 흰 편지지 끄트머리에 전화번호와 주소만 달랑 적혀 있었다. 철규는 편지를 접으면서 야릇한 미소를 머금었다. 윤소정이란 여자가 지금 자신을 강하게 끌어당기고 있다는 것을 알았다.

　만약 이 여자의 의도대로 끌려가면 끝이 어떻게 될까?

　끝은 어떻게 될지는 몰라도 또다른 세계가 열릴 것이라는 생각이 들었다. 정옥이도 자연스럽게 잊어버릴 수 있을 것 같다. 그는 가슴 속에 깔려 있는 정옥이의 숨결과 체취를 씻어버리기 위해 함대사령부 우체국으로 달려갔다.

　"부산 나왔습니다. "

시외전화를 신청해 놓고 한 시간 가까이 기다리고 있는데 여교환원이 코드를 꽂아 주었다. 그는 통화박스로 들어가 송수화기를 들었다.

"여보세요. 윤소정 씨 좀 부탁합니다. "

"지금 외출하시고 안 계시는데요. 실례지만 어디십니까?"

"777함에 근무하는 강철규 하삽니다. 메모 좀 부탁할 수 있겠습니까? "

"어머, 안녕하세요. 저, 오픈 쉽 때 언니랑 함께 배 구경하러 간 박상미예요. 그날 저희들을 위해 수고해 주셨는데 부산 한번 오세요. 언니도 무척 보고 싶어 해요……. "

"이번 일요일 11시에 방문하겠습니다. 집 위치가 해운대 어디쯤 됩니까? "

"극동호텔 옆입니다. 도착하는 대로 전화 주세요. 마중 나가겠습니다. "

철규는 극동호텔 커피숍에서 상미와 만나기로 하고 배로 돌아왔다.

"야, 신뼁! 내한테 진급신고 한번 해 봐. 열흘 마이가리 해서 중사 달아줄 테니까……. "

점심을 먹고 기관부 침실로 들어오는데 작전부 교반장 장준태와 포술부 교반장 윤치백이가 그를 기다리고 있다가 농담을 했다.

"너들 웬일이냐? "

철규는 반갑게 웃으며 그들이 앉을 침대를 폈다. 윤치백이가 정복과 근무복에 붙이는 중사 계급장 세트와 새로 판 명찰을 내놓으며 진급선물이라고 했다. 철규는 그때사 장준태와 윤치백이가 왜 기관부로 넘어왔는가를 알아차리며 껄껄 웃었다.

"그래도 동기생들이 좋구나. 제일 먼저 계급장 사들고 인사 올 줄도 알고……."

"너, 이새끼 중사 달고 작전부 애들 괴롭히면 죽는 수가 있어."

준태가 또 싱겁을 떨며 담배를 권했다. 윤치백이가 물었다.

"방은 구했냐?"

"조중사 집에 있기로 했어."

"준태하고 같이 출퇴근용 자전거라도 한 대 사주고 싶었는데 봉급날도 멀었고…… 꼬라지가 말이 아니다. 이해해라."

윤치백이가 진급선물이 약소하다면서 섭섭한 표정을 지었다. 진한 전우애와 동기생들의 뜨거운 정이 고마와서 철규는 연방 싱글벙글 웃었다.

"걱정 마. 자전거도 조중사 거 인계받기로 했어…… 너희들은 그저 휴일 외박 나와서 갈 데 없으면 내 방에서 자고 가기나 해."

"싫다, 새꺄! 공부한다고 대가리 싸매고 있는데 우리가 왜 짐 돼? 도와 줘도 시원찮은데……."

"괜한 걱정들 말아. 나도 휴일은 무조건 쉬기로 했으니까."

"어쭈! 저게 계집한테 차이고 나더니 사람이 달라지네…… 뭔, 일 생겼어?"

"너희들 생각해서 놀아가며 하기로 했으니까, 빨리들 따라
와. "

철규는 치백이와 준태에게 진급시험에 신경을 쓰라며 자
극을 주었다.

"어휴, 열불나! 저거 보기 싫어서 빨리 옷벗어야 되는데
제대도 안되고……. "

"경자한테 연락은 자주 오냐? "

철규가 묻자 준태는 잠시 허공을 쳐다보다 한숨을 쉬었다.

"자꾸 진해에 내려오고 싶다고 해서 고민이야. 또 출동은
나가야 되고……. "

"이번 동해 나갔다 오면 우리 배 오버 홀 들어가…… 그
때 내려오라고 해. "

철규가 2년 만에 정기 대수리에 들어가는 777함의 스케쥴
을 밝히자 평소 말이 없는 윤치백이가 눈이 휘둥그레졌다.

"정말이야? "

"틀림없어. 어제 기관장님과 같이 공창에 들어가 각 탱크
내부검사 일정까지 협의했어. 다들 육상에서 여름 보낼 계획
들이나 짜. "

"경자하고 배낭 짊어지고 섬에나 들어가야겠군……. "

준태가 기분이 째진다는 표정으로 계획을 늘어놓자 윤치
백이도 그제사 무거운 입을 열었다.

"오버 홀 들어가면 3개월은 육상생활이 보장되겠지? "

"미국에서 주요 부품이 제때 도착되지 않으면 더 연장될
수도 있어. 무슨 좋은 계획이라도 있냐? "

"장가들구 오려구……. "

　치백이가 결혼계획을 밝히자 장준태가 혀를 물린 표정으로 소리를 질렀다.

　"이런 크레물린 같은 새끼 봐? 뜬금없이 무슨 지랄이야……. 축의금 낼 돈도 없는데? "

　"장가들어두 나 혼자 몸만 가서 끝내고 올 테니까 걱정 마. 상주 안골짝까지 너들 초청하기도 뭣해서 입도 떼지 않을려구 했어, 처음엔. "

　"이새꺄, 말 같잖은 소리 작작해. 배안에서 동기생이라구는 우리 셋 놈뿐인데 철규하고 난 모른 척하라고? "

　"그럼 어떡하냐? 잠시 다녀갈 거리도 아닌데? "

　"아서라, 새꺄! 특박증을 끊어서라도 갈 테니까 샥씨 신고부터 좀 해 봐. 나이는 몇살인고? "

　준태가 빵모를 뒤집어서 푹 눌러쓰고 우스꽝스럽게 장님 흉내를 내며 물었다. 옆에서 힐끗힐끗 쳐다보고 있던 기관부 하사 이하 수병들이 배꼽을 잡고 킥킥 웃어댔다. 윤치백이가 대답했다.

　"방년 23세이옵니다. "

　"아다라시는 틀림없겠다? "

　"옛날 어릴 때 파리가 닐름 핥은 일 외에는 짭짤하게 소금간이 잘 돼 있다 하옵니다. "

　윤치백이가 겁먹은 수병 흉내를 내며 우스개 소리로 대답해주자 장준태는 또 신명이 난 얼굴로 물었다.

　"첫날밤 요떼기 위에는 필히 큰 타올을 서너 장 깔아야 쓰겠구나. 그래 어떻게 만났는고? "

　"우리 어무이가 모심기 품앗이 나갔다가 도리방실하게

퍼진 엉덩짝 보고 점찍었다 하옵디다. 짱구 같은 아들놈도 쑥쑥 잘 낳을 것 같다면서요. ”

　“촌닭이라도 토종이겠구나. 살림은 어디서 할 터인고? ”

　“중사 진급할 때까지 고향집 어무이 곁에 자물쇠 채워 두려고 하옵니다. ”

　“잡놈들한테 새치기 당할 걱정은 없겠구나. 그래, 샥씨는 만나보았는고? ”

　“키스는 못했어도 손은 한번 잡아보았습니다. 사실은 지난 번 휴가 때 약혼식 올리고 왔걸랑요. ”

　“어휴, 어휴! 이 능구렁이 같은 새끼한테 완전히 당했어. 철규야, 이새낄 어떻게 때려잡아야 하냐? ”

　장준태는 깜쪽같이 입 다물고 있는 윤치백이가 못마땅하다면서 빵모를 다시 고쳐 썼다. 철규가 말했다.

　“치백이 입 무거운 거 이제 알았냐? 어쨌든, 축하한다. 결혼 날짜 잡히는 대로 꼭 알려 줘. 준태하고 네 고향 구경이라도 좀 하게……. ”

　윤치백이가 시계를 보며 먼저 일어났다.

　“알았어. 배만 진해에 있다면야 왜 입 다물고 있었겠냐. 그때 가서 보자. ”

　준태도 따라 일어났다.

　“이번 일요일 출동준비하러 같이 나가자. 진급주 미리 좀 뺏어 먹게. ”

　철규는 계급장을 바꿔 달 날짜도 열흘밖에 안 남았구나 하며 고개를 저었다.

　“이번 일요일은 안돼? ”

“왜? ”

“부산을 좀 다녀와야 돼. ”

준태가 뭔가 이상하다는 표정으로,

“너, 요새 뭔 일 저지르고 있지? ”

철규는 윤소정이를 만나러 간다는 계획을 감추며 싱긋이 웃기만 했다.

“알았다, 새꺄! 웅천고개 넘어가다 자빠지지나 말아라. 간다. ”

준태와 치백이가 손을 한번 들어주며 갑판으로 올라갔다. 철규는 그들이 사온 계급장을 사물함에 갖다 넣으며 혼자서 싱긋이 웃었다. 그렇게 괴롭고 가슴 조이든 일들이 한꺼번에 다 풀어진 느낌이었다. 그는 소정이가 진정으로 자신을 좋아한다면 이번엔 아주 꽉 잡겠다고 마음을 다져 먹었다.

춤추는 요정

소정은 버스에서 내려 횡단보도 앞에서 잠시 걸음을 멈추었다. 꺼질 줄 모르고 계속 켜져 있던 빨간 불빛이 그제사 파란 불로 바뀌었다. 쾌속으로 달려가던 차들이 일시에 브레이크를 밟기 시작했다. 광복동을 끼고 부산역으로 길게 뻗어 있는 큰길은 금시 달리던 차들로 꽉 메워졌다.

신호등을 지켜보던 행인들이 횡단보도를 건너가기 시작했다. 소정은 밀려가듯 큰길을 건너서 광복동 중심가로 걸어갔다. 어젯밤 2층으로 올라와 까르르 웃어대던 상미의 모습이 문득 웃음을 자아냈다.

"언니! 이번 일요일에 씨맨(sea-man)이 온다고 했어. 내 실력 어때? "

상미는 강철규를 바다에서 사는 사람이라고 씨맨이라 불렀다.

"농담하는 것 아니니? "

"아냐! 낮에 내가 직접 전화 받았단 말이야. 헌데 어떡하지? "

"뭘? "

"언니는 일요일도 무대에 서야 되잖아? "

"그거야 다른 언니들한테 좀 부탁하면 되잖니. "

"그러면 됐네. 이번에 아주 꽉 잡아. 난 이제부터 모른다, 언니? "

소정은 상미와 나눈 대화들을 되씹으며 미드나이트 프로덕션이 있는 광복빌딩 쪽으로 걸어갔다. 이번 일요일 철규가 찾아오면 하루쯤 쉬어야 할 것 같아 일찌감치 시내로 나온 것이다. 그녀가 고정으로 출연하는 텍사스클럽과 씨맨스클럽에서 대신 스트립을 해줄 사람을 매니저와 미리 협의해 놓아야만 펑크가 나지 않는 것이다.

어떻게 해야 그를 편안하게 해줄 수 있을까?

밤무대에서 춤을 추면서 잔뼈가 굵었건만 철규를 집으로 초청한다고 생각하니까 자신도 모르게 가슴이 두근거렸다. 그가 아버지를 닮아서 어렵게 느껴질까? 그녀는 좀더 빨리 걸음을 옮겨 놓으면서 또 쿡 웃었다. 밤늦게 해운대까지 따라오면서 추근거린 매니저의 소행을 생각하면 미드나이트 프러덕션에 얼굴조차 내밀기 싫었지만 강철규를 다시 만난다고 생각하니까 그 정도는 충분히 이해할 수 있다는 생각도 들었다.

계약이 만료될 때까지는 가능하면 싸우지 말아야지.

그녀는 광복빌딩 현관에서 엘리베이터가 내려오길 기다리

며 잠시 서 있었다. 외항선원들의 전용식당과 호텔, 그리고 외국인들을 위한 각종 유흥업소가 층마다 들어차 있는 7층 짜리 빌딩 꼭대기에 사무실을 두고 있어서 엘리베이터는 한 번씩 올라가면 매번 늑장을 부렸다.

　소정은 이것이 싫어서 사무실을 낮은 빌딩으로 옮길 생각이 없느냐고 매니저에게 물은 적이 있었다. 일언지하에 고개를 저으며 매니저는 눈을 부라렸다. 부산 시내 모든 빌딩을 살펴봐도 매니저 사무실로서는 이 빌딩만큼 좋은 자리가 없다는 것이다. 층별 안내판에 붙어 있는 미드나이트 프러덕션이란 표지판을 지켜보며 그녀는 자조감이 섞인 얼굴로 혼자 웃었다.

　간판 자체만 보면 언제 보아도 대단한 문화단체 같은 느낌이 들었다. 그러나 미드나이트 프러덕션의 업무는 단순했다. 시내 도처에서 걸려오는 전화를 받고, 출연요청에 따라 스트리퍼들을 시간 맞추어 보내주면 되었다.

　그런데도 매니저는 그런 업무의 성격에 맞는 경제원칙을 극구 부인했다. 사람에게는 누구에게나 실생활과는 거리가 먼 허세가 조금씩 있는데 그 허세를 이용해서 사업을 하려면 좀 그럴 듯하게 사무실이라도 꾸며 놓고 간판도 번쩍번쩍하는 것을 달아야 미드나이트 프러덕션에 적을 둔 스트리퍼들의 주가도 올라간다는 것이다.

　그 덕에 그녀는 높은 출연료를 받고 있었다. 그러나 매니저의 그런 사업수완은 얍삽한 야바위꾼의 속임수를 보는 것 같아 늘 죄책감이 앞섰다. 하지만 3류 악사로 잔뼈가 굵은 매니저에게는 나름대로 이 바닥을 보는 정확한 눈이 있었다.

　매니저는 매달 높은 임대료를 지불하면서도 60평이 넘는 사무실을 혼자 사용했다. 한쪽 모서리에다 스튜디오를 만들고, 다른 쪽에는 20여 명의 스트리퍼들이 두 다리 쭉 뻗고 쉴 수 있는 대기실을 만들어 놓았다. 입구에는 책상과 회전의자를 놓았고, 그 옆에는 깨끗하고 푹신한 소파를 놓아 두어서 직접 출연 요청을 하러 오는 유흥업소의 지배인이나 주인이 보면 대단한 자본과 전통을 자랑하는 전문업소로 착각하기가 일쑤였다.

　게다가 호스티스나 방석집의 기생들처럼 낮에는 할 일이 없는 스트리퍼들이 훌륭한 들러리가 되어 주었다. 그들은 점심 때가 지나면 조그마한 의상가방 하나를 들고 나와 출연 요청이 있을 때까지 카드나 화투를 치면서 대기실을 북적거리게 했다. 수완 좋은 매니저는 그들이 훌륭한 역할을 해주자 즉시 적을 둔 스트리퍼들의 미모·육체조건·경력·스테이지 기교 등을 파악해 신상명세카드까지 만들어 놓으며 유흥업소의 사장과 지배인들을 주눅들게 만들었고, 그것을 빌미로 늘 유리한 조건에서 계약을 체결해 나갔다.

　매니저의 판단은 적중했다. 그는 개업한 지 6개월 만에 부산 바닥의 군소 프러덕션을 야금야금 다 잡아먹었고, 시내에서 바삐 뛰는 반반한 스트리퍼들은 대개가 미드나이트 프러덕션으로 몰려들었다.

　속칭 A클라스 스트리퍼들이 대기하고 있는 미드나이트 프러덕션은 젊고 아름답고 기교 좋은 스트리퍼들을 공급하는 메카가 되다시피 했다. 매니저는 인간의 허세심리를 이용한 경영비법이라고 고상한 표현까지 썼지만, 소정은 그가 이 바닥에서 성공한 원인은 할일 없는 스트리퍼들을 대낮에 돈줄과 연결되는 시내 번화가에 모아서 카드나 화투로 시간을 보낼 수 있게끔 대기실을 넓게 만들어 놓은 데서 비롯된다고 생각했다.

이것은 결국 스트리퍼들의 생활을 보는 한 단면과도 같다. 그들이 낮에 필수적으로 하여야 하는 일이 있다면 얼굴에다 오이나 콜드 마사지 등으로 생기를 복돋우거나 목욕을 하는 일뿐이었다.

좀 부지런한 스트리퍼들은 미용체조로 몸의 균형을 유지하거나 거울 앞에서 새로운 기교를 개발하기 위해 연습을 하는 경우도 있으나 소정이처럼 한때 A클라스로 군림했던 노장들은 화장독을 빼는데 시간을 뺏길까, 새로운 기교를 개발하기 위해 땀을 흘려야 할 필요는 없었다. 그녀는 상당 양의 레퍼토리(?)를 갖고 있었고, 환경이나 객석의 분위기에 따라 즉시 기교를 바꿔가며 변화를 줄 수 있는 역량도 있었기 때문이었다.

스테이지가 신선미를 요구하지 않으면 그녀는 생활에 두려움은 없었다. 무대에 대한 풍부한 경험과 상당 양의 개발된 레퍼터리가 자산이었기 때문이었다. 그러나 스테이지는 언제나 냉정했다. 매일 관객이 바뀌다시피 하는데도 새 인물을 요구했고 참신한 기교를 원했다. 그래서 1급 스트리퍼들도 한참 뛰고 나면 일정 기간 은둔된 휴식시간이 필요했다.

그런 기간에는 바닥 내의 조짐이나 분위기 파악을 위해서도 매니저 사무실에 나와 있어야 할 필요가 있었다. 그녀처럼 자기 집을 갖고 있고 전화를 놓고 사는 처지라면 집에서도 일거리를 연결시켜 나갈 수가 있었다. 그러나 50명 안팍의 부산 바닥 노장 스트리퍼들을 다 살펴보아도 그녀와 같은 여건에서 일거리를 연결시켜 나가는 스트리퍼들은 손을 꼽을 정도였다. 모두가 매니저 사무실에 나와서 일거리를 찾았고, 고정으로 뛸 수 있는 스테이지를 확보하는 처지였다. 그러니 스트리퍼들이 모여앉은 자리에는 늘 카드판이 벌어졌고, 혼자 있으면 재수패를 떼었고, 그것마저 싫어지면 신세타령에다 인기 시샘을 하면서 싸움을 했다.

어머니와 의붓아버지를 따라 부산으로 처음 내려왔을 때 그녀도 고통이 많았다. 이 바닥의 터잡이 노장들과의 갈등을 해소하기 위해 카드를 하여야 했고, 선심공세를 펴야 했다. 요행이 그녀는 아버지와 어머니의 유산을 물려 받아 동료들처럼 아웅다웅 싸울 필요까지는 없었지만 한때는 그녀도 피나는 노력을 했기 때문에 미드나이트 프러덕션으로 올라가는 엘리베이터만 타도 지난 일들이 뭉게구름처럼 떠오를 때가 많았다.

황금무대를 뺏겼다고 서슬이 시퍼렇게 달려드는 늙은 스트리퍼들, 동료 스트리퍼와 머리채를 끌어당기며 죽어라고 싸웠던 시절들, 시절들. 7~8분간 알몸이 되다시피 춤을 추어도 원 쇼(1회)에 2천원 정도의 출연료를 받던 초창기 시절 …… 퇴폐라는 이유로 관의 단속을 피해야 했었고, 재수 나쁜 날은 호송차에 실려 끊임없이 밤거리를 달려가야 했던 비참했던 시절도 많았다.

이 모든 것들은 스트립계에 발을 들여 놓으면서 그녀가 겪어야 했던 일상의 고통들이었다. 그러나 이런 고통들도 무대에 올라서면 씻은 듯이 잊어버렸다. 그것이 무대의 매력이었다. 그녀는 무대에 올라서면 모든 관객의 지배자가 될 수 있었고, 반짝거리는 술손님들의 눈동자가 몰려오면 행복감을 느낄 때도 많았다. 그녀는 이런 좋은 감정들이 출연료의 20％ 이상을 매니저 몫으로 떼어주면서도 관계를 유지하고 있는 주요 원인이라고 생각했다.

"오늘도 많이 나와 있겠지……. "

한동안 보지 못한 동료들의 얼굴을 그려보며 그녀는 엘리베이터에 올라탔다.

"언니! 오랫만이에요. "

엘리베이터에서 내려 사무실로 들어서는데 경리를 보고 있는 혜영이가 반갑게 맞아주었다.

"별일 없었니? "

소정은 실내를 두리번거리며 물었다.

"네. "

대기실에는 오늘도 포커판이 벌어졌는지 배팅하는 소리가 바깥까지 들려왔다.

"매니저는 아직 안 나왔니? "

소정은 매니저를 찾다가 스튜디오 쪽으로 다가갔다. 누가 안무(按舞)를 받는지 커텐으로 가려놓은 스튜디오 안에서 낮은 음악소리와 함께,

"팔을 꼬면서 천천히 전진해! 고개는 15도 전방으로 쳐다보고 턱은 몸 쪽으로 당겨내리라니까……. "

하는 소리가 들려왔다.

"이때 중요한 것은 시선이야. 허공을 향해 치떠! 그래야

색시하게 보일 게 아냐? ”

　시범을 보여 주는 박언니의 목소리가 또 밖으로 새나왔다.

　“시내에 나갔는데 곧 올 거예요. ”

　혜영은 매니저의 행처를 알려주면서 커피를 한 잔 타 왔다.

　“스튜디오 안에는 누가 있니? ”

　“박언니하고 며칠 전에 새로 들어온 미스 임이에요. ”

　아직도 기본자세에 대해 지도를 받는 걸 보면 스트립에 대해선 경험이 없는 듯했다. 소정은 문득 새 얼굴이 보고 싶었다. 지난날 자신의 처지에 대한 연민이랄까, 고등학교 3학년 때 집을 뛰쳐 나왔지만 그녀는 조숙한 편이어서 선배들처럼 빈약한 가슴을 반창고를 찍어발라 살려야 할 필요는 없었다. 키도 컸고, 어릴 때부터 발레를 해서 몸매도 탄력을 느낄 만큼 좋았다.

　스트립의 기본기만 몇차례 지도를 받고 무대에 올라서도 될 만큼 자신감이 생겼다.

　그러나 좀처럼 기회가 오지 않았다. 뒤에서 밀어주는 선배도 없었고, 자신을 돋보이게 할 스테이지 경험과 대인관계를 유지해 나갈 성숙한 여성미도 없었다. 만나는 사람마다 두려웠다. 스트립 쇼가 끝난 뒤 고객들의 테이블로 내려가 술 한잔 부어주면서 웃음을 선사할 용기도 없었다. 지금 생각해 보면 생(生) 자체를 난장판에다 던진 철부지 같은 시절이었지만 이 바닥에선 그런 허세들이 주가를 올리는 첩경이었다. 스트립이란 자체가 원래 가진 것 없는 여성들이 매끈한 알몸 하나로 삶을 비벼나가는 척박한 몸짓이었으니까 말이다.

소정은 다시 스튜디오 쪽으로 귀를 모았다. 박언니는 이제 새 인물에게 절정의 순간을 지도하고 있었다.

"여기서는 진지해야 돼. 네가 흥분을 느껴야 술손님도 흥분을 느낄 수 있다는 것 명심해. 다리를 좀더 벌린 자세에서 사내의 머리카락이나 어깨를 쥐어뜯는 포즈로 팔을 꼬아서 안으로 끌어당기며 엉덩짝을 돌려. 이때 정강이에 힘을 주면서 사내가 너의 섹스 깊숙히 찔러주기를 갈구하는 여자처럼 몸을 뒤로 휘어 봐. 너도 모르게 두 허벅지께가 뻐근해지면서 짜릿한 전율이 울려퍼질 거야. 그때 악사가 신음을 넣어주지 않으면 네가 대신 아아! 하고 교성을 질러. 못 견딜 듯이! 그리고는 고개를 뒤로 완전히 젖히고 한 손을 서서히 아래로 내려 너의 사타구니를 덮으며 마무리를 해야 돼. 자, 처음부터 다시 한번…… 진지하게! "

소정은 혼자 웃었다. 무엇이든 처음에는 저렇게 힘이 드는 것 같은데 지나고 나면 권태가 밀려온다. 아버지를 닮은 강철규도 한참 사귀고 나면 권태가 밀려올까? 그녀는 강철규 같은 남자는 아버지를 빼다박은 듯이 닮아서 평생 사귀어도 그런 감정은 들지 않을 것이라는 생각이 들었다. 그녀는 박언니가 나올 때까지 서 있기도 뭣해서 대기실로 들어갔다.

"이 담배연기! "

포커를 하고 있는 희경이 곁에서 손을 휘저으며 앉았다. 트리플 패로 배팅을 친 희경이가 담뱃불을 부벼 끄며 인사를 했다.

"왔니? "

"모두들 여전하구나. "

　소정은 포커를 하고 있는 동료들을 한 사람 한 사람 살펴보며 웃었다. 몇 사람은 화장을 하고 나왔는데 나이 든 노장들은 숫제 화장도 안한 채로 포커 패만 눈이 발갛게 지켜보고 있었다.

　"소정이 요새 이상한 소문 듣기더라. 전번에 우리하고 같이 배 구경하러 가서 만난 그 물개 사모하고 있다면서? 힘은 좋아 보일 것 같니, 그 물개? "

　스트레이트 패로 희경이의 트리풀 패를 누른 강언니가 재빠르게 카드를 섞으며 물었다.

　"사랑도 얼굴에 생기 있을 때지…… 수완껏 꼬셔서 족쇄 채워. 나 같은 년은 그 짓도 못할 처지니 맨날 카드지…… ."

　트리풀 패로 끝까지 배팅을 하며 따라가다 강언니 스트레이트 패에 한 판 크게 밟힌 희경이가 새로 받은 카드를 한 장씩 펴보다 다이어 투 페어를 만들어 놓으며,

　"소정이 저년은 하여간 복도 많아. 아버지 유산에다 어머니 집까지 물려 받았으니…… 이년아! 그 복 나에게도 좀 떼어주라. 셋방도 한 칸 마련하지 못한 년 한이나 좀 풀게. "
하면서 강언니가 준 마지막 카드를 온 힘을 다해 천천히 당겨 내렸다.

　판에 펴놓은 다이어 넉 장으로 이미 투 페어를 만들어 놓았기 때문에 희경이는 다이어 한 장만 더 뜨면 풀러쉬 패를 만들 수가 있었다. 그래서 눈이 빠질 정도로 다이어를 기다렸는데 튀어나오는 붉은 무늬의 겉테두리가 각이 지지 않고 원을 그리기 시작했다. 쯔쯔. 색깔까지도 맞추었는데 마지막 장이 하트로 돌아버릴 게 뭔가. 희경이는 투 페어 가지고는

배팅도 더 못하겠다며 들고 있던 카드 패를 엎었다. 소정이가 희경이 뒤에서 한참 지켜보다 아깝다는 듯 혀를 차며 강언니를 쳐다봤다.

"언니, 요새 어때요?"

"왜?"

"한가하면 오늘 내일 이틀간만 내 고정스테이지 좀 막아 줘요."

"그게 어디 마음대로 되냐. 매니저가 허락해 주어야지."

강언니가 재바르게 카드를 돌리며 소정이를 바라보았다.

"그거야 내가 매니저한테 양해를 구하면 되잖아요."

"그래라. 매니저만 허락하면 막아줄 테니까."

소정이는 되었다 싶어서 또 희경이의 카드를 뒤에서 말없이 지켜보았다. 이번에는 원 페어도 못 맞출 만큼 카드 일곱 장이 다 제각각이었다. 희경이가 한숨을 쉬며 지껄였다.

"소정이 년이 들어온 뒤부터 포커 판이 영 망조가 드네. 이년아! 넌 살이 찌도록 주말을 즐기면서 언니는 발목이 붓도록 일이나 하라 이거지? 소정아, 선배 몰라보면 몰매 맞는다. 숫제 인계하려면 고정스테이지 통채로 넘겨 줘라. 언니도 그 스테이지 뛰면서 눈 먼 뱃놈들과 하룻밤 만리장성 쌓게…… ."

희경이가 또 카드 패를 엎으며 담배를 붙여 물었다. 나이는 한 살 위였지만 미드나이트에 함께 들어온 터라 소정이와는 말을 놓고 지내는 사이였다. 소정이는 희경이의 그런 지껄임이 싫지 않은 듯 강언니의 팔을 툭 쳤다.

"언니, 희경이 저년이 오늘 왜 저렇게 사사건건 시비를 걸죠? ”

“제 어제 깜둥이하고 붙어먹다가 그게 찢어져 그래⋯⋯.”

강언니가 우스개 소리로 희경이의 처지를 귀띔해 주었다. 방안은 갑자기 까르르 웃음보가 터졌다. 소정은 그때야 뭔가 지피는 게 있어 걸쭉하게 받아넘겼다.

“물 건너 온 소씨지 먹을 때는 김양한테 물어보고 먹지, 뭘 그래 혼자 게걸스럽게 먹다 그게 찢어져 일도 못 나가니⋯⋯ 샘통이다! ”

소정은 흑인병사와 살림을 하는 후배 스트리퍼 김양의 이름을 들먹거리며 희경이를 놀렸다.

“그래. 네 말이 정답이라 새겨 듣는다. 헌데 넌 왜 그렇게 마르니? 벌써 배 구경하러 가서 만난 그 물개 씨 받았니? ”

희경이가 정색을 하고 물었다. 소정은 기가 막혀 잠시 희경이를 바라보다 농담으로 받아 넘기고 말았다.

“어쩌면 그렇게 상상력들이 풍부하니? 그날 이후 목소리도 한번 들은 일 없으니까 안심들 푹 놓으시라구요. ”

“오오라! 그 물개 사모하다 상사병이 난 것이구나, 그치? ”

희경이는 카드 패가 내리 다섯 판을 엉망으로 들어오자 잠시 쉬겠다고 물러앉았다.

“너, 정말 그 사람과 사귀어 볼 계획이니? ”

“왜? ”

“며칠 전에 네 소식 들을려구 상미한테 전화하니까 언니 요새 심각하다구 하더라. 그 사람이 돌아가신 네 아버지와 그렇게 닮았다며? ”

“음. 나도 요샌 귀신한테 홀린 것 같아. 어떻게 그렇게 같을 수가 있니? ”

“매니저가 눈치 챈 것 같더라. 너한테 애인 생긴 것 아니
냐며 묻는 것 보니까. ”

“왜, 무슨 말을 하디? ”

“오늘 오전에 나한테 묻더라. 너 신상에 무슨 일이 일어난
것 같다면서 후속 인물을 준비하고 있어. 매니저에게도 무슨
눈치를 보였니? ”

“아냐. 추근거리며 해운대까지 따라오길래 한번 쏴준 일뿐
이야. ”

“언제? ”

“지난해 연말이야. 벌써 한참 되었어. ”

“세상에! 남자 믿을 놈 없다더니 그 인간이 너까지 추근거
렸구나…… . ”

“스트립을 해먹고 사니까 제 눈엔 다 그렇고 그런 여자로
보이는가 봐. 그날 저녁엔 아주 불쾌해서 싫은 소리를 좀 해
줬어. 혼자만 알고 있어. ”

“이제 보니까 그 인간이 너한테 앙갚음하고 있구나. 수청
안든다고. ”

“스튜디오 안에서 안무 받고 있는 사람은 쓸만해? ”

“좀 닦으면 그냥 일은 하겠더라. 하체가 짧은 게 흠이지
만. ”

“잘됐네. 다가오는 현충일에는 국립묘지에도 갔다와야 하
는데 일찌감치 내 자리 물려주지 뭐. ”

소정은 담배연기가 싫어서 바깥으로 나갈 눈치를 보였다.
희경이가 물었다.

“오늘, 일 안 나갈 거니? ”

“집에 손님 와. 박언니나 강언니한테 좀 부탁해야겠어. ”

소정은 대기실을 나왔다. 스튜디오 안에 있던 박언니와 새 인물이 나왔다.

“수고 많아요, 언니! ”

“어서 와. 왜 그렇게 얼굴 보기 힘드니? ”

소정은 웃음으로 얼버무리며 새 인물을 쳐다봤다. 달포 전엔가 시내 다방에서 매니저와 함께 앉아 있던 얼굴이었다. 나이도 어리고 몸도 탄력이 있어서 잘 가르치면 자신의 후임자로도 손색이 없겠다 싶었다.

“인사해. 우리 사무실에 적을 두고 있는 고참 언니야. ”

박언니가 새 인물을 소개했다. 소정이가 먼저 손을 내밀었다.

“윤소정이예요. ”

“임정아입니다. 앞으로 많은 지도 바랍니다. ”

“고향은 어디예요? ”

“동두천입니다. ”

“정화는 빨리 얼굴 씻고, 혜영이는 나 물 한 잔 줘. ”

박언니가 땀을 닦으며 소파에 앉았다. 소정은 물을 받아 마시는 박언니를 한참 말없이 바라보았다. 화장독이 배어들어 피부는 푸르딩딩했고, 눈동자마저 마스카라 독기가 배어들어 노랗게 물들어 있었다. 흡사 술에 찌든 늙은 작부의 얼굴 같았다.

소정은 십여 년 후 자신의 얼굴을 보는 것 같아 닭살이 돋았다. 빨리 스트립계를 떠나야겠다는 생각뿐이었다.

간간 무대화장으로 추한 모습을 감추고 스테이지 위에 올라서긴 하지만 박언니에겐 고정으로 출연하는 스테이지도 없었다. 반반한 스트리퍼들이 펑크를 낸 스테이지나 메우고 후진들에게 안무지도나 하면서 생활을 이어가는 형편이었다.

박언니에게는 그 흔한 애인도 없고 남편도 없었다. 20대 중반에 동거를 두 번 해본 경험은 있으나 호적은 아직도 독신이었다. 그런데도 박언니에겐 자식이 하나 있었다. 그 자식이 자력으로 살아갈 나이가 되면 깊은 산속으로 들어가겠다지만 하루 소주 두 병을 마시지 않고는 잠을 못 이룬다는 박언니가 산사(山寺) 생활을 이겨낼 수 있을지 소정은 늘 걱정이었다.

"언니, 피로하지 않아요? "

"왜? "

"내 스테이지 좀 막아줘요. "

"씨맨스클럽 말이냐? "

"아니, 텍사스클럽하고 둘다. "

"알았다. 매니저 들어오면 같이 의논해 보자. 저기 들어오네. "

박언니가 일어나며 매니저를 반겼다. 개기름이 끼어 능글맞아 보이는 얼굴에다 대낮부터 술을 마셔 벌겋게 취해 있으니까 매니저는 꼭 날건달 같았다.

"기분 좋으시겠어요? "

소정은 그의 추근거림을 이죽거리듯이 엷게 웃었다.

"어, 미스 윤! 이제 몸 컨디션이 좋아졌소? "

"아아뇨! 한 이틀간 일을 못할 것 같아 기다리고 있는 중이예요. 어떻게 편의를 좀 봐 주세요. ”

　“자꾸 찜빠 부리면 재계약 때 손실이 커요. 알겠어요? ”

　“형편대로 받아들여야지요. 밤 늦게 다니니까 추근거리며 달라붙는 사람도 많고 요샌 정말 너무 힘들어요…… . ”

　매니저는 찔끔하는 표정이더니 이내 태도를 바꿨다.

　“술김에 한번 해본 말을 가지고 사람이 빗대기는…… 아직 한참 뗄 나인데 그런 말 말고 바쁜 일이나 봐요. 언니들 대신 내보낼 테니까. ”

　매니저는 추근거린 약점 때문인지 다음 기회를 위한 선심 때문인지 더 시비를 걸지 않고 쉽게 해 주었다. 그는 박언니와 함께 대책을 강구했다.

　“미스 임, 어디 갔소. 오늘 저녁 스테이지에 세워 봐도 되겠소? ”

　박언니가 고개를 저었다. 최소한 열흘은 더 가르쳐야 된다고 했다.

　“그럼 오늘 밤부터 미즈 박이 미스 윤 스테이지 막아요. 또 술 먹고 올라가면 큰일나요? ”

　매니저가 박언니의 주벽을 염려했다.

　“알았어요. 점심이나 사줘요. ”

　“지금 선원용 러브필름 때문에 현상소에 가야 돼. 셋이 나가서 먹어요. ”

　매니저는 점심값을 내놓고 급히 사무실을 나갔다.

　소정은 박언니와 같이 점심을 먹고 집으로 들어오면서 철규가 올 것을 대비해 시장을 보았다. 옛날, 아버지가 즐겨

드시던 불고기가 먹고 싶어서 쇠고기 안심을 세 근 샀고, 우엉·연뿌리·시금치·과일까지 사서 한아름 안고 들어왔다.

"언니! 웬일이야? "

현관문을 여는데 아랫층 수돗가에서 세탁을 하고 있던 상미가 올라와서 의아한 표정을 지었다. 일을 마치고 귀가하려면 밤 11시가 넘어야 하는데 오늘은 어떻게 일찍 귀가할 수 있었느냐고 물었다.

"몸도 안 좋고 해서 이틀 쉬기로 했다. "

"잘됐네. 씨맨도 온다는데 준비도 좀 해야지. 내일 어떻게 할 거야, 언니? "

"뭘? "

"내일 11시 반쯤 씨맨이 도착한다는데 점심은 호텔 식당에서 먹을 거야? "

"집에서 먹지 왜 그런 데서 먹어. 옛날, 우리 아버지는 호박과 쇠고기 잘게 썰어넣고 된장찌게 보글보글 끓여드리면 최고로 좋아하셨어. 거기다 전 좀 부치고 나물 몇가지 무치면서 고기 좀 구워 놓으면 되지, 호텔 식당엘 왜 가? "

소정은 아버지가 짚차를 타고 주말을 즐기러 서울 집에 오시던 시절을 그려보며 고개를 저었다. 그런날 어머니는 부엌에서 녹두전과 감자전을 부치셨고, 그녀는 어머니의 바지런한 손놀림을 지켜보며 집안 청소를 했던 기억이 났다. 먼지털이로 큰방과 작은방 그리고 대청까지 먼지를 털어내고 깨끗이 빨은 물걸레로 책상이며 화장대며 사진액자 위에 앉아 있는 먼지까지 말끔히 닦아내고 축음기 바늘을 새로 사다 꽂아놓는 것이 그녀의 몫이었다. 어머니가 맛있게 구워주시는 불고기로 술을 한 잔 드신 아버지는 축음기 위에다 양판을 걸어놓고, 음악이 흘러나오면 어머니와 함께 블루스를 추셨다. 그러다 음악이 바뀌면 그녀의 손을 잡고 포크댄스를 가르쳐 주셨다. 그녀는 아직도 그때의 집안 분위기와 아버지의 체온을 잊지 못해 몸살을 앓고 있었다.

"언니가 그런 음식을 다 만들 수 있어? "

상미는 어안이 벙벙한 표정으로 소정이를 쳐다보았다.

"맨날 해먹는 음식인데 왜 못 만드니? "

소정은 별로 어려울 것도 없다면서 집안 청소부터 하기 시작했다.

"좋아, 그러면 같이 해. "

상미는 소정이한테 손님 접대하는 법을 배우겠다면서 청소를 도와주었다.

뒷면에다 거울을 대고 만든 직사각형의 유리상자 속에는 길이가 28cm 정도 되는 철제 모형선 한 척이 놓여 있었다. 폭은 8cm 정도 되었고 높이는 12cm 정도 되었다. 미 해군 공창이 777함을 300 : 1로 축소시켜 만든 아주 정교한 모형선이었다. 바닥에다 푸른 바다를 상징하는 코발트색 융단을 깔아 붉은 튜립 한 송이와 함께 올려 놓으니까 모형선 두 척이 유리상자 안에 나란히 놓여 있는 것처럼 뒤면의 거울이 입체적인 효과까지 나타내 주었다.

하와이에서 777함을 인수하면서 기념으로 사온 모형선이었다. 세 척 구입해 와서 한 척은 본가 큰형님께 선물했고, 한 척은 그를 아껴주는 인사참모의 사무실에다 기증했다. 나머지 한 척은 그가 가정을 꾸미면 아내의 화장대 위에 놓아 주려고 애지중지 보관하고 있었는데 다시 꺼내서 깨끗이 닦아놓고 보니 감회가 새로왔다. 국기가 펄럭거리는 함수 깃봉 옆에 서서 먼 수평선을 바라보는 해군 병사의 조그마한 동상이 마치 자신의 지난 시절을 담은 초상을 보는 것 같아 더욱 가슴을 끓게 했다.

그는 이 철제 모형선을 소정이에게 선사할 계획이었다. 그리고 이 모형선을 받는 소정이와 함께 뜨겁게 뜨겁게 사랑하다가 그가 임관시험에 합격해 금테모자를 쓰는 날 결혼할 수 있게 해 달라고 신께 빌었다.

"야, 멋있다! 호텔 매점에서 사신 거예요? "

호텔 커피숍에서 상미에게 전화를 걸어놓고 잠시 기다리고 있는데 차를 들고 온 레지가 요모조모 뜯어보며 떠나지를 않았다.

"외국에서 기념품으로 사온 겁니다. "

"오늘 선사하는 거예요? "

철규는 고개를 끄덕이며 커피를 한 모금 마셨다.

"바닥의 붉은 튜립 한 송이는 아저씨가 넣은 것이에요? "

"그렇다면? "

철규는 꼬치꼬치 캐묻는 레지의 눈길이 순순하게 느껴져 되물었다.

"튜우립은 원래 꽃말이 따뜻한 마음의 표시를 나타내는데 붉은 색은 사랑을 고백하고 있다는 뜻이잖아요? "

"이 꽃 한 송이에 그런 뜻도 담을 수 있어요? "

철규는 전혀 모르고 있었던 것처럼 싱긋이 웃었다.

　“아, 알았다! 아저씨가 오늘 이 모형선을 들고 어떤 분한
테 사랑을 고백하러 가시는구나. 그렇죠? ”
　레지가 자리에서 일어나며 철규를 바라보았다. 철규는 대
답하기 거북해서 싱긋이 웃고 말았다.
　“글쎄, 내 뜻하고는 전혀 다른 해석인데…… . ”
　“아저씨 순 엉터리! ”
　레지가 부러운 눈길로 웃으며 자리에서 일어났다. 소정의
집까지 그를 안내할 상미가 들어왔던 것이다. 철규는 자리에
서 일어나 먼저 인사를 했다.
　“나오시게 해서 죄송합니다. ”
　“아니예요, 씨맨! 오시느라 힘들지 않으셨어요? ”
　상미는 두 차례 전화로 만난 터라 스스럼없이 밝게 웃었
다. 철규는 그녀의 발랄한 표정과 동글동글한 얼굴형이 꼭
질녀를 마주 하는 것 같아 귀여웠다.
　“어떻게 제가 씨맨이 되었죠? ”
　철규가 호칭이 이상하다며 되물었다. 그녀가 킥 웃음을 머
금으며 입을 가렸다.
　“바다에서 생활하신다고 언니랑 그렇게 부르기로 약속했
어요. 허락해 주실 수 있죠? ”
　철규는 얼핏 괜찮은 익명이다 싶어 덩달아 껄껄 웃으며
고개를 끄덕였다.
　“그게 좋으시다면 영광으로 받아들이겠습니다. 소정 씨가
그렇게 부르길 희망했어요? ”
　상미가 레지가 갖다 준 엽차잔을 받아들며 사랑스럽게 웃
었다.

"네. 나이 어린 제가 철규 씨, 철규 씨 하면서 함부로 이름을 부르는 것보다 그게 더 바람직하다면서 그렇게 부르라고 했어요. "

"마음에 드는 익명을 지어주어서 고맙습니다. 차 한 잔 드십시오. "

상미가 홍차를 주문하면서 유심히 모형선을 지켜봤다.

"어마나! 이 모형선 씨맨이 근무하고 계시는 777함 같아요? 지난해 언니랑 같이 견학한 그 배, 맞죠? "

상미가 신기하다면서 또 물었다.

"어떻게 지금까지 기억하고 계시지요? "

"신문에 게재된 사진을 오려놓고 언니랑 맨날 보는 걸요. 모형선을 바라보고 있으니까 씨맨을 처음 만났을 때가 더욱 새롭게 느껴져요. "

"두 분은 친 자매지간이세요? "

신문에 게재된 777함의 사진을 오려놓고 맨날 본다는 말에 철규는 자신도 모르게 기운이 솟았다. 오늘의 이 만남이 퍽 희망적으로 느껴졌다.

"아니에요. 언니가 귀여워해 주는 아래층 동생이예요. "

상미는 자기 감정에 못이겨 너무 많은 말을 했다 싶었는지 조심하는 눈치였다. 철규는 궁금한 것이 많았지만 그녀가 차를 마실 때까지 참았다.

"어서 올라가세요. 언니가 기다리고 있어요. "

상미는 찻잔도 다 비우지 않은 채 먼저 일어나 길라잡이 역할을 했다. 777함에서 소정이를 처음 만났을 때도 얼굴에서 흐르는 귀티가 대가집 외동딸 같은 느낌이 들어서 함부로 대할 수 없었는데 두번째 만남도 소정이는 그런 느낌으로 전해져 왔다.

"어서 오세요. 오시는데 힘은 드시지 않으셨어요? "

환하게 웃음을 뿌리며 현관문을 열어주는 소정이를 바라보며 철규는 잠시 굳은 듯이 서 있었다. 상자곽 같은 배안에서 흰색과 회색만 바라보며 7년을 산 그의 정서는 소정이가 내뿜는 다양한 색상과 우아한 정서 앞에 그만 고유색을 잃어버리고 희석되는 느낌이었다. 그는 서글서글한 눈에서 강하게 흘러내리는 소정의 눈빛과 갸름한 턱선을 지켜보며 기도부터 먼저 했다. 신이시여! 이 여인과 다시 한번 사랑을 속삭일 수 있는 기회를 주시옵소서, 하고.

"좋은 익명을 지어 주셔서 감사합니다. 그동안 보내 주신 편지, 정말 의미깊게 잘 받았습니다. "

밝고 신선한 실내 분위기에 취해 있던 그가 낮은 목소리로 답례했다.

"다행이군요. 이쪽으로 들어오세요. "

소정이가 그의 신발을 한 옆으로 챙겨놓고 소파로 안내했다. 그는 손에 들고 있던 모형선을 그녀에게 내밀었다.

"좋은 익명과 보내 주신 편지에 답하는 저의 정성입니다. 기쁘게 받아 주시면 고맙겠습니다. "

"어마나! 씨맨이 타고 계시는 777함이군요. 너무너무 감사합니다. "

소정이가 모형선을 보며 탄성을 지르고 있을 때 상미가 파인에플 쥬스를 석 잔 부어 왔다. 소정이가 다시 말했다.

"여긴 저 혼자 쓰는 방이에요. 코트도 좀 벗으시고 편안하게 앉으세요. ”

그녀는 들고 있던 모형선을 한 옆으로 내려놓으며 그의 코트를 받을 준비를 했다.

“어른이 계시면 인사부터 올리고 앉겠습니다. ”

“아니에요, 지금 집에 안 계셔요. 어서 편히 앉으세요. ”

소정은 갑자기 허를 찔린 사람 모양 허둥거리는 몸짓으로 돌려댔다. 철규는 천천히 고개를 끄덕이며 코트와 모자를 벗어 그녀에게 건네 주었다.

“집안 분위기가 아주 훈훈하고 편안하게 느껴집니다. ”

“진해에서 오시는 길이세요? ”

상미가 들고온 쥬스잔을 받아 놓으며 소정은 마주보고 앉았다. 상미가 쟁반을 갖다놓고 와서 곁에 앉았다.

“네. 2주 전에 진해로 귀항했습니다. ”

“그럼, 편지도 최근에 받아 보셨겠군요? ”

“네. 그 편지 받고 처음엔 상당히 당황했습니다. 한편으론 반갑고, 또 한편으로 제가 과연 그런 편지를 받을 수 있을까 하는 생각도 들어서요. ”

철규는 편지를 받을 당시를 회상하며 진실하게 자신의 마음을 드러내 보였다.

“부끄럽습니다. 사실 저는 그런 편지를 보낼 용기도 없었는데 여기, 이 동생이 제 마음을 그렇게 전해 주었습니다.”

소정은 얼굴이 화끈거렸지만 자신의 마음을 고백하듯 바른 대로 말했다. 철규는 그때야 조바심을 풀며 조금 마음을 놓았다. 그는 장난기 서린 여인들의 편지질에 속없이 끌려들어 가는 것이 아닌가 하고 내심으로는 무척 불안해 하기도 했었다.

"먼저 편지를 보내 주신 소정 씨께 진심으로 감사드립니다. 보답으로 저도 많은 편지를 올리겠습니다. 그래도 괜찮겠습니까? "

소정은 대답을 못하고 고개를 숙였다. 곁에 앉은 상미가 발가락으로 소정의 발을 쑤셨다. 바보처럼 왜 대답을 못해. 빨리 대답하란 말이야…… 언니!

"씨맨의 마음이 담긴 편지라면 반갑게 받겠습니다. 어서 드세요. "

소정은 얼굴이 화끈거리는 것 같아 옆으로 시선을 돌렸다. 모형선과 함께 놓여 있는 붉은 튜우립 한 송이가 눈에 들어왔다. 그녀는 너무 감격스러워서 고개를 떨구었다.

아빠! 씨맨이 저에게 붉은 튜우립 한 송이를 주셨어요……. 그녀는 어색한 분위기를 바꿀 듯 모형선이 든 유리상자를 다탁 위로 들어 올렸다.

"이 선물 다시 한번 감사드립니다. 어떻게 이런 훌륭한 선물을 준비하셨어요? 너무너무 갖고 싶었던 물건이예요. "

"마음에 드신다니 저도 기쁩니다. "

철규는 쥬스를 한 모금 삼키며 끓는 가슴을 식혔다. 마치 험한 풍랑을 피해 고요한 무인도에다 닻을 내린 느낌이었다. 소정이가 물었다.

"바다에 나가시면 주로 어떻게 지내세요? "

"오전에 4시간, 오후에 4시간, 하루 8시간씩 당직을 서고 난 다음에는 대부분 자유롭게 생활합니다. 책을 읽거나 바둑을 두면서 자유시간을 보내기도 하고 어떤 때는 모형선이나 카드를 하면서 보내기도 하고요. 고참하사나 중상사들은 휴게실에서 전축을 틀어놓고 사교춤을 추면서 망중한을 즐기는 사람도 많습니다…….”

“어머! 이런 군함 속에서도 사교춤을 즐겨요?”

“배마다 조금씩 차이는 있으나 777함 승조원들은 바다가 조용한 날은 영화도 자주 보고 춤도 자주 즐기지요. 단조로운 함상생활을 잊으려구요.”

“손은 누가 잡아 주어요? 씨맨도 잘 추세요?”

“아직 서툰 편입니다.”

“이런 배안에서 어떻게 그런 여가생활까지 즐길 수 있는지 믿어지지 않군요. 마치 별천지 같은 느낌이 들어요.”

소정은 신기한 듯이 웃었다.

“상선이든 군함이든 승조원 1백명 이상 타는 배는 바다에 떠 있는 조그마한 국가나 지방자치단체라고 하면 이해가 빠르실 겁니다. 왜냐하면 인간이 생활하는데 필요한 제도와 시설들은 다 갖추고 있으니까요. 일테면 식당·이발소·사무소·감옥·창고·휴게실·매점·세탁소·공작실·침실· 전화국·소방서·병원 등도 갖추고 있기 때문에 모항을 떠나 1년 넘게도 항해를 계속 할 수 있습니다.”

“이런 배안에선 누가 음식을 만드세요?”

“전문적으로 음식만 만드는 현역 요리사가 있습니다.”

“그분들이 만들어 주는 음식이 입에 맞으세요?”

“처음에는 고향생각을 하게 하지만 적응해서 살다보면 순응하게 되지요.”

“씨맨은 주로 어떤 음식을 잘 드세요? 세일러들은 주로

양식을 많이 드시든데요…… . ”

“전 그렇지 않습니다. 쇠고기 장조림이나 불고기 같은 음식도 잘 먹지만, 어머니가 호박과 두부를 듬뿍 썰어 넣고 뚝배기에다 보글보글 끓여주는 된장찌게가 이 세상에서 제일 맛있는 음식이라고 생각하고 있습니다. 거기다 연뿌리나 우엉 조린 것도 좋아하구요…… . ”

옆에서 생글생글 웃으며 잠잠히 듣고만 있던 상미가 갑자기 소정의 어깨를 치며 신나는 기색을 보였다.

“어머, 언니! 식성도 어떻게 같을 수가 있어. 이건 충격이야. ”

철규는 아무 거리낌없이 자신의 식성을 이야기하다.

“왜요, 저하고 식성도 같은 사람이 있습니까? ”
하면서 벽에 걸린 윤용만 소령의 사진을 지켜보았다.

“저분이 소정 씨 아버님이십니까? 어디서 많이 뵈온 분 같은데요…… . ”

철규가 고개를 갸우뚱하자 소정이도 그때는 입을 막고 고개를 돌렸다. 철규가 다시 물었다.

“왜 그러십니까, 갑자기? ”

“제가 철딱서니 없는 짓을 했다면 용서해 주십시요. 사실 저 동생의 권유에 못 이겨 777함에 구경갔다가 씨맨을 보고 깜짝 놀랐습니다. 돌아가신 저희 아버님께서 환생하셔서 777함에 근무하고 계시는 것 같아서요. 저희 아버님과 너무 똑같은 얼굴이어서요. 그래서 부끄러움을 무릅쓰고 편지도 올리게 되었는데 결례가 되었다면 널리 이해해 주십시요. 저는 오늘 씨맨을 다시 만날 수 있게 된 것을 돌아가신 아버님의 가호라 생각하고 있습니다. ”

"소정 씨의 아버님과 제 얼굴이 닮았다면 영광으로 생각하겠습니다. 이것도 소정 씨와 가까와 질 수 있는 좋은 기회니까요. ”

철규는 그제사 소정이가 보낸 유혹의 편지가 장난이 아니었다는 것을 알 수 있었다. 설사 그녀가 순간적으로 끓어오르는 충동을 못 이겨 편지를 보냈다 해도 그는 이제 소정을 놓칠 수 없다고 생각했다. 소정은 겉으로 드러나지 않는 무한한 향기를 지니고 있는 한 송이 꽃 같았고, 정옥이에게서 늘 갈증을 느껴오던 부분을 다 갖추고 있는 느낌이었다.

철규는 그가 선물한 모형선에다 소정의 영혼을 싣고 어디론가 떠나고 싶었다. 가다가 암초에 걸려 좌초되면 일으켜 세워 다독거려 주고, 그래도 힘이 부치면 등에 업고라도 그가 평소 가고 싶었던 저 먼 피안의 세계까지 함께 헤엄쳐 가고 싶었다. 만난지 얼마 되지는 않지만 소정이는 분명히 자신의 그런 욕망을 채워줄 동반자처럼 느껴졌고, 그녀만 자기 곁에 있어 준다면 힘든 황천의 바다도 힘차게 건너가 그와 그녀가 바라는 내항에다 닻을 내리고 긴긴 항해의 여독을 풀 것 같았다.

갑자기 천군만마를 얻은 장사처럼 힘이 솟는 것 같았다. 그리고 세상의 어떤 궂은 일도 다 해낼 것 같은 자신감도 생겼고, 해운대 앞바다에서 쏴르르 쏴르르 끊임없이 밀려오는 파도소리가 그들의 다섯번째 만남을 축복해 주는 대자연의 향연처럼 느껴져 더욱 기뻤다.

"이건 뭐예요? ”

정교하게 조각해 놓은 모형선의 레이더와 스크루 등을 지켜보던 소정이가 선저(船底) 앞부분에 돌출된 777함의 소너돔(sonor-dome)을 가리켰다.

"수중레이더라고 하는 것이 이해가 빠르겠군요. 여기 마스트(mast : 돛대) 위에 있는 대함레이더와 대공레이더는 출동을 나가면 24시간 내내 회전하면서 계속 전파를 발사하고 있습니다. 그러다 해상이나 공중에 어떤 물체가 나타나면 즉시 전탐실에 있는 레이더 스코프에 회귀전파로 신호를 보내줍니다. 그래서 우리들은 먼 곳에 있는 배도 발견할 수 있고 하늘 높이 날아가는 비행기도 추적하는데, 이 소너돔은 물밑을 지키는 수중레이더 역할을 합니다. 마스트 위에 있는 대함·대공레이더는 전파를 발사하는데 이 소너돔은 계속 음파를 발사합니다. 그러다 잠수함이나 암초 같은 것이 나타나면 음탐실에다 회귀음파를 보내주는데, 우리는 이렇게 돌아오는 회귀음파를 이용해 바다 밑으로 항해하는 잠수함의 위치와 속력도 알아내어 대처하고 있지요. "

"그럼 이런 군함 한 척만 있어도 하늘과 바다와 해저까지 동시에 지킬 수가 있겠군요? "

소정이가 물었다. 철규는 이 여자의 통찰력과 직관력이 대단하구나 하면서 밝게 웃었다.

"그렇습니다. 이런 군함 몇 척만 있어도 9백 마일의 한반도 영해상은 빈틈없이 지켜낼 수가 있습니다. 가끔 심야에 나타나는 돌고래떼나 물개떼들에게 속아 칠흑같은 밤바다를 달려가다 허탕치고 돌아온 때도 있지만요…… "

"어머! 그런 동물들까지도 레이더에 나타나요? "

소정과 상미는 완전히 매료된 얼굴로 철규를 바라보며 티없이 웃었다.

"네. 얼마 전에도 새벽 3시 반에 레이더에 돌고래떼가 포착되어 2시간 이상 전투준비를 한 채로 따라갔다 허탕치고 돌아온 적이 있었습니다."

"정말 믿어지지 않아요…… 언젠가 상과 하(上과 下)라는 전쟁영화를 본 적이 있어요. 그때 바다 속에 있는 잠수함과 바다 위에 떠 있는 이런 군함들이 서로 신경전을 벌이며 전쟁을 하는 것을 봤어요. 전 그런 영화를 보면서도 공상과학 영화를 보듯 영화니까 그런 이야기도 가능하겠구나 하는 생각이 들었어요. 마치 요술상자 속을 들여다보는 것처럼 신기하기도 하고요."

"저도 그 영화를 두 번이나 봤는데 그 영화는 2차 세계대전 때 실지 있었던 일들을 영화화해 놓은 다큐멘타리라 해도 과언이 아닙니다. 단지, 얘기의 흐름만 흥미를 높이기 위해 제작자의 의도대로 짜여져 있을 뿐 실지 저희 777함에도 그런 영화에서 사용했던 과학화된 첨단병기들이 그대로 있고, 매일 일용품처럼 쓰고 있으니까요."

"그럼 777함도 2차 세계대전 전에 만들어졌나요?"

"네. 미국의 항공모함을 향해 벌떼같이 날아오는 가미가제 특공대(신풍특공대)를 일선에서 막으려고 미 해군이 만든 호위구축함인데 대전이 끝난 뒤 우리가 인수해서 쓰고 있습니다."

"바다에 나가시면 물개들도 자주 보세요?"

상미가 물었다. 그녀는 철규가 해주는 바다 이야기에 흥분해 있는 듯한 표정이었다. 철규는 두 사람이 다 관심깊게 듣는 모습이 좋아 유쾌하게 받아 주었다.

"가끔 동해상에서 보곤 합니다. 동물들이나 자연생태계에 관심이 있으시면 시내로 나가시지요. 아까 버스에서 내리다 보니까 개봉관에서 물개라는 영화를 상영하고 있던데 제가 구경시켜 드리겠습니다. 진해에서는 중앙극장에서 그 영화를 상영하고 있는데 먼저 본 동료들이 볼만한 영화라고 해서 저도 오늘 보고 들어갈 참인데……? "

"저도 그 영화 보고 싶었어요. 언니, 우리 그 영화보러 가자. 아주 재밋데……. "

상미가 조용히 웃고 있는 소정을 흔들었다. 소정은 철규와 앉아서 차를 마시며 조용조용 대화를 주고 받는 분위기가 좋아서,

"애는, 점심시간인데 어딜 나가? "
하면서 철규의 의향을 물었다.

"점심 준비가 되어 있는데 바쁜 일 없으시면 같이 드시지요? "

"좋습니다. 소정 씨가 차려 주시는 점심이라면 감사히 먹겠습니다. 상미 씨도 함께 드시는 겁니까? "

철규는 괜히 영화 이야기를 꺼내 상미의 마음을 흔들어 놓았다 싶어 달래듯이 물었다.

"언니랑 비밀 얘기 나누시겠어요. 저, 비켜 드릴까요? "

상미가 도전적인 표정으로 한 마디 던져 놓고는 킥 하고 먼저 웃었다. 철규는 그녀의 생기 발랄한 모습이 좋아서 가볍게 농담을 던졌다.

"시간이 나시면 군항제 때 진해에 한번 오십시요. 제가 멋진 분 소개시켜 드리겠습니다. "

"군항제 때 진해에 계실 거예요? "

"올해는 아마 있을 것 같습니다. 언니랑 함께 오십시요. 벚꽃이 만발한 통제부 거리도 구경시켜 드리겠습니다. "

"고마와요. 점심 드시고 영화 구경도 시켜 주세요. 저, 그래도 괜찮죠? "

상미는 밉지 않은 얼굴로 귀염을 떨어대다 소정이와 함께 점심상을 차려 왔다. 철규는 소파에서 일어나 거실 바닥으로 내려앉았다.

"언니가 정성들여 만든 음식이예요. 많이많이 드세요. "

상미가 된장 뚝배기 뚜껑을 벗기며 소정의 요리 솜씨를 자랑했다. 철규는 보글보글 끓고 있는 된장찌게를 바라보며 흡족하게 웃었다. 아릿하게 후각을 자극시키는 달래향기와 함께 밀려오는 된장찌게 냄새가 배안에서는 느껴볼 수 없는 정취였다.

"어떻게 제가 좋아하는 음식만 듬뿍 차렸습니까? 마치 고향집에 온 느낌입니다. "

철규가 상 위에 놓인 물수건을 펴 손을 닦으며 다가앉았다. 소정이가 반주로 마실 포도주병과 유리컵을 들고와서 함께 앉았다.

"언니, 언니, 잠깐만! "

소정이가 철규의 포도주잔에다 술을 한 잔 부으려는데 상미가 술병을 뺏으며 눈을 흘겼다.

"오늘 같은 날은 내가 바텐다 해야지. 언니도 어서 잔 들어. 내가 두 분의 앞날을 위해 술 한 잔 선사할께요."

"좋습니다. 한 잔 부어 주십시요."

철규가 두 손 사이에다 포도주잔을 끼워 내밀었다. 소정이도 마지못해 잔을 들었다. 상미는 그들의 잔에 포도주를 채웠다.

"술병 주십시요."

철규가 상미가 들고 있는 포도주병을 받아 그녀의 잔에도 포도주를 조금 부었다. 상미는 이 세상에 태어나 남자에게 포도주를 받아본 것은 처음이라며 축배를 제창하겠다고 했다. 철규는 그러라고 고개를 끄덕이면서도 소정을 건너다 보았다. 반주로 포도주까지 준비하며 정갈하게 점심상을 차린 소정의 센스와 기품 있는 생활양식이 미처 생각해 볼 수 없었던 다른 세계였던 것이다. 그는 소정이가 내뿜는 분위기에 한없이 빨려들어가는 듯한 황홀한 감정을 느끼며 상미의 목소리를 음미했다.

"여기 담긴 이 적빛의 포도주가 두 분의 영혼을 붉디붉게 달궈서 새로운 시작의 날이 열리기를 상미는 진심으로 기도합니다. 다같이 술잔을 부딪치며 축배!"

세 사람은 술잔을 부딪친 뒤 잔을 내려 놓고 박수를 쳤다. 상미는 포도주잔에 입을 댄 뒤 살며시 일어나 전축에다 판을 걸었다. 릭키 넬슨의 '나를 사랑한다고 말해 주세요' 가 감미롭게 흘러내렸다. 소정은 생전의 아버지가 쉬는 날 집에 오셔서 점심을 드시고 있는 모습을 지켜보듯, 수저를 든 그의 손놀림까지 유심히 바라보며 물었다.

"배에선 식사를 어떻게 하세요? 많은 인원이 함께 모여서 드세요? ”

　상미가 잘 구워진 불고기 한 접시를 철규 앞에 갖다 놓았
다.

　“배마다 조금씩 틀려요. 작은 경비정에선 모두 함께 모여
서 먹지만 큰 배는 사관식당·상사식당·중사식당·하사 이
하 수병식당으로 분리되어 계급별로 모여서 먹는 배도 있고,
갑판·포술·작전·기관부 등 부서별로 모여서 한 가족처럼
취식을 하는 경우도 있습니다. ”

　“그럼 식당마다 상차림이나 식단이 다 다르세요? ”

　“그렇지 않습니다. 요리사가 요일별로 식단을 짜서 일괄적
으로 조리해 놓으면 부서별로 식사당번이 타와서 배식하지
요. 밥을 먹지 못할 만큼 파도가 칠 때는 죽도 끓여 주고 밤
에는 국수와 수제비도 끓여 주어서 식사시간은 늘 즐겁습니
다. 자기가 한껏 퍼먹을 만큼 양도 많고요. ”

　“생선은 직접 잡아서 드세요? ”

　소정은 철규의 손놀림이나 표정을 지켜보고 있으니까 자
신도 모르게 아버지에 대한 그리움과 갈증이 사라지는 듯해
서 심심찮게 말을 시켰다.

　“얻어먹거나 사서 먹습니다. ”

　“어머나! 처음 듣는 얘기예요…… . ”

　소정은 노리끼하게 잘 구운 가자미의 껍질을 벗겨서 그가
먹기 편하게 뼈를 발라 주면서 철규를 바라보았다.

　“망망대해를 떠돌다 어부들이나 어선들을 만나면 참 반갑
습니다. 우리들은 언제 바다에 나왔느냐, 육지로 들어갈 거
냐 하고 묻다가 만선의 돛대 위에 갈매기가 뒤따르면 육지

에 부칠 편지를 부탁하기도 하고, 그들이 연료 걱정을 하며
는 기름을 조금 빼주면서 생선을 얻어 먹지요. 그렇지 못할
경우는 직접 부식구입예산으로 사들이기도 하고요. 그런 날
은 승조원 전체가 싱싱한 생선을 먹는 회식날이 되기도 합
니다.”

“바다 위에서도 그런 만남이 이루어지는군요? ”

“요사이는 남북관계가 악화되어서 규제되지만 옛날에는
휴전선을 사이에 두고 남북의 군함들이 일정한 거리를 유지
하면서 서로의 안부도 묻고 담배도 교환해서 피우며 분단의
고통을 그런 행위를 통해서 달랠 때도 있었습니다. 하지만
요사이는 서로 확성기를 들고 우리는 남쪽으로 내려오라고
하고, 저들은 북쪽으로 넘어오라고 해상심리전을 벌이고 있
기 때문에 무척 살벌한 정황입니다. ”

“김치는 직접 담궈서 드세요? ”

소정은 철규가 겉저리를 잘 먹어서 한 접시 더 떠놓았다.

“바다에 나갈 때 미리 담궈 놓은 김치를 먹을 만큼 사가
지고 나갑니다. 뱃사람들이 제일 좋아하는 반찬이지요. ”

“배에서도 숭늉을 드세요? ”

철규가 식사를 마치자 그녀가 주전자에 담아 온 숭늉을
컵에 부어 주며 물었다.

“평상시에는 보리차를 끓여 온수탱크에 넣어 두고 따뤄
먹지만 이따금씩 고향생각을 달래라고 밥을 해낸 솥에다 물
누룽지와 함께 숭늉을 배식할 때가 있습니다. 그땐 서로 많
이 먹으려고 전쟁이 일어나기도 합니다. 마른 누룽지도 맛있
지만 구수하게 끓여 놓은 물누룽지는 우리의 정취고 입맛이

어서 다들 즐겨 마십니다. ”

　“바다에서 생활하셔도 참 멋을 즐기며 사는군요. 세탁은 손수 하세요? ”

　소정이가 후식으로 과일을 한 접시 내놓으며 수저를 거두었다. 상미가 바삐 빈 그릇을 치웠다.

　“배안에는 승조원들이 공동으로 사용하는 큰 세탁기가 있습니다. 온수와 스팀으로 물세탁을 하는 자동세탁기인데, 침대커버나 모포 같은 큰 빨래는 비눗가루를 풀어넣어 기계로 세탁하고 속옷은 직접 빨아 입습니다. 건조기와 증기다리미가 있어서 침대커버 같은 큰 세탁물도 1시간이면 다림질까지 마칠 수 있어 독신자들이 생활하기에도 아주 편합니다.”

　소정은 처음 들어보는 그의 이야기가 퍽 신선하게 느껴졌다. 그리고 철규는 이제 타인이 아닌 것 같았다. 오래 전부터 알고 있었던 인척처럼 아주 가깝게 느껴졌다. 그녀는 주말을 이용해 집에 쉬러 온 아버지를 대하듯 궁금한 것이 있으면 무엇이든 다 물어보면서 모처럼 외롭지 않게 휴일을 즐겼다.

　“언니! 방안에서만 이러구 있을 거야? ”

　설거지를 마치고 온 상미가 답답하다는 듯 눈을 흘겼다. 소정이가 웃으면서 받았다.

　“그러면 어떻게 해야 하니? ”

　“정말 세대 차이 나네. 밖에 나가서 해변가도 좀 걷고 시내에도 한번 나갔다 와. 모처럼 외출 나오셨는데 이게 뭐야? 늙은이들처럼. ”

　상미는 큰소리로 혼자 마구 지껄이다 입을 가리고 웃었다.

소정은 덩달아 웃었다. 철규가 말했다.

"바람도 쐴 겸 시내로 나갑시다. 영화 구경시켜 드리겠습니다. "

"그래도 괜찮으시겠어요? "

소정이가 철규를 바라보며 물었다. 철규는 시간이 넉넉해서 고개를 끄덕였다.

"두 분이 먼저 나가셔서 바닷가 산책이라도 하고 계셔요. 제가 아랫층에 내려가 카메라 들고 나갈 테니까요……. "

철규와 소정은 먼저 집을 나와 해운대 백사장을 거닐었다.

"고향이 서울 같으신데…… 부산으로 내려오신 지가 오래 됩니까? "

바싹 말라 윤이 나는 모래를 한 줌 쥐어 날리며 철규가 물었다.

"노량진에서 살았어요. 그러다 5년 전에 어머니와 함께 부산으로 내려왔어요. "

"아, 참! 어른께 인사도 못하고 왔군요? "

철규가 안타까운 표정으로 소정을 바라보았다. 그녀는 철규가 그런 데까지 신경을 써주는 것이 고마와 바른대로 말했다.

"저희 어머니, 지금 국내에 안 계셔요. 섭섭해 마세요. "

"아, 그러세요. 그러면 다행입니다만 인사도 못 드리고 나온 것이 마음에 걸렸습니다. "

"저희 어머니 보고 싶으세요? "

"네. 어떤 분이신지 빨리 보고 싶습니다. 다음에 소정 씨 어머니께 인사드리러 와도 괜찮겠죠? "

"안돼요! "

소정은 걸음을 멈추며 그를 쳐다봤다. 철규는 바싹 신경이 곤두선 표정으로,

"왜? "

하고 물어놓곤 겁먹은 표정으로 잠시 서 있었다.

"저를 보러 오세요. "

소정은 살풋 웃으면서 농담이 지나쳤나 하고 그의 표정을 유심히 살폈다. 그는 아이쿠, 십 년 감수했네, 하는 표정으로 그녀를 뚫어지게 바라보다 아주 정겹게 웃었다. 소정은 철규의 그런 표정이 키스를 하고 싶어 못 견뎌 하는 모습같아 얼굴이 화끈해졌다. 그녀가 말했다.

"저, 의식치 마시고 담배 피우세요. 아까 방에서부터 참으시는 것 같던데……? "

"담배보다 더 급한 것이 있습니다. 들어주시겠습니까? "

"뭘? "

이제는 소정이가 겁을 먹는 표정이었다. 이글이글 타는 듯한 그의 눈이 키스를 하고 싶다는 말을 할 것 같아 그녀는 자신도 모르게 망설여졌다. 마음 같으면 네, 하세요. 하고 시원스럽게 말하고 싶지만 웬지 몸이 떨려서 자신없는 표정으로 그만 지켜보고 있었다. 그는 틈을 주지 않았다. 작고 흰 그녀의 손을 잡으며 싱긋이 웃었다.

"이 손을 한번 잡아보고 싶었습니다. 어떻게 이렇게 따뜻합니까? "

그녀가 잡힌 손을 빼내지 못한 채 고개를 떨어뜨렸다. 철규는 불어오는 바람결에 머리카락을 흩날리며 고개를 숙이

고 있는 그녀를 바짝 당겨 끌어안고 싶었다. 하지만 상미가 쫓아오고 있어서 살며시 놓아 주었다.

"지금, 이 순간의 안타까운 심정을 바다에 나가서 편지로 전하겠습니다. "

"…… . "

소정은 가늘게 숨을 내쉬었다. 상미가 다가오고 있는데 그가 키스라도 퍼부었으면 자신은 어떻게 했을까? 상상만 해도 그런 순간은 얼굴이 화끈거리는 것 같아 얼른 고개를 돌렸다. 상미가 카메라를 조절하면서 함께 서서 포즈를 잡아보라고 했다. 그녀는 휴, 이제 살았네, 하면서 쿵쾅거리는 가슴을 진정시켰다.

"언니! 됐어. 이쪽으로 봐. "

상미가 바닷바람을 받으며 서 있는 두 사람을 몇 컷 찍고 난 뒤,

"넥타이가 바람에 펄럭이니까 참 보기 좋아요. 언니랑 팔짱 낄 용기 있으세요? 빨리 포즈 잡아 보세요. "

상미가 함께 붙어서라고 철규를 부추겼다. 두 사람은 도리없이 팔짱을 끼고 상미를 쳐다봤다.

"언니! 좋으면서 괜히 딴전 피지 말고 꼭 붙어. 사람이 왜 그렇게 얼떠어 보여. 더 가깝게 붙어 씨맨 어깨에 고개를 기대라니까. "

상미는 두 사람이 팔짱을 끼고 한참 서 있게 하고 싶어서 짓궂을 만큼 자세와 표정을 주문했다. 철규는 뺨에 닿는 소정의 머리카락과 엷은 화장품 냄새가 신바람을 불러일으키는 것 같아 한쪽 팔로 소정의 어깨를 껴안으며 한 손으로

모자를 벗어 흔들어 주었다. 상미는 재빠르게 그 모습을 카메라에 담았다.

"됐어요. "

상미가 카메라 뚜껑을 닫으며 다가와 소정을 놀려댔다.

"언니는 이제 씨맨 품에 안긴 여자야. 카메라 안에 증거가 있으니까 딴소리 하기 없기다, 언니? "

"애는. 씨맨이 내 등 뒤에 섰지, 언제 내가 안겼니? "

소정은 얼굴이 화끈거리는 순간을 웃음으로 얼버무리며 카메라를 받았다.

"함께 서세요. 제가 눌러 드릴께요. "

철규는 또 포즈를 잡아주다 백사장을 나왔다. 겨울인데도 아베크족을 싣고 해운대로 들어오는 택시가 많았다. 그는 그들과 함께 택시를 타고 서면으로 나갔다. 상미가 물었다.

"이번에 나가시면 언제쯤 돌아오세요? "

"군항제가 열릴 때쯤 귀항할 것 같습니다. 연락드릴 테니까 꼭 오세요. "

"전 이제 길라잡이도 그만 두고 사진사도 사표낼 거예요. 그때는 언니만 초대해서 구경시켜 주세요. "

"왜요. 바쁜 일이 있으세요? "

철규가 놀란 표정으로 묻자 상미가 소정의 팔을 꼬집으며 삐친 표정을 지었다.

"두 분이서 팔짱 끼고 꼭 붙어 다니고 싶은데 내가 끼니까 언니가 싫어하잖아요. 씨맨도 언니 편이시죠? "

철규는 어이없이 껄껄 웃어대다 차삯을 내고 먼저 차에서 내렸다.

“제가 표를 사오겠습니다. 여기, 조금만 기다리세요.”
소정은 철규가 매표소로 달려가는 걸 보면서 천천히 뒤따라갔다.

물 개

　일요일 오후라 극장은 몹시 붐볐다. 그들은 극장 안으로 들어가 잠시 기다렸다가 시간 맞춰 2층으로 올라갔다. 지정된 좌석을 찾아 앉으니까 이내 본영화가 시작되었다.

　'물개' 라는 제목이 나오고, 영화를 만든 감독과 그외 스태프들의 이름이 감미로운 배경음악과 함께 스크린 위에 나타나더니 뿌연 우유빛 안개가 넘실거리는 새벽바다가 끝간 데 없이 전개되었다.

　바다는 지극히 푸르고 고요했다. 대륙풍이 불어올 때마다 푸른 바다는 느리게 일렁거렸다. 소정은 화면이 좀 침침하게 느껴져 핸드백 속에 넣어 둔 안경을 꺼내 썼다. 세상이 온통 환하게 느껴졌다. 아득히 물러났던 수평선이 천천히 다가오는 모습까지 보였다. 소정은 철썩철썩 밀려오는 파도소리와 함께 다가온 수평선 저만치에 시선을 고정시켰다.

짙은 해무자락이 불춤을 추는 듯한 바다 저쪽에서 동물의 포효소리가 들려왔다. 한 번씩 울려 퍼질 때마다 온 바다가 들끓는 듯한 그 포효는, 이른 아침 고목 위에서 울려 퍼지는 까마귀의 울음과 컹컹 짖어대는 세퍼드의 울음을 화음시켜 놓은 것처럼 웅장하면서도 날카롭게 들려왔다.

까아악! 과아악, 구와와…… .

얼마 후 갈매기 몇 마리가 낮게 회유하는 동편 하늘이 연한 보라빛으로 물들면서 일출이 시작되었다. 안개에 묻혀 있던 아침바다는 금시 피빛으로 물들었다. 연한 어둠과 끈적끈적한 해무를 녹이며 피어나는 대해의 일출은 신비스러우리만큼 아름답고 장엄했다.

온통 선홍으로 물든 바다 위에 갑자기 검고 반짝이는 반점들이 무수히 떠올랐다. 강렬하게 뻗어오는 아침 햇살에 가려 반점들은 쉽게 윤곽을 식별할 수 없었다. 소정은 부초처럼 점점 떠오르는 반점들이 무엇일까 하고 고개를 갸웃거려대다가,

"어머! "
하고 잘근 입술을 깨물었다.

수백 마리가 넘을 듯한 물개떼들이 파도를 따라 어디론가 이동해 가고 있었던 것이다. 물개들은 허연 물거품을 빼문 파도가 튕겨오를 때마다 곡예하듯 하늘로 비상하며 과악과 악 함성을 내질렀다.

그 사이 수평선 위로 태양이 성큼 솟아올랐다. 피빛으로 물든 아침 바다는 부풀은 여인의 가슴처럼 출렁거리기 시작했고, 용머리 같은 파도가 세차게 소용돌이를 일으키며 물개

떼들의 앞길을 막았다. 앞서 가던 리더가 까악까악 신호를 보내면서 날렵하게 파도 속으로 자맥질했다.

그러다가 날치처럼 전신을 쭉 뻗으면서 수면 위로 비상했다. 반지르하게 기름이 배어 있는 듯한 등때기가 흡사 자라 등처럼 탄탄해 보였다. 그들은 수중생활에 적합하게 물갈퀴가 잘 발달된 다리를 갖고 있었는데 짧은 다리가 한 번씩 요동할 때마다 물뱀처럼 유연하게 수면을 미끄러져 나갔다.

바싹 다가와 있던 바다가 천천히 물러나면서 리더의 안면이 부각되었다. 리더는 그네들의 세계에서 '포사크' 라 불렸다. 소정은 포사크의 안면을 유심히 지켜보았다. 포사크는 두 눈을 뒤룩거리면서 거칠게 숨을 몰아쉬고 있었는데, 벨벳처럼 보드라운 솜털이 촘촘하게 돋아나 있는 안면은 몸체에 비해 무척 작은 편이었다. 그러나 허연 물줄기를 내뿜으면서 아가리를 쩌억쩌억 벌려댈 때마다 날카로운 견치(犬齒)가 빗살같은 수염 사이로 쑥쑥 비어져 나왔다.

포사크는 길죽한 혓바닥으로 콧잔등을 쓱쓱 핥아대다 또한 차례 포효했다. 뒤따르는 부하에게 행군을 독촉하는 신호였다. 수백 마리가 넘을 듯한 부하들이 일제히 함성을 지르며 포사크가 있는 쪽으로 몰려갔다. 그중 몇몇 떼거리는 성년에 가까운 수컷들이었고 나머지는 암컷과 새끼들이었다.

수컷들은 대략 4~5세 정도 되었다.

그들은 1~2년 후면 성수가 가능했다. 모두가 대열 외곽에서 새끼들과 암컷들을 보호하면서 포사크의 신호를 받고 있었다. 포사크가 자맥질을 요구하면 암컷들에게 신호를 보내 새끼들을 숨겼고, 부상(浮上)을 요구하면 암컷들에게 신호를 보내 새끼들을 인도해 주었다.

암컷들은 몸체가 작고 유순해 보였다. 연한 적갈색의 피부에다 도토롬하니 살이 쪄 곡선을 이루는 몸매는 무척 선정적이었고 완숙해 보였다. 그네들은 한번씩 새끼를 낳았거나 이 지리한 여행이 끝나면 곧 수태하여야 할 몸들이었다. 몸가짐에 무척 조심을 했으며 전신경을 곤두세워 넓은 바다를 헤엄쳐 가고 있었다.

포사크의 무리가 사라지자 이번에는 '빌리안'의 무리가 나타났다.

빌리안도 포사크처럼 많은 부하를 거느리고 있었다. 포사크처럼 체장은 길지 않았으나 체중은 거의 300kg에 육박했다. 좀 둔하여 보일 정도로 살이 쪄 있는 가슴 부위는 암갈색이었고 등때기는 회흑색이었다. 쩍쩍 아가리를 벌려댈 때마다 아가리 옆으로 주름이 잡혔는데, 주름 위에 솟은 회색수염이 퍽 나이 먹은 느낌을 안겨 주었다.

빌리안은 정확히 열세 살이었다.

그 나이면 그들의 세계에선 반생을 살은 나이였다. 그들의 평균 수명이 25년 정도 되니까. 빌리안은 반생을 살은 노장답게 노련한 면모가 있어 보였다. 몸집이 크고 살이 쪄 두 살 아래인 포사크처럼 기민하거나 날렵해 보이지는 않았으나 육중한 몸에서 터져 나오는 포효는 광막한 바다를 쩌렁쩌렁 울리는 듯했다. 어디선가 은은한 뱃고동 소리가 들려와도 빌리안은 당황하는 빛이 없이 침착하게 신호를 보내 부하들을 물 속으로 숨기고 자신도 스스로 숨었다.

대륙풍에 부대껴 제법 거칠어진 바다가 차츰 고요해졌다.

바닷가에서 오래 살았지만 소정은 그처럼 고요가 깃들고 저녁나절의 호반처럼 맑게 빛나는 바다를 본 적이 없었다. 그녀는 한참 동안 태양이 타오르는 바다를 넋없이 지켜보았다.

짜아악, 과아악…….

앞서 가던 포사크가 또 함성을 내질렀다. 적으로부터 위협이 없는 안전 해역에 들어왔으니 휴식을 취하라는 신호였다. 뒤따르는 부하들이 일제히 기성을 지르며 노독을 풀기 시작했다. 서로 포옹하며 입맞춤을 하는 암컷들, 어미의 젖을 빨며 배를 채우는 어린 것들, 짖궂게 장난을 치며 재롱을 부리는 어린 수컷들, 게나 문어를 잡아 우적우적 조반을 먹는 성년기의 수컷들…….

소정은 물개들의 휴식을 흥미롭게 지켜보았다. 그때 화면 옆으로 물개의 생태가 설명되었다. 소정은 노란 자막으로 이어지는 설명을 읽어나가다가 생긋이 웃었다. 엄격한 삶의 양식에 따라 규칙적으로 살아가는 물개들의 생태가 너무 인간적이고 조직화된 일면을 보여주고 있었기 때문이었다.

물개는 일부다처주의 사회에서 하렘(harem : 처첩)을 이루고 사는 수중 젖빨이 단태 동물이다. 어군(魚群)에 따라 분포지가 갈라지기 때문에 그들에겐 일정한 거주지가 없다. 대략, 북태평양과 북아프리카 연안, 캐나다 북위 49도에서 캘리포니아 연안, 멕시코 북위 29도 해역과 대한민국 동해안 독도 부근, 오오츠크 해와 베링 해, 그리고 오스트레일리아와 아프리카 희망봉까지가 그들이 서식하는 해역이었다.

그중 포사크와 빌리안의 고향은 베링해협 근처였다. 연중

맑은 물이 흐르고 천적으로부터 위협이 없는 곳이라 그들이 살기에는 쾌적한 곳이었다. 그들은 먹이 많고 휴식처 좋은 고향에서 긴긴 여름을 보내다가 가을이 오면 전종족이 무리를 지어 남으로 내려온다. 북극해의 한류와 함께 그 풍성하던 먹이가 모두 남으로 내려와 버리기 때문이었다. 그들은 어군을 따라 내려오다 보면 적도까지 남하하게 된다.

이때 어린 새끼들은 대이동의 노독에 지쳐 중도에서 쓰러지는 경우도 많다. 어미의 뱃속에서 갓 태어난 새끼의 체장은 약 70cm 정도 되었고, 체중은 6kg 정도 된다. 전신에 검은 털이 덮힌 새끼들은 생후 3개월 동안 육상이나 연안에서 어미 젖만 먹고 자라다가 이유기가 되면 어미와 같이 물 속으로 들어가 수영법과 먹이 공격법을 배우기 시작한다.

어미는 이유기가 가까와 오면 자식들의 교육에 심혈을 기울인다. 항시 어린 자식들과 같이 수중을 헤엄쳐 다니면서 그들이 먹어야 할 음식과 천적으로부터 자신을 보호하면서 먹이를 공격하는 법을 가르치게 되는데 대부분 자식들이 자력으로 살아갈 수 있을 때까지 가르친다.

어린 새끼들이 수영을 다 익히고 먹이를 공격할 때 질주하는 속력은 평균 80km 정도 된다. 시속 80km의 속력이면 그들이 즐겨 먹는 게류나 연체동물류는 꼼짝 못하고 잡히기 마련이다. 배불리 먹이를 잡아먹은 새끼들은 훗날의 긴 여행을 위해 종일 넓은 바다를 헤엄쳐 다니면서 몸을 단련시킨다. 그러다가 석양 무렵이나 저녁나절 전날 익히고 닦은 무예를 어미에게 과시하듯 수면 위로 3~4미터 이상씩 비상하면서 과악과악 함성을 질러댄다.

　어미는 새끼들이 수영을 다 일힐 시기가 되면 다시 육상이나 연안에서 생활하는 법을 가르치기 시작한다. 이때 어린 자식이 수컷이면 후일 보금자리를 마련해 가족을 거느리는 법과 돌이나 동물의 뼈를 씹으며 견치를 날카롭게 하는 법을 가르친다. 뿐만 아니라 험악한 암벽을 기어오르는 법과 높은 곳에서 낙하하는 법을 가르쳐 몸의 유연성과 피부를 단련시키는 법도 최종적으로 가르치는데 성년이 되면 지느러미에 가까울 만큼 퇴화한 다리로도 암벽을 140m 정도 기어오를 수 있다.

　자식이 암컷이면 어미는 남편을 맞아 부부생활을 하는 법, 임신 중에 몸을 보호하는 법, 가정생활을 하는 법 등을 가르친다. 그리고 정절을 생명처럼 여기면서 수컷에 순응해 가는 삶을 철저하게 가르치는데 암컷은 대략 네 살이 되면 수태가 가능하다. 임신기간은 정확히 343일인데 해산하고 나면 몸조리할 겨를도 없이 4~5일 후 바로 발정한다.

　이때가 되면 수컷들 사이에선 맹렬한 싸움이 벌어진다. 이 싸움은 그네들 세계에선 왕위계승전이라 불리는데 이 피비린내 나는 권력투쟁에서 승리한 최후의 강자가 통치권을 장악하면서 암컷들에게 수태를 시켜주기 때문이다.

　암컷들은 발정한 몸이지만 왕위를 계승한 수컷으로부터 씨앗을 받지 함부로 몸을 내돌리며 씨앗을 받는 경우는 거의 없다. 이러한 윤리관과 가치관은 암컷들 세계에선 거의 철칙과 같이 지켜지고 있다. 때문에 해마다 한 번씩 벌어지는 수컷들의 투쟁은 인간사회의 선거처럼 억세고 강인한 후손을 이으려는 그네들 세계의 피의 축제와도 같은 것이다.

　이 축제의 제왕이 되기 위해 수컷들은 일년 내내 무예를 닦으며 체력을 단련시킨다. 개중에는 일락에 빠져 체력단련을 소홀히 하는 게으름뱅이도 더러 있지만 이들은 힘과 기와 의지가 격돌하는 왕위계승전에서 패배할 수밖에 없다. 이들은 이 패배의 대가로 일평생 암컷들을 잊고 살아야 하는 비참한 삶도 각오해야 한다. 게으르고 무기력한 삶을 살은 만큼 서러움도 동시에 당해야 하는 것이다. 이 때문에 제왕이 되는 것은 수컷들 평생의 욕망이며 생명 그 자체와도 같은 것이다. 또 왕위를 쟁취했다 해도 제왕이 되는 해에 많은 암컷들을 거느리며 체력을 소모하기 때문에 이듬해는 축제를 열 장소나 물색해 주면서 젊은 세대에게 왕위를 이관해 줘야 하는 냉혹한 일면도 있다.

　포사크와 빌리안을 따르는 암컷들은 모두 발정해 있었다. 그네들은 젊고 용맹스러운 제왕의 씨앗을 받아 잉태하기를 한결같이 염원했다. 암컷들은 한 번씩 자식을 낳아 키워 본 중년의 여인들도 있었으나 대부분 싱싱한 젊음과 아름다운 몸매를 지닌 처녀들이었다. 그들은 어미로부터 엄격한 규방교육도 받은 몸들이라 신성하고 복된 초야의 신방도 멋지게 꾸밀 줄도 알았고, 간난신고(艱難辛苦) 끝에 왕위를 쟁취한 왕에게 극진한 애무와 완숙한 몸짓으로 마음을 기쁘게 해 줄 성숙미도 있었다. 이 때문에 암컷들에게는 누가 제왕이 되느냐가 여간 궁금치 않았는데 대략 암컷들이 흠모하는 인물들은 포사크·빌리안 외에도 다른 해역을 경유해 올라오고 있는 언틸드와 자부라가 물망에 올라 있었다……

휴식이 끝난 물개들은 다시 행군을 계속했다. 그들은 밤 늦게 찬찰래 군도에 닿았다. 그들이 군도에 도착해 상륙을 실시할 때 군도의 영봉에는 그들보다 먼저 도착한 언틸드와 자부라 일행이 과악과악 함성을 질러대며 그들을 기다리고 있었다.

그들은 찬찰래 군도에서 대이동의 여독을 풀고 예정대로 왕위계승전을 벌였다. 조석간만의 차가 심한 찬찰래 군도는 마침 간조 때여서 물속에 잠겨 있던 암초와 크고 작은 무인 도가 무수히 드러나 있었다. 무인도 사이 펑퍼짐한 평원에는 수많은 물개들이 한창 열기가 끓어오르는 왕위계승전의 결 승을 촉각을 곤두세워 지켜보고 있었다.

포사크는 군소집단에서 선발된 도전자와 7차에 걸쳐 혈전 을 벌인 뒤끝이라 몸은 상처투성이였다. 하체를 지탱해 주는 뒷다리의 활력근은 언틸드와의 격전에서 다쳐 앞다리마저 자유로이 구사할 수 없는 처지였다. 그래도 포사크는 끝까지 싸울 기세였다. 자신의 견치에 어깨죽지를 물어뜯겨 쓰러져 있는 자부라를 보니까 기운이 솟는 것이다. 포사크는 점점 다가오는 왕위에 대한 집착 때문에 전신을 조여오는 아픔도 잊고 있는 듯했다.

포사크를 성원하는 암컷들은 최종전까지 최선을 다하라고 격려했다. 빌리안과 맞붙을 최종전만 잘 싸워 이기면 왕위는 물론 암컷들의 극진한 간호가 뒤따르는데 왜 약한 모습을 보이느냐는 것이다. 포사크는 자신을 성원해 주는 그런 암컷 들의 격려를 뿌리치지 못해 고통을 감추면서 다시 일어났다.

그때 패배의 아픔을 이기지 못해 오열하고 있던 자부라의 행동이 순간적으로 포악해졌다. 자부라는 선혈이 낭자한 어깨죽지를 혀끝으로 핥아대다 자신을 지켜보고 있던 떼거리들에게 괴성을 지르면서 암석 쪼가리를 날렸다. 포사크는 그런 행동을 지켜보면서 부들부들 몸을 떨었다. 소정은 포사크의 그런 모습이, 정정당당한 대결에서 졌으면 물러날 일이지 왜 자신의 패배를 인정하지 않고 행패를 부리느냐고 분노를 터뜨리는 모습같이 느껴졌다. 포사크는 빌리안과 치를 최종전을 위해 몸을 풀다가 자부라 쪽으로 다가갔다. 소정은 포사크의 그런 행동이, 간신이 숨만 쉴 수 있게 남겨놓은 명줄마저 씹어버리겠다는 행동같이 느껴져 오싹 두려움마저 밀려왔다. 그런데도 자부라는 포사크가 다가가는 것도 보지 못한 채 계속 암석 쪼가리를 날려댔다. 자부라는 완전히 사고력을 잃고 광기를 부리는 모습이었다.

"꽥! "

포사크가 비명을 지르면서 안면을 싸안고 뒹굴었다. 자부라가 마구 내던진 암석 쪼가리가 포사크의 동공을 때린 것이 분명했다. 소정은 포사크의 모습을 지켜보다 잘근 입술을 깨물었다. 동물들의 왕위계승전이지만 최종전에 나갈 포사크가 갑자기 안면을 싸안고 쓰러지는 것을 보니까 자신도 모르게 안타까움이 밀려왔다.

'할로샤' 가 뛰어들어갔다. 할로샤는 포사크의 안면을 헤치며 피를 핥아댔다.

예리한 암석 쪼가리가 포사크의 눈에 박혀 있는 모습이 빠르게 클로즈업 되었다가 물러났다. 할로샤는 자부라를 노려보며 까악까악 울음을 터뜨렸다. 증오와 독기가 서린 발악적인 비명이었다. 한참 후 할로샤는 이빨을 깨물었다. 눈동자에 박힌 암석 쪼가리를 물어서 뽑아내겠다는 표정이었다.

포사크의 비명이 달빛을 뚫고 하늘로 치솟았다. 와아 몰려왔던 물개떼들이 뒷걸음을 쳤다. 그래도 할로샤는 숨가쁘게 포사크의 안면을 핥아댔다. 물러난 물개떼들이 실망의 빛을 보였다. 저렇게 심한 부상을 입고는 빌리안과 결전이 불가능하다는 표정들이었다. 오히려 포사크의 신중치 못한 경솔함을 탓하고 있는 눈치들이었다. 자부라의 행동이 광신적이었다 해도 제왕이 되고 싶은 도전자는 그 정도 광기는 참고 견딜 수 있는 초연함과 침착성이 있어야 된다는 표정들이었다. 그렇찮고는 자신들의 생명은 물론 후손들을 보호할 수 없다는 냉정함이 흐르고 있었다. 제왕을 찾는 시선은 정말 냉정하고 야멸찼다.

한참 후 포사크가 부들부들 몸을 떨면서 일어났다. 자부라로부터 투석을 맞은 오른쪽 눈이 그새 풍선처럼 부어 있었다. 포사크는 부은 눈두덩을 쓸어내렸다. 소정은 포사크의 그런 행동이, 육체적인 아픔도 아픔이지만 자신을 성원해 주던 많은 암컷들이 그새 떠나가고 할로샤만 곁에 남은 사실이 더 고통을 안겨 주고 서운하다고 가슴 아파하는 모습같이 느껴졌다. 포사크는 그의 곁에서 떠나지 않는 할로샤를 뜨겁게 포옹했다.

쿠어, 꾸어어, 쿠쿠……

포옹을 받던 할로샤가 흐느끼기 시작했다. 최후의 결전을 남겨 놓고 이렇게 부상을 당해 답답하다는 표정이었다. 할로샤는 다시 포사크의 안면을 핥았다. 포사크의 안면은 자꾸 부어 올랐다. 포사크는 간호를 받으면서도 계속 빌리안을 바라보았다. 그러다가는 흥분하기 시작했다. 자신을 성원하던 암컷들이 돌아선 것도 서운한데 그새 빌리안을 후원하고 애무까지 하는 모습이 배신감까지 밀리게 하는 것 같았다.

까아악! 까아악!

포사크는 울부짖었다. 소정은 포사크의 그런 울부짖음이, 눈이 빠진다 해도 생명이 끊어질 때까지 싸워서 승리로써 아픔을 설욕하고 싶은 결연한 다짐같이 느껴져 눈시울이 후끈해졌다. 포사크는 할로샤를 밀고 앞으로 나갔다. 지혈이 되지 않은 포사크의 안면에서 또 선혈이 뚝뚝 떨어졌다. 소정은 포사크의 그런 모습이 너무 처참해 눈을 감았다.

크릉!

조용히 포사크를 지켜보고 있던 빌리안이 소리쳤다. 비틀거리며 다가오는 포사크의 모습에서 빌리안은 자신감을 얻었다는 표정이었다.

까악! 까악!

빌리안이 앞으로 나가면서 다시 소리쳤다. 순간 포사크는 움찔 놀라면서 물러섰다. 우뢰같은 빌리안의 함성에 겁을 집어먹은 게 분명했다. 포사크는 더 전진하지 못하고 주저하는 안색이더니 그만 바닥에 주저앉고 말았다. 소정은 자신도 모르게 혀를 찼다. 훌쩍 뛰어서 선제 공격이라도 퍼붓고 싶은데 몸이 말을 듣지 않는 게 분명했다. 포사크는 앞도 잘 보이지 않는지 부어 있는 안면을 여러 차례 앞다리로 어루만지다가 기권을 선언하는 외침처럼 신음을 토하면서 상체마저 떨구었다.

까악, 까악, 까까까…….

숨막히는 듯한 긴장 속에서, 뚫어져라 포사크의 거동을 주시하고 있던 물개떼들이 갑자기 흙을 차올리면서 환성을 터뜨리기 시작했다. 소정은 이리 뛰고 저리 뛰며 환성을 지르는 물개떼들을 지켜보다가 스크린 옆을 바라보았다. 물개떼들의 환성이 의역(意譯)되어 자막으로 흘러 나왔다.

포사크는 쓰러졌다. 이제 우리를 이끌어 줄 제왕이 탄생하였다. 포사크는 새로 탄생하신 제왕의 호령 앞에 한번 싸워보지도 못하고 쓰러졌다. 비겁자! 저리 비켜라. 우리는 오로지 빌리안을 환영할 뿐이다.

많은 물개떼들이 빌리안 주위로 몰려들며 계속 환성을 질러댔다.

빅토리! 우리들은 당신의 승리를 진심으로 축복합니다. 빨리 왕관을 쓰시고 어전으로 올라오시와요. 우리들은 당신의 강인한 모습과 용맹을 지닌 자식들을 갖고 싶사와요. 하루빨리 상처난 옥체를 치료하시와요. 저희들은 당신께서 마음 놓고 쉬실 수 있게 아늑하고 우아한 신방을 미리부터 꾸며 놓았사와요. 어서 그 신방에서 건강을 회복하시고 저희들과 함께 밀월여행을 떠나시와요. 우리들은 당신의 품에서 노래하고 춤추면서 밀월여행을 즐기고 싶사와요. 당신은 멋지고 훌륭해요. 어서 우리들의 설레는 가슴을 어루만져 주시와요. 진정으로 당신의 승리를 축하하옵나이다…… .

축제의 성화는 뜨겁게 타오르기 시작했다. 포사크는 만신창이가 된 몸으로 그때까지 암컷들의 거동만 살피면서 격전장에 쓰러져 있었다. 그런 모습을 묵묵히 지켜보고 있던 할

로샤가 히스테리칼하게 포사크의 얼굴을 끌어당겼다. 그리고
는 모질게 입술을 깨물면서 포사크의 얼굴을 할퀴었다. 지혈
이 되고 있던 포사크의 얼굴에서 또 선혈이 흘러내렸다. 그
래도 할로샤는 성깔이 풀어지지 않는지 포사크의 어깨죽지
를 표독스럽게 물어뜯었다. 소정은 갑자기 돌변하는 할로샤
의 거동을 지켜보다 재빨리 화면 옆으로 눈길을 돌렸다. 자
막이 나왔던 것이다.

 미워요! 그토록 정성을 쏟았는데 왜 싸워보지도 않고 물러
나세요. 전 당신처럼 허약한 패배자의 씨앗을 받아 새 생명
을 잉태하고 싶지는 않아요. 저기 뭇 여인들의 축하를 받으
면서 늠름하게 서 있는 빌리안을 보세요. 얼마나 패기 있고
매력 있어 보여요. 저는 빌리안처럼 지모 있고 용맹스러운
분과 사랑을 불태워서 새 생명을 잉태하고 싶어요. 이제 헤
어집시다. 어서 먼. 곳으로 사라지든지 죽어 버리세요. 오! 저
주스러운 패자, 패자…….

 할로샤의 울부짖음은 오래도록 계속되었다. 승리감에 도취
되어 있던 빌리안이 할로샤 곁으로 다가갔다. 빌리안은 포사
크를 물어 뜯으면서 결별을 선언하는 할로샤의 모습이 여느
암컷들의 축하보다 더 열렬하게 승리감을 안겨주는 모양이
었다. 빌리안은 달려드는 암컷들을 뿌리치면서 할로샤를 향
해 앞다리를 흔들었다. 할로샤는 포사크가 보란 듯이 빌리안
의 품으로 파고 들어갔다. 그리고는 빌리안의 가슴패기와 얼
굴을 격렬하게 애무했다.

 다른 암컷들이 질투하듯 구구우 하고 소리를 질렀다. 그래
도 빌리안은 할로샤의 가녀린 허리를 힘껏 껴안았다. 할로샤

는 복받치는 흥분을 이기지 못해 거푸 까악까악 괴성을 내
질렀다. 간드러지게 몸도 비틀었다. 포사크는 그런 모습을
바라보다 돌아 앉았다. 할로샤의 요염한 웃음이 들려올 때마
다 포사크는 신음을 토하면서 땅바닥을 긁어대다가 자리를
차고 일어났다. 가만히 쓰러져 있을 수만 없다는 표정이었
다. 포사크는 기다시피 격전장을 빠져 나와 한적한 암초 위
로 올라갔다.

　과아, 과아, 과과과…….
포사크는 암초 위에서 울었다. 몇 시간을 울어도 패배의 아
픔이 사라지지 않는지, 밤이 깊어서야 일어났다. 축제의 환
호는 그때까지 들려왔다. 포사크는 절룩거리면서 암초를 내
려와 바다에 몸을 묻었다. 그리고는 물 위에 뜬 채 오래도록
환호가 들려오는 곳을 지켜보다 고개를 돌려 찬찰래 군도를
빠져 나왔다.

　심해로 향하는 협수로는 길고 길었다. 포사크는 그 긴 협
수로를 빠져 나와 몇 번이나 뒤돌아보았다. 소정은 포사크의
그런 몸짓을 할로샤에 대한 미련 때문이라고 생각했다.

　바다는 다시 만조가 되어 차일처럼 출렁거렸다.

　포사크는 고통스럽게 파도가 밀려오는 바다를 헤쳐나갔다.
유성 하나가 길게 꼬리를 끌면서 바다 속으로 뚝 떨어지는
모습이 가슴을 써늘하게 했다.

　다시 날이 밝았다. 어둠이 물러나자 바다는 더욱 거칠어졌
다. 소정은 창공을 가르는 파도 조각이 성엣장보다 더 차갑
게 느껴졌다.

　포사크는 그런 바다를 계속 헤쳐 나갔다. 유랑의 길은 며

칠간 계속되었다. 그러던 어느날 포사크는 전방을 바라보면서 까옥까옥 환호를 터뜨렸다. 바다 저쪽에 희끄무레하게 무인도가 나타났던 것이다. 엷은 안개 자락이 감돌고 있는 섬은 신비스러우리만큼 아름다왔다. 깎은 듯한 절벽과 기암괴석, 금시 와르르 무너질 듯한 담적색의 돌기둥, 그 끝에는 이름 모를 물새들이 한가로이 앉아 있었다. 포사크는 환호를 터뜨리며 무인도 곁으로 다가갔다. 마침 썰물이어서 섬은 허리께를 수면 위에 내어 놓고 있었다.

포사크는 천적을 경계하는 눈초리로 섬 주위를 한 바퀴 돌면서 유심히 살폈다. 하지만 생명에 위협을 줄만한 천적은 보이지 않았다. 포사크는 두려움에서 풀려난 듯 섬으로 올라갔다. 암초 밑에서 게들이 엉금엉금 기어나왔다. 포사크는 떼를 지어 기어나오는 게들을 앞다리로 세차게 후려쳤다. 손바닥 만한 게 몇 마리가 일격에 벌렁 나자빠졌다. 포사크는 게의 가슴패기를 우지직 씹었다. 게 여남은 마리가 잠시만에 밥이 되었다.

포식을 하고 난 후 포사크는 수초가 쓰러져 있고 심해 곤충이 기어다니는 섬의 허리께로 기어오르다가 큰 바위 밑에 퍼질러 앉았다. 잠을 자기에는 적당한 곳이었다. 포사크는 긴 행로의 여독이 밀리는지 우르르 달아나는 새들과 곤충들을 지켜보며 눈을 깜박거려대다가 깊이 곯아떨어졌다.

밀물이 시작되었다. 포사크는 배 밑으로 섬뜩한 바닷물이 스며들자 눈을 떴다. 아득히 물러나 있던 바다가 그새 허리 밑에서 출렁거렸다. 썰물 때 잠이 들어 깨어났으니 포사크는 거의 열 두 시간을 잔 것이다. 포사크는 후드득 몸을 털고 일어나 바다 속으로 뛰어들어갔다.

소정은 포사크의 행적을 뒤쫓다가 혼자 감탄했다. 바다 밑이 그렇게 아름다우리라고는 상상도 못했던 것이다. 수초 속을 헤집고 다니는 붉고 검은 어류들, 대밭을 연상하게 하는 수림과 해저 구릉, 끝없이 이어지는 바위 계곡 등 문명의 물결이 스며들지 못한 바다 밑을 포사크는 종횡무진 누비다가 다시 섬으로 돌아왔다.

가파른 벼랑과 산호초처럼 돌기둥들이 쭈빗쭈빗 솟은 섬은 그새 어둠에 묻혀가고 있었다. 포사크는 험악한 암초와 돌기둥들을 타고 정상으로 올라가 함성을 지르면서 바다로 뛰어 내렸다. 제 깐에는 무예를 닦는 게 분명했다.

그런 훈련은 이튿날도, 그 이튿날도 계속되었다. 포사크는 잠에서 깨어나기가 무섭게 바다로 뛰어들었고, 앞을 막고 지나가는 문어를 잡아 조반을 즐긴 뒤 섬으로 돌아와 암초 위로 기어오르고, 떨어지고, 또 기어오르면서 시간을 보내곤 했다. 그러다간 태양이 무르익을 때는 우둘두둘한 암벽에다 표피를 문질러댔다.

하루하루 시간이 흐르자 포사크의 몸은 군살이 말끔이 빠지기 시작했다. 육중하던 몸은 날씬하리만큼 가볍고 민첩해 보였다. 어깨죽지의 견갑골근과 등줄기 사이로 뻗어내린 활배근은 들쥐를 통째로 삼킨 뱀의 복부처럼 징그럽게 꿈틀거렸다.

그무렵 빌리안을 제왕으로 받들던 물개떼들은 적도 부근에서 긴 겨울을 보내고 북상하기 시작했다. 포사크는 그들을 만날 듯 원양을 헤쳐 나갔다. 며칠간 넓은 바다를 홀로 헤쳐

나가다가 수평선 쪽을 바라보면서 몸을 떨었다. 바다를 쓸어
가는 해조음에 섞여 물개떼들의 함성이 들려왔던 것이다.

쿠왁! 쿠왁! 쿠쿠쿠…….

포사크는 주르르 눈물을 흘리면서 긴 물줄기를 뿜어올렸
다. 구름 한 점 없는 하늘이 자꾸 내려앉는 듯했다. 포사크
는 그런 하늘을 바라보며 긴 물줄기를 뿜어 올리다가 바다
깊이 자맥질했다. 먼 길을 달려오던 물개떼들이 이동을 멈추
고 소리를 질렀다.

구왁, 구와, 구구구!

대열 앞에 서 있던 팔팔한 수컷들이 꼬리를 흔들면서 또
소리쳤다.

그들은 포사크를 기억하고 있는 게 분명했다. 행군을 중지
하고 뒷쪽으로 계속 신호를 보냈다. 그러자 전체가 행군을
멈추었고, 몇몇 수컷들이 빌리안 쪽으로 다가갔다. 포사크는
수면 위에 머리를 내놓은 채 그런 모습을 잠잠히 보고만 있
었다.

까악, 까악, 까까까!

우락부락한 수컷들이 다가오면서 다시 소리쳤다. 포사크는
앞다리를 높이 들고 같이 소리쳤다. 다가온 수컷들이 크르릉
물줄기를 뿜어 올리면서 포사크 주위를 맴돌았다. 포사크는
그들의 주둥이를 핥아주면서 물을 뿜어 올리다가 그들을 따
라 빌리안 곁으로 다가갔다. 호위병들 속에 오연하게 서 있
던 빌리안이 꼬리로 수면을 탁탁쳤다.

소정은 빌리안의 그런 행동이,

"여어! 포사크 오랜만이군?"

하는 인사같이 느껴졌다.

　얼마 후 물개떼들은 기스므 해역으로 다시 이동했다. 기스므 해역은 찬찰래 군도에서 약 50해리 떨어진 곳이었다. 빌리안은 거기서 언틸드와 자부라 일행을 만나기로 했던 것이다.

　빌리안은 언틸드와 자부라 일행을 만나면 다시 우랏새 군도로 이동할 계획이었다. 거기서 그들은 신년도 축제를 벌일 계획이었다. 포사크는 빌리안으로부터 그들만이 통하는 몸짓으로 그런 이동계획을 듣고 전방지휘를 맡겠다고 자청했다. 포사크는 지난 일 년간 이 해역을 홀로 내왕하면서 사냥을 했는데 그런 사연을 전해 들은 빌리안은 흔쾌히 포사크에게 전방지휘권을 위임했다.

　포사크는 제왕의 명령을 받들면서 기스므 해역까지 무사히 대열을 인솔했다. 연한 코발트를 풀어 놓은 듯한 기스므 해역은 푸르고 맑았다. 빌리안은 천적의 위협이 없다고 판단되는지 휴식명령을 내렸다.

　수백 마리가 넘을 듯한 물개들이 일제히 까악까악 환호를 내지르면서 이리저리 흩어졌고, 온몸이 반점투성이인 언틸드가 나타났다.

　소정은 식식거리며 다가온 언틸드의 모습을 유심히 지켜보았다. 유난히 목이 굵고 눈이 쭉 찢어진 언틸드는 수염이 무성했다. 고개를 돌릴 때마다 목 밑 살이 물결처럼 출렁거렸다.

　소정은 언틸드의 체중이 포사크의 두 배는 될 듯해 징그러운 느낌까지 들었다. 그런데다 체장은 짧으니까 전체적인

모습은 아가리가 작은 항아리 같은 느낌이 드는데도 언틸드
는 그 우람한 몸을 이리저리 움직이면서 계속 함성을 질러
댔다.

  그 함성을 들은 듯 저만큼 떨어진 물 속에서 자부라가 또
나타났다. 자부라는 목이 길고 앞다리가 짧았다. 표피는 털
갈이하는 짐승처럼 듬성듬성 맨살이 드러나서 보기 흉했다.

  자부라 옆에는 젊은 리더들이 태평스럽게 휴식을 취하고
있었다. 그 속에는 작년에 포사크에게 패했던 파미르·티미
르·이밧차·에쉬나의 모습도 보였다. 모두가 작년에 비해
몸집이 불었고, 몰라보게 성장한 모습이었다.

  그들은 언틸드가 계속해서 앞다리를 치자 엎치락뒤치락
하면서 언틸드 곁으로 다가갔다. 그들은 다시 함성을 질러대
면서 포사크와 빌리안 곁으로 다가갔다. 서로 맞닥뜨려 표피
를 핥아주던 놈, 몇 마리씩 짝을 지어 수중을 돌아다니던
놈, 물을 뿜어 올리던 놈, 끄악끄악 소리치던 놈, 드러누워
있던 놈들이 그들이 다가오자 기뻐 날뛰는 몸짓으로 또 환
호를 터뜨렸다.

  빌리안은 부하들의 그런 환호를 듣고 있다가 과악과악 함
성을 질렀다. 그들은 함성을 신호로 다시 이동하기 시작했
다. 빌리안이 금년도 축제장소로 내정한 우랏새 군도를 향해
또 행군을 계속하는 게 분명했다.

  우랏새 군도는 작년에 빌리안이 밀월여행을 한 곳이었다.
조석간만의 차가 심해 간조 때가 되면 물 속에 잠겨 있던
암초와 크고 작은 무인도가 떼를 이루듯 무수히 드러났고,
선박의 왕래도 드물었다. 그들의 생존을 위협하는 천적도 서

식할 수 없는 곳이어서 그들은 하나같이 희망과 의욕으로
가득차 있는 모습들이었다. 외세로부터 위협이 없고 먹이가
풍부한 곳, 설사 외세의 위협이 있다 해도 만조를 이용해 깊
은 바다로 도피할 수 있는 조건을 갖춘 곳이 그들이 찾는
이상적인 축제 장소인데, 제왕이 선택한 우랏새 군도는 바로
그런 조건들을 두루 갖춘 곳이라고 그들은 리더로부터 누차
전해 들은 것이다.

 포사크도 그런 입지 조건을 갖춘 곳에서 왕위 계승전을
갖는다는 것이 무척 흡족한 모양이었다. 대열의 맨 앞에서
전방지휘를 맡으면서도 계속 포효했고, 산더미 같은 파도가
밀려올 때면 재빨리 잠수 신호를 보내면서 힘 있게 앞질러
나갔다.

 소정은 포사크의 그런 모습이 예사로 보이지 않았다. 다른
물개들은 제왕의 휘하에서 생존에 대한 두려움마저 잊으면
서 편안히 겨울을 보냈는데, 홀로 생존에 대한 위협을 극복
하면서 무예를 닦은 포사크가 동물들의 세계에서는 과연 영
광을 차지할 수 있을까 하는 생각이 밀려왔기 때문이었다.

 그들은 이틀 만에 우랏새 군도에 도착했다. 대이동 중 실
종자도 생겼고 부상자도 늘어났다. 빌리안은 종족의 생존을
책임진 제왕답게 각 리더들로부터 사고보고를 받은 뒤 곧장
탐색조를 편성해 군도의 정찰을 명령했다. 포사크는 탐색조
의 우두머리가 되어 군도를 정밀하게 탐사했다.

 수초가 어우러진 협수로 쪽에는 그새 상륙하는 각 진영의
리더들이 보이기 시작했다. 바다는 막 간조가 끝난 뒤여서
황량한 느낌마저 들었다. 빌리안은 호위병들과 같이 군도의

끄트머리에 서서 탐색조의 활동을 지켜보고 있었다. 안개가 완전히 걷힌 해역은 유난히 시야가 확 틔여 있었고 우랏새 군도가 끝나는 저쪽에 미국 성조기가 펄럭거리는 프리빌로 프 군도가 어렴풋이 보였다.

포사크는 우랏새 군도의 정찰을 끝마치고 암초의 높은 봉우리로 올라갔다. 각 암초 밑을 돌아보는 수색병들이 까악까악 소리치면서 계속 섬을 돌아다녔다. 그들은 끼리끼리 통하는 신호로 포사크와 계속 연락망을 유지했고, 한 치의 오차도 없이 우랏새 군도의 안전도를 탐색하려고 심혈을 기울이는 듯했다.

군도는 그들의 생존을 위협할 천적의 흔적은 없었다. 평원도 넓고 아늑했다. 먹이도 풍부했다. 그러나 사람이 다녀간 듯한 흔적이 동쪽 암벽 밑을 탐색하던 리더에 의해 발견되었다. 고무 보트가 암벽 밑에 매달려 있었고, 협수로가 좁아 긴급 도피도 불안했다.

이런 취약점을 면밀하게 살펴보고 온 리더들이 포사크 주위로 몰려들었다. 그들은 특유의 후각과 몸짓으로 의사를 전달하면서 포사크에게 탐색 결과를 보고했다. 포사크는 그들의 견해를 종합해 판단을 내렸는데 그들의 공통된 견해는 규모는 크나 찬찰래 군도보다 제반 조건이 떨어진다는 것이었다. 그래서 새로 상륙지를 물색하는 것이 불가피하며, 미지의 위험을 배제하기 위해서는 도리없이 세인트로바까지 이동해야 된다고 의견을 모았다.

포사크는 중지가 모아지자 군도의 높은 봉우리를 내려와 리더들과 같이 빌리안 곁으로 다가갔다. 포사크는 정찰조의 우두머리답게 맨 앞에 나가 앞다리를 폈다 오무렸다 했고, 어느 때는 뒷다리로 땅바닥을 탁탁 치면서 리더들의 탐색결과를 빌리안에게 종합적으로 보고했다.

빌리안은 호위병들 속에 둘러싸여 포사크의 보고를 당당하게 받았다. 그는 전종족의 생존권을 장악하고 있는 제왕이었던 것이다. 그는 포사크가 평원이 넓고 아늑하다고 했을 때 만족하게 앞다리를 살래살래 흔들면서 동감하는 표정을 지었다. 그러나 포사크가 신랄하게 취약점을 지적할 때는 크롱 하고 노기까지 뿜으면서 화를 냈다. 거기다 포사크가 협수로가 좁아 긴급도피가 불안하며, 고무보트가 매달려 있는 것으로 봐선 필시 사람이 다녀간 것이 분명하니 다시 축제장소를 물색하자고 건의를 올렸을 때는 뒷다리로 땅바닥을 탁탁 치면서 괴성까지 질렀다.

포사크와 각조의 리더들은 빌리안의 그런 분노를 두려워하면서도 계속 구어어 구어어 하면서 울부짖었다. 소정은 포사크와 각 진영의 리더들의 행동이 깊이 고려해 달라는, 제왕에 대한 부하의 뜨거운 충성심같이 느껴졌는데 빌리안은 그 충성스러운 부하들의 진언과 정확한 보고마저 일축하면서 성큼성큼 포사크 앞으로 나왔다.

빌리안은 포사크와 각 조의 리더들을 세워 놓고 자신의 주장을 늘어놓았다. 그는 우랏새 군도가 결코 위험스러운 곳이 아니라고 고집했다. 작년에 암컷들과 밀월여행을 즐긴 곳이라 누구보다 이 지역의 특성을 잘 안다고 자신의 권위를 세우려고 노력했으며, 인간이 다녀간 듯하다고 주장하는 포사크와 각 리더들의 견해는 전혀 근거가 없는 기우라고 일축해 버렸다. 대이동 중 낙오자와 실종자가 속출했고 이동의 노역에 지쳐 연약한 아녀자가 지칠대로 지쳐 있는데 다시 세인트로바까지 이동한다는 것은 얼토당토 않은 발상이라면서 왕권으로 우랏새 군도에서 왕위계승전을 치를 것도 명령해 버렸다.

　군도를 면밀하게 탐색하던 포사크와 각 조의 리더들은 묵묵히 본대로 돌아가 빌리안의 명령에 따를 수밖에 없었다. 그들에겐 부하를 지휘할 수 있는 권한과 종족을 보호하기 위해 외세와 싸울 수 있는 권한은 없었기 때문이었다. 그들은 빌리안으로부터 지휘권의 일부를 위임받아야만 종족을 보호하는 일도 가능한데, 빌리안이 심사가 뒤틀려 지휘권의 일부마저 위임해 주지 않으면 죽어가는 종족을 지켜보면서도 휘하의 부하 하나 임의대로 지휘할 수 없는 것이 포사크와 각 리더들의 처지였다. 빌리안의 절대권 속에는 종족보호권·상륙지 선택권·외세와 대항해 싸울 수 있는 작전통제권까지 포함되어 있었으며, 그 권한을 함부로 침해하면 왕명에 의해 처벌되는 무시무시한 길만이 남아 있었기 때문이었다. 소정은 각 리더와 포사크의 처지가 남의 일 같지 않았다.

　과악! 과아악! 과과과…….
　빌리안이 경비병을 차출하라고 또 명령을 내렸다. 경비병들은 축제기간 동안 대해로부터 침투해 올 천적이나 사람을 경계해야 되었고, 성년식을 끝마친 수컷이면 누구나 한 번씩 경비병의 의무를 부담해야 되었다. 때문에 경비병들에게는 왕위 도전권이 없었고 관람권마저 제한되었다. 이런 제한은

새로운 제왕이 선정되어 지휘권을 인수할 때까지 계속되었
다.

　얼마 후 경비병들이 차출되어 변방으로 배치되었다. 군도
는 어느새 물샐틈없는 경계태세에 들어갔다. 빌리안은 그런
경계태세를 확인한 뒤 개전을 선언했다. 격투장 주변에는 수
많은 물개떼들이 몰려나와서 군집을 이루었다. 암컷들은 강
자의 씨앗을 받아 새로운 생명을 잉태시키려고 번들거리는
눈길로 도전자들의 거동을 살펴보고 있었다.

　빌리안의 총애를 받던 파미르가 당당하게 격투장 안으로
들어왔다. 많은 암컷들이 그를 환영하듯 목을 길게 빼고 하
늘을 향해 까악까악 환성을 터뜨렸다. 자부라도 그에 뒤질세
라 격전장 안으로 뛰어들었다. 파미르는 기선을 제압할 듯
식식거리며 격투장을 빙글빙글 돌았다. 그런 모습을 묵묵히
지켜보고 있던 빌리안이 뒷다리로 땅바닥을 탁탁 쳤다. 그러
자 파미르가 선제공격을 퍼부었다. 자부라는 주무기인 암석
날리기로 파미르의 접근을 피하면서 상대의 허점을 찾으려
고 애를 썼다. 파미르는 자부라의 그런 행동을 용납할 수 없
다는 듯 저돌적으로 밀고 들어가 목덜미를 물고 늘어졌다.
자부라도 앞다리로 파미르의 뱃가죽과 겨드랑이를 할퀴며,
물고 뜯었다. 격투장은 번뜩거리는 시선만 오고갈 뿐 숨소리
마저 잦아드는 느낌이었다.

　얼마 후 자부라가 목덜미에 선혈을 흘리면서 나가떨어졌
다. 파미르는 기세 등등하게 격투장을 돌면서 다음 도전자를
기다렸다. 앞 뒤 분별도 없이 왕위에 눈이 어두워 설치기만
하던 신진들의 접전이 물고 물리면서 한동안 계속 되더니

왕위전은 바야흐로 중반을 치닫기 시작했다.

그래도 진정한 강자는 나타나지 않았다. 기고만장한 신진들이 뛰어나와 두어 번 승리를 하다가는 숨은 복병한테 쓰러지고, 복병도 승리에 승리를 거듭하다가 제3의 도전자 앞에 쓰러지면서 왕위전의 향방만 애매하게 해놓은 듯했다.

그런 혼란이 언틸드 앞에서 일단 주춤했다. 언틸드는 겁없이 왕위에 도전하는 주전들을 대거 여섯 놈이나 거꾸러뜨렸던 것이다. 그러자 티미르·이밧차·에쉬나 등이 지레 겁을 먹고 도전을 포기해 버렸다.

포사크는 그때까지 전력만 살피고 있었다. 언틸드는 마치 제왕이라도 된 듯 까옥까옥 함성을 터드리면서 포사크를 노려보았다. 만약 포사크마저 언틸드의 도전을 받아주지 않는다면 바로 빌리안에게 도전장을 던질 태세였다.

포사크는 앞으로 나갔다. 싸움을 걸어올 때 받아주지 않으면 겁을 먹고 물러난 패자가 되는 것이다. 포사크는 앞다리로 땅바닥을 긁어대면서 싸울 자세를 취했다. 격투장은 또 살기가 돌 만큼 긴장이 흘렀고, 언틸드는 눈싸움을 하듯 한동안 포사크를 노려보다가 휘익 몸을 날리면서 포사크의 복부를 강타했다. 포사크는 회전하듯 몸의 방향을 바꾸면서 정타의 위력권에서 벗어났다. 빗나간 공격이지만 아랫배에 충격을 받은 게 분명했다. 포사크는 왼쪽 앞다리를 두어 번 흔들면서 긴장된 표정으로 언틸드의 앞다리를 노려보았다. 언틸드는 재빨리 방어자세를 취하면서 포사크의 공격에 대비했다.

“꽥! ”

기성을 지르면서 공중으로 뛰어올랐다. 그러다가는 언틸드가 서 있는 곁으로 내려서면서 주변을 맴돌았다. 언틸드의 집중력이 한순간 혼미해지는 듯했다. 포사크는 그 순간을 이용해 언틸드의 안면을 뒷다리로 덮어쳤다. 퍼억, 하는 소리가 났고, 언틸드는 한 대 오지게 얻어 맞은 것이 몹시 아픈지 꽥 소리를 내면서 물고 늘어지기 수법으로 공격해 왔다. 포사크는 기민하게 몸을 돌려 언틸드의 공격을 피했다. 언틸드는 더욱 약이 오른 표정으로 포사크를 뒤쫓으면서 몇 차례 복부를 공격했다. 포사크는 그의 공격을 방치하듯 몸의 방향만 바꾸면서 몇 차례 맞아주고 있었다.

언틸드는 자신의 공격이 먹혀 들어가자 난타전을 벌이듯 앞다리를 계속 사용했다. 포사크는 그 순간 날렵하게 뛰어올랐다가 떨어지면서 앞다리로 언틸드의 목덜미께를 세차게 후려쳤다. 언틸드는 꽈악 하고 비명을 질렀고, 포사크는 언틸드의 견갑골근을 물고 늘어지면서 같이 뒹굴었다. 성게와 암석을 씹으며 견치를 날카롭게 갈아온 포사크의 이빨은, 맨살이 듬성듬성한 언틸드의 견갑골근을 대번에 꿰뚫었다. 언틸드는 심하게 어깨를 흔들어 대다가 포사크의 의도대로 끌려다니면서 비명을 터뜨렸다. 그래도 포사크는 집요하게 언틸드의 견갑골근을 물고 늘어졌다. 갓 잡아놓은 짐승처럼 발악을 해대던 언틸드가 축 늘어지면서 게거품을 내뿜었다. 포사크는 앞다리를 풀면서 언틸드의 견갑골근을 문 채로 흔들었다. 언틸드의 어깨죽지에서 피가 분수처럼 흘러내렸다.

과악, 과악, 곽곽곽.

빌리안이 포사크의 승리를 확인하면서 다음 도전자의 신

청을 받았다. 포사크는 다음 도전자를 기다리면서 격투장을
빙글빙글 돌았다. 싸우고 싶은 놈은 누구든지 나오라고 소리
까지 쳤다. 그때 자부라와 맞붙어 형세가 불리하자 기권해
버린 파미르가 왕위에 대한 유혹을 버리지 못해 기회만 살
피고 있다가 또 격투장 안으로 들어왔다. 진정한 강자가 나
타날 때까지 계속되는 왕위전은 한 번 졌다고 끝나는 것이
아니라 서전에서 패배했던 도전자까지 받아주면서 왕위를
계승해야만 강력한 왕권으로 전종족을 통치할 수 있는데, 파
미르는 자기보다 강한 자가 다른 도전자에게 패하기를 기다
리면서 기회를 엿보다가 또 왕권에 도전하는 것이었다.

  소정은 동물의 세계에서도 저런 기회주의자가 존재하는구
나 싶어 슬펐지만, 포사크는 의연하게 파미르를 받아들였다.
파미르는 호기를 부리듯 크릉 하고 괴성을 내뱉다가 육중한
몸을 갑자기 곤두세웠다. 포사크는 큰일날 뻔했다는 표정으
로 얼른 몸을 돌렸다. 파미르는 포사크의 안면이 보일 때는
씹고 있던 모래를 쏘고 그렇지 않을 때는 체중을 이용한 깔
아뭉개기 전법으로 포사크의 기선을 제압하려고 했다. 포사
크는 파미르의 그런 의도를 알아차리는 순간부터 앞다리를
내어주면 상체의 기능을 상실한다는 것은 포사크는 본능적
으로 감지하는 듯했다.

  포사크는 상체를 내어주지 않으려고 계속 파미르를 따라
돌다가 갑자기 회전방향을 바꾸어 머리로 파미르의 안면을
들이받았다. 그러고는 파미르의 눈을 후벼 파면서 아랫턱을
물어뜯으려고 했다. 그러다 실수하여 파미르의 상체 밑에 깔
렸다. 파미르는 호기를 잡은 듯 포사크의 앞다리 사이로 머

리를 쑤셔 넣으며 상체를 조이기 시작했다. 포사크는 파미르의 앞다리 힘을 감당하지 못해 바르르 몸을 떨어대다가 머리를 파미르의 가슴패기 밑으로 밀착시키면서 겨드랑이를 지끈 깨물었다.

까! 까! 까우—.

파미르가 다급한 비명을 지르면서 순간적으로 앞다리의 긴장을 푸는 듯했다. 포사크는 그 순간을 이용해 민첩하게 빠져나오면서 파미르의 눈두덩을 후려쳤다. 파미르가 다시 비명을 지르면서 뒤로 벌렁 자빠졌다. 포사크는 절호의 기회를 잡은 듯 앞 발톱으로 사정없이 파미르의 안면을 긁으면서 아랫턱을 깨물었다. 파미르는 심하게 몸을 뒤틀었으나 턱뼈 사이로 포사크의 날카로운 견치가 뚫고 들어와 힘을 쓰지 못했다. 포사크는 파미르의 아랫턱을 계속 물고 늘어지면서 파미르의 복부를 뒷발톱으로 긁어댔다. 파미르의 기름진 뱃구레에서 선홍색의 피가 흘러내렸다. 포사크는 파미르의 아랫턱을 풀면서 재빨리 빠져 나와 다시 안면을 후려쳤다.

소정은 포사크의 앞다리가 지배집단에 빌붙어 안주하면서 살만 찐 자들을 요절내는 몽둥이 같이 느껴져 속이 다 후련했다. 말만 통하면,

"포사크야! 그런 기회주의자들은 다시 일어나지 못하게 아주 짓이겨 놓아라."

하고 응원하고 싶어 못 견딜 지경이었다.

포사크는 마치 그녀의 속을 훤히 들여다본 듯 신나게 파미르의 눈두덩을 후려치다가 뒷다리 활력근을 깨물고 같이 뒹굴기 시작했다. 살이 쪄 항아리 같은 파미르는 패배의 낙

인 같은 선혈을 질질 흘리면서 포사크의 의도대로 끌려다녔
다. 파미르는 숨이 끊어진 주검이나 다름 없었다. 포사크는
그때야 파미르를 풀어 놓았다. 몇몇 떠꺼머리들이 달려 나와
파미르의 늘어진 몸뚱이를 끌고 나갔다. 격투장의 분위기는
살벌하기까지 했다. 포사크는 하늘을 보며 포효했다. 기회를
엿보고 있던 몇몇 도전자들이 꼬리를 옹그려 붙이고 물러났
다.

소정은 기권하는 수컷들의 초라한 모습을 보면서 야생동
물에게도 승부와 손익에 대한 계산능력이 있고 죽음에 대한
공포와 자신이 행한 짓을 뒤돌아보는 기억력이 있구나 하는
사실을 깨달았다. 그것은 정말 값진 발견이었다.

까악! 까악!

포사크가 다시 포효하면서 빌리안에게 격투를 요청했다.
빌리안도 그런 도전 앞에서는 견딜 수가 없는지 과악과악
소리치면서 격전장 안으로 뛰어들어왔다. 물개들은 갑자기
양분되기 시작했다.

소정은 바짝 긴장한 표정으로 포사크를 바라보았다. 포사
크의 얼굴은 바늘로 찔러도 피 한 방울 흐르지 않을 만큼
냉정해지고 있었다. 지난 해와는 판이한 모습이었다. 최후의
순간까지, 왕위를 계승할 때까지는 어떤 분위기와도 타협하
지 않겠다는 의지가 서늘한 눈빛 속에서 흘러내렸다.

곽, 곽곽……

빌리안이 싸울 준비를 갖추고 같이 포효했다. 소정은 그들
의 대결이 서로 물러설 수 없는 생명을 건 운명의 한 판 같
았다. 포사크는 포사크대로 기어이 왕위를 쟁취하겠다고 대

항했다. 둘은 한동안 눈싸움만 벌이면서 상대의 허점만 찾고
있더니, 포사크가 먼저 격투장 중앙으로 들어오면서 빌리안
의 안면과 목덜미를 가격했다. 빌리안의 얼굴에 일순 불안이
깔리는 듯했다. 그는 포사크보다 행동이 느려서, 재빠르게
공격해 오는 포사크의 앞발을 계속 허용하면서 몸의 방향만
변칙적으로 바꿔댔다.

포사크도 빌리안의 그런 대응에 표정이 일그러졌다. 자신
의 의도대로 빌리안이 끌려오지 않는다는 표정이었다. 그 순
간 이리저리 상체만 움직여대던 빌리안이 재빠르게 포사크
의 안면을 치면서 달려들었다.

까악!

포사크는 얼떨결에 비명을 지르면서 몸의 방향을 바꾸었
다. 간신히 정타권에서 벗어났지만 얻어맞은 눈두덩이 몹시
아픈 모양이었다. 포사크는 한층 경계하는 눈빛으로 빌리안
을 노려보았다.

크릉!

빌리안은 다시 용을 쓰면서 포사크의 안면을 기습했다. 포
사크는 날쌔게 몸의 방향을 바꾸면서 후들후들 하체를 떨었
다. 몸은 비록 비대해도 치고 들어오는 순발력이 두려운 모
양이었다. 빌리안은 절호의 공격기회를 놓친 듯 계속 포사크
의 주위를 맴돌면서 겁을 주더니 비호같이 돌진하며 머리로
포사크의 안면을 들이받았다. 포사크는 보기 흉하게 나가떨
어졌다. 빌리안은 호기를 잡은 듯 포사크의 주위를 빙글빙글
돌면서 포사크의 턱주가리를 가격했다. 포사크는 다시 나가
떨어지면서 돼지 멱따는 소리를 내었다. 빌리안은 다시 포사

크의 귀싸대기를 후려쳤다.

　포사크는 자라처럼 몸을 웅크리면서 달라붙을 기회를 찾았다. 빌리안이 그걸 용납하지 않았다. 계속 타격거리를 유지하면서 포사크의 눈두덩을 집중적으로 가격했다. 포사크는 철철 피를 흘리면서 무방비 상태로 걷어차였다. 빌리안은 포사크의 목덜미를 물고 늘어지려고 바짝 다가갔다. 그때 포사크가 발악하듯 뒷발톱으로 빌리안의 안면을 긁었다. 빌리안이 움찔 몸을 떨면서 공격을 중단했다. 포사크는 그때 바싹 달라붙으면서 빌리안의 뒷다리 활력근을 물어뜯었다. 빌리안이 아픔을 못 참아 상체를 비틀면서 배를 보였다. 포사크는 살찐 뱃구레가 드러나자 재빨리 고개를 밀어넣어 빌리안의 앞다리를 감았다.

　빌리안은 어이없이 앞다리를 내주고 말았다. 포사크의 뒷다리에 걸려 허수아비처럼 벌린 상태가 되었고, 뒷다리는 포사크의 앞다리에 감겨 요지부동이었다. 포사크는 그런 상태에서 빌리안의 활력근을 집요하게 물고 늘어졌다. 빌리안은 앞다리와 뒷다리가 묶여있는데다 활력근마저 물어뜯기고 있는 상태라 빠져 나올 수가 없었다. 그는 제왕답지 않게 처절하게 몸을 떨면서 비명만 질러댔다. 뒷다리 밑에는 피가 흥건하게 괴어들었으나 앞다리가 포사크의 뒷다리에 감겨 있어 고개조차 굽히지 못했다. 작년 같으면 포사크의 체중 정도는 배 힘으로 떨쳐버릴 수가 있었는데 일년 내내 암컷을 끼고 밀월을 즐긴 몸은 그마저도 들어주지 않았다.

　빌리안은 발악적으로 몸을 비틀면서 뒹굴기 시작했다. 포사크는 얼른 떨어져 나와 하체를 못 쓰는 빌리안의 상체를 후려쳤다. 빌리안은 일어났다가는 쓰러지고, 쓰러졌다가는 또 일어나면서 비명을 질렀다. 포사크는 빌리안의 시야마저 차단할 듯 눈두덩을 집요하게 공격하더니 목덜미를 물고 달라붙었다.

빌리안은 명줄마저 내준 격이 되었다. 절대권을 행사하던 제왕의 권위와 위엄은 찾아볼 수가 없었다. 수많은 암컷들을 거느리고 밀월을 떠나던 장대한 기골도 이제는 하나의 고깃덩이에 불과했다. 빌리안은 앞다리마저 축 늘어뜨리며 눈을 감았다.

피비린내 나는 권력투쟁은 마침내 종반으로 접어들었다. 포사크는 피묻은 주둥이를 쓱쓱 핥으면서 빌리안으로부터 떨어져 나왔다. 몇몇 떠꺼머리 총각들이 뛰어나와 빌리안의 노구를 끌고 들어갔다. 포사크는 하늘을 보면서 또 포효했다. 티미르·이밧차·에쉬나가 차례로 들어와 대항했으나 포사크는 그들의 목덜미마저 잔인하게 씹어놓았다. 무인도에서 철저한 고독과 고통을 감내하면서 단련한 견치는 그들의 숨통과 근육을 끊어놓는 무서운 칼날과 같았다. 셋은 허망하게 무너져 동료들에 의해 끌려 나갔고 나머지 도전자들은 격투장 안에도 들어오지 않고 슬금슬금 피해버렸다.

물고 물리는 접전 속에 도전자가 없을 때까지 계속되는 왕위계승전은 3일 만에 끝이 났다. 포사크의 집요한 승부근성 앞에 모두 무릎을 꿇은 것이다. 포사크는 당당한 최후의 승리자가 되어 왕권을 계승했다.

소정은 포사크의 승리가 그렇게 신성해 보일 수가 없었다. 그가 따낸 승리는 협잡과 음모가 없었고 단순하리만큼 순수했고 원색적이었고 본능적이었다. 그러기에 포사크가 따낸 승리는 더 위대해 보였고, 인간이 치르는 왕위계승전과는 비교할 수가 없었다. 인간은 오히려 원색적이고 단순한 동물들로부터 투쟁하는 법을 배워야 된다는 생각까지 들었다.

포사크는 마지막 도전자마저 사라지자 하늘을 우러러 포효하면서 격투장 바깥으로 나왔다. 그는 다음 후계자가 나타날 때까지 그네들 세계에서 당당히 제왕으로 군림하면서 모든 통치권을 장악했다.

수많은 물개떼들이 새로운 제왕의 등극을 경축하듯 환호를 지르면서 날뛰었다. 군도는 물개떼들의 함성으로 떠나갈 듯 소란스러워졌다. 포사크는 그런 축제 분위기 속에서 또 다른 생명을 얻는 듯했다. 찢어지고 할퀴고 물어뜯긴 몸이지만 당당하게 시녀들의 안내를 받으며 침소로 들어갔다.

침소에는 많은 암컷들이 기다리고 있었다. 그 속에는 한 자식의 어머니가 된 할로샤가 눈물을 글썽이며 앉아 있었다. 포사크는 그녀 곁으로 다가가 비스듬히 드러누웠다. 할로샤는 제왕이 된 포사크가 과거 자신이 버린 연인이라는 걸 아는지 모르는지, 포사크를 흠모하는 암컷들과 섞여 밤새도록 혀를 날름거리며 상처난 포사크의 몸을 정모(情慕)했다.

암컷들은 포사크의 몸이 점차 회복되어 가자 발정을 내기 시작했다. 그들은 한시도 포사크 주위에서 떨어지지 않았다. 강인한 제왕의 씨앗을 점지받아 후손을 이으려는 욕망이 그들의 샅에서 끈적끈적한 점액성 분비물처럼 흘러내렸다.

소정은 저 많은 암컷들의 욕망을 포사크가 어떻게 다 감당해 낼 것인가 싶어 입이 딱 벌어졌다. 그리고 자신도 모르게 얼굴이 화끈해지는 것 같아 곁에 앉은 상미의 손을 꼭 쥐었다. 상미는 재미있다는 듯 생긋 웃었다.

밤이 지나고 다시 새벽이 왔다. 우랏새 군도는 베일 같은 안개가 벗겨지면서 여명이 밝아오고 있었다. 포사크는 암초의 꼭대기에서 종족을 보호하다 천천히 평원으로 내려왔다. 포사크 뒤엔 밤새 떨어지지 않고 정모하던 암컷들이 꽁무니를 뒤뚱거리면서 따라왔다. 포사크는 흥분과 행복감이 도취된 눈빛으로 암컷들을 데리고 바닷가로 걸어갔다. 소정은 한 마리가 아닌, 열 마리가 넘는 암컷들을 거느리고 밀월을 떠나는 포사크를 지켜보다 어이없이 웃고 말았다. 물개를 정력의 화신이라고 말은 하고 있지만 수컷 한 마리가 열 마리가 넘는 암컷들을 거느리고 밀월 여행을 떠나는 모습 앞에 기가 질리고 만 것이다. 그녀는 무지무지한 힘으로 암컷들을 흔쾌의 경지까지 몰아 넣을 그들의 밀월여행을 상상하다 고개를 숙였다.

그때였다.

갈매기 몇 마리가 어지럽게 날고 있는 우랏새 군도 동쪽 봉우리 쪽에서 느닷없는 총성이 들려왔다. 평화롭고 고요하던 우랏새 군도는 그 총성에 발칵 뒤집혀지는 느낌이었다. 여기저기서 늦잠을 즐기던 물개떼들은 까옥까옥 비명을 터뜨리며 바다 속으로 뛰어들었다. 암컷들을 거느리고 밀월을 떠나던 포사크는 선혈을 토하면서 해변에 쓰러졌다. 우랏새 군도는 갑자기 공포의 섬으로 돌변하는 듯했다. 혼비백산하는 새끼들과 암컷들이 군데군데 밟혀서 죽었고, 여기저기서 터져나오는 비명과 절규가 군도를 삽시에 비극의 땅으로 변

모시켰다.

　까옥! 까아옥, 까까까…….

　물개떼들의 비명은 한참 동안 군도를 흔들었다. 소정은 급변하는 상황과 순식간에 아비규환의 현장이 된 우랏새 군도의 분위기 앞에 몸을 떨었다. 그렇게 아름답고 평화롭던 우랏새 군도가 왜 저런 비극의 땅으로 변모되어야 하는지, 또 천신만고 끝에 왕위를 쟁취해 밀월을 떠나던 포사크가 왜 선혈을 토하면서 쓰러져야 하는지 도무지 의문이 풀리지 않았다. 소정은 주먹을 꼭 쥔 채 뚫어지게 스크린을 쳐다봤다.

　그때 수평선이 천천히 물러나면서 고무보트가 매달려 있던 암초가 나타났다. 암초 속에 위장 참호를 만들어 놓고 잠복하던 두 사내가 킬킬거리며 뛰어나왔다. 사내는 둘 다 사냥총을 들고 있었는데 그들은 미국 성조기가 펄럭거리는 프리빌로프 군도에서 해구신(海狗腎)을 구하러 온 밀엽꾼들이었다. 두 사내는 물개떼들이 혼비백산하면서 바다 속으로 뛰어들어가 버리자 아주 만족한 표정으로 포사크가 쓰러져 있는 바위 밑으로 다가갔다.

　군도의 평원지대는 수없이 폭격을 당한 전쟁터처럼 밟혀서 죽고 경악해서 죽고 떨어져서 죽은 연약한 물개들과 암컷들의 주검이 처참하게 뒹굴고 있었다. 환호와 함성이 치솟던 축제기간 동안의 평화는 밀엽꾼들의 총질에 간단없이 깨어져버렸다. 군도의 평원에는 빌리안의 독단과 절대권을 마지못해 받아들여야 했던 연약한 물개들의 회한과 원천적인 비극이 안개처럼 피어오르는 듯했다.

　포사크는 전신을 비틀다가 주둥이를 땅에 박고 숨을 거두었다. 주위에는 선혈이 낭자했다.

　소정은 포사크의 주검을 지켜보다 몸을 떨었다. 밀월을 즐기러 가던 포사크가 왜 저렇게 비극의 주인공이 되어야 하는지 가만히 생각해 보니 빌리안이 장악했던 절대권과 독단이 몸이 떨릴 만큼 저주스러웠다.

　“이보게? 이번 해구신은 돈푼께나 받겠어. 교미하기 전에 잡아서 말야…….”

　포사크 앞에 다가온 사내가 총끝으로 포사크의 불룩한 낭심을 툭툭 쳤다. 한 사내가 그렇다면서 맞장구를 쳤다. 그들은 준비해 온 밧줄로 포사크의 주검을 묶어 고무 보트 쪽으로 걸어갔다. 그때 영화의 종말을 알리는 벨이 울었고, 두 사내의 목도에 매달린 포사크의 주검이 한 폭의 벽화처럼 스크린에 멎어 있었다.

파도 속의 연가

"녀석들 별것 아닌 것 가지고 떠벌려대긴……. "

철규는 휴게실로 걸어나오면서 혼잣말로 중얼거렸다. 기가 막히게 잘 만든 영화라고 떠벌려댄 준태 녀석의 속마음을 알 수가 없었다. 꼭 준태 녀석에게 속은 느낌이어서 그는 싱겁게 웃었다.

"이 영화의 어느 부분이 녀석을 그렇게 감동시켰을까? "

휴게실 잿털이 옆에서 담배를 한 대 붙여 물면서 철규는 개운찮은 느낌을 씻어버리려고 애를 썼다. 그러나 밀렵꾼들의 총질에 자연의 질서와 평화가 깨지고 목도에 매달려 어디론가 실려가고 있던 포사크의 모습이 내내 망막 저편에서 어른거렸다.

포사크를 왜 죽여야만 했을까?

이 지구상에 존재하는 동물계는 그들이 미처 알지 못하는 원천적인 비극을 안고 있다는 것을 암시하기 위해 그렇게 처리했을까? 아니면 밀렵꾼들이 가지고 있는 초자연적 힘이나 폭력적인 야만성이 약소 집단이나 개체의 자연적 질서를 잔인하게 짓밟고 있다는 것을 부각시키기 위해 그렇게 끝처리를 했을까?

그는 평화가 깨어진 평원에서 통곡하던 암컷들과 시신처럼 딩굴어져 있던 어린 새끼들의 모습이 지워지지 않아 길게 담배연기를 내뿜었다. 그것은 마치 6·25 때 아버지의 손에 매달려 남쪽으로 피난을 가면서 본 수원 쪽의 어느 들판 같기도 했고, 어느 때는 B-29의 무차별 폭격에 천지가 뒤집어지는 듯한 낙동강 근교의 어느 강변을 연상시키기도 해서 더욱 진저리를 느끼게 했다.

"씨맨! 여기서 조금만 기다려 주세요."

뒤따라 나오던 소정이가 다가와 낮게 속삭였다. 그는 혼자 생각에 잠겨 멍청하게 서 있다가 급히 표정을 바꾸며 그녀를 바라보았다. 소정이가 몹시 급한 표정으로 그의 대답을 기다리고 있었다. 그는 소정이가 얼굴이라도 매만지려고 그러는가 싶어서 까닭도 묻지 않고 그냥 고개를 끄덕였다.

"잠시면 돼요."

소정이가 살풋 웃으면서 상미가 서 있는 쪽으로 걸어갔다. 서글서글한 두 눈과 웃음을 머금은 입술이 심한 갈증을 몰고왔다. 꾸밈이라고는 요만큼도 없는 얼굴이었다. 편지를 받은 횟수까지 따지면 다섯번째 만남이지만, 직접 얼굴을 맞대고 그녀와 함께 있었던 기회는 단 두 번뿐이었다. 그런데 어찌 저렇게 사람의 마음을 끌어들이며 다른 생각을 못하게 만드는지 윤소정이라는 여자가 신비하게까지 느껴졌다.

그는 이만치 떨어져서 담배를 피며 귓속말을 주고 받는 소정과 상미를 지켜봤다. 소정이가 뭐라고 했는지 상미가 고개를 끄덕였다. 그러더니 함께 극장 세면장이 있는 2층 복도쪽으로 걸어갔다.

정옥에게서는 미처 느껴볼 수 없었던 감정이었다. 정옥을 만났을 때는 하루라도 빨리 멀어져 주는 것이 그녀를 위하고 사랑하는 길처럼 느껴졌었다. 그런데 소정은 그녀와는 정반대였다. 마치 오래 전부터 깊은 인연으로 맺어져 있다가 이제사 겨우 만난 느낌이었다. 우물쭈물 눈치나 보면서 그녀의 곁에서 겉돌 필요가 없다는 생각도 들었다. 그동안 보고 싶었던 일, 속상했던 일, 과거에 잘못했던 일까지 다 털어놓으면서 한껏 어리광을 부려도 소정이란 여자는 다 받아줄 것 같은 느낌이 들었다.

참으로 묘한 감정이었다. 어디 믿는 구석이 있어서 그런 생각을 한 것은 아니었다. 그렇다고 소정이가 정옥이보다 만만하게 느껴져서 그런 생각을 해본 것은 결코 아니었다. 그냥 턱없이 그렇게 느껴지는 육감일 뿐이었다.

어렵기는 정옥이보다 소정이 쪽이 더 심했다. 하지만 소정의 서글서글한 큰 눈과 이따금씩 조용히 웃어대는 얼굴을 지켜보고 있으면 방어본능이 사라지는 느낌이었다. 옛날에 잘 알고 있다가 한동안 떨어져 있었던 여인처럼 잘못한 것은 잘못한 대로 내보이면서 싫은 소리를 한번 듣고, 잘한 것은 잘한 대로 기분 좋은 소리를 들으면서 생활하다 보면 나머지 문제는 저절로 다 해결될 것 같은 느낌이 들었다.

정말 기뻤다.

사람을 만나서 이런 기쁨을 얻기는 처음이었다. 20년간 함께 자라며 사랑을 속삭여 왔지만 정옥에게서는 이런 가능성의 세계를 기대해 볼 수가 없었다. 어떻게 하면 정옥을 행복하게 해 줄 수 있을까 하는 조바심과 남자로서의 자격지심이 괴로움을 안겨주었었다. 그런데 소정이를 만나고부터는 그런 번민이 사라지는 것이다. 그녀만 쳐다보고 있어도 절로 용기가 솟는 것 같고, 모든 걸 다 이룰 수 있을 것 같은 자신감이 어깨를 들썩거리게 했다.

그런데 이 아가씨들은 뭘 한다고 여태 오지 않을까?

그는 소정과 상미가 걸어간 복도 끝을 바라보며 혼자 콧노래를 불러대다 왼손 끝에 끼워놓은 담배꽁초를 집어던졌다.

"앗 뜨거! "

그녀 생각에 잠겨 있다 타들어오는 담뱃불에 손가락을 데고 말았다. 왼손 검지와 장지 끝이 그새 노랗게 익어 있었다. 그는 민망키도 하고 따갑기도 해서 혼자 손을 후후 불어대며 주위를 두리번거렸다. 와아 몰려 나왔던 관객들이 그새 빠져 나가고 극장 휴게실은 한산해져 있었다.

사랑할 때는 누구나 다 얼이 빠질까?

누군가가 지켜보고 있지 않았기에 다행이지, 여자를 기다리다 담뱃불에 손가락을 구워먹은 남자라는 사실이 밝혀졌으면 이 강철규가 어떤 인물로 비쳐졌을까?

그는 소피아 로렌이 출연한 예고 프로의 영화 포스터를 바라보며 혼자 또 빙긋이 웃었다. 손가락을 구워먹어도 그녀

의 유방과 소피아 로렌의 유방을 머리 속으로 비교해 보는
일은 즐겁기만 했다.

"됐어요. 우리 나가요. "

잠시 후 소정이가 다가와 한쪽 팔을 꼈다.

"상미 씨는 어디 있어요? "

"먼저 나갔어요. "

철규를 안심시키듯 그녀가 2층 계단을 내려서면서 말했다.
그는 말없이 고개를 끄덕이면서도 그녀의 모습을 자꾸 훔쳐
보았다. 잘록하게 허리띠를 졸라 맨 바바리코트 차림에다 스
카프를 쓰고 있는 그녀는 극장에 들어올 때와는 완전히 다
른 분위기였다. 그는 그녀의 그런 분위기에 마출 듯이 백색
빵모를 눈섭이 묻힐 만큼 꾹 눌러 썼다. 코트 깃도 세웠다.

"제가 뭘 좀 물어볼께요. 대답만 해주세요. "

극장 밖으로 나왔을 때 그녀가 더 힘차게 팔을 끼며 그를
쳐다봤다. 자신있게 그의 팔을 끼고 사랑스럽게 웃고 있는
그녀가 놀랄 만큼 대담해 보이기도 했다. 그는 더듬거리는
어투로 답했다.

"그, 그러세요. "

"진해로 들어가는 버스가 몇시까지 있어요? "

"9시까지. "

"그럼 됐어요. 우리 좀 걸어요. "

그녀는 서면사거리 쪽으로 걸었다. 저녁바람이 차갑게 몰
아쳤다. 어둠이 깔리는 저녁 하늘은 발갛게 놀이 깔리고 있
었다. 몹시 스산하고 을씨년스러운 날씨였다. 그런 날씨가
싫은지 그녀가 더 바싹 붙었다.

철규는 소정을 따라 한참 걸었다. 오전에 진해에서 넘어올 때는 그가 먼저 그와 그녀 사이에 놓여 있는 껄끄러운 벽들을 깨어버리면서 다정한 분위기를 만들어야겠다고 생각했는데, 결과는 그녀가 먼저 그 벽을 깨어주고 있었다.

이것을 어떻게 받아들여야 할까?

철규는 그녀가 이끄는 대로 발걸음을 옮겨 놓으면서 먼저 팔을 잡아준 그녀의 마음을 혼자 생각해 보고 있었다. 그녀의 그런 행동은, 머뭇거리지 말고 더 솔직하게 속마음을 보여 달라는 요청인지, 아니면 이제 당신은 내 남자예요 하면서 여태껏 망설여 오던 속마음을 그녀가 먼저 보여주는 것인지, 정확히 그녀의 의중을 헤아려 볼 수는 없었다. 하지만 그녀가 만약 묻는다면, 둘 다 부정하고 싶었다. 당신은 이제 이 강철규의 소중한 연인이라고 대답하면서.

"씨맨과 걷고 싶어서 상미를 먼저 들여 보냈어요. 저, 이래도 괜찮죠? "

하, 이사람들 봐?

철규는 내심 놀라면서도,

"아직도 대답만 해야 됩니까? "

하고 물었다.

"네. "

그녀가 나이에 어울리지 않게 천진스럽게 웃다가 말을 이었다.

"전, 옛날에 아빠가 집에 오시면 늘 폭군 노릇만 한 기억뿐이었거든요…… "

"함께 걸어드릴 수는 있지만 너무 억울합니다. "

"어떤 면이요? "

"전, 소정 씨 같이 큰 딸을 낳은 기억이 없습니다. 그런데 저 보고 아빠가 돼 달라는 말씀은 아니시죠? "

"잘 생각해 보세요. 혹시 전생에 저 같은 딸을 낳아 두고 이승으로 오시지 않았는지 말예요. "

"전생에 소정 씨 같은 딸을 둔 적이 없다면 저의 궁금증을 물어봐도 됩니까? "

"안돼요. 오늘은 그냥 제가 원하는 것만 들어 주세요. "

"딱 한 가지만 묻겠습니다. 저의 어떤 면이 그런 생각을 하게 했습니까? "

"저도 이유는 모르겠어요. 지난해 국군의 날 씨맨을 처음 만난 때부터 저분한테는 뭐든지 다 요구해도 그냥 들어주실 분 같은 육감이 들어서 다시 만날 때만 기다리고 있었어요. 씨맨의 사진을 지켜보면서요……. "

"사진이라뇨? "

"그날, 안내를 마친 뒤 부두 입구까지 배웅해 주시면서 저희들과 함께 기념촬영에 응해 주셨잖아요."

"제가 그랬던가요? "

철규는 상미와 소정의 친구들에게 777함을 설명해 주고 나오면서 한 마지막 인사를 다시 생각해 보았다.

"…… 건군 시 조그마한 해상 경비정 몇 척으로 시작한 우리 해군은 오늘 여러분들이 보신 바와 같이 막강한 위력을 갖춘 바다의 방패로 성장했습니다. 군사적인 제약으로 인해 777함의 전부를 다 공개할 수는 없지만, 오늘 여러분들이 보고 느끼고 들은 이야기들을 이웃이나 주변 친지들에게 소

개해 주시면서 보다 우수한 양질의 인력이 해군에 입대해
저희들과 같이 조국의 영해를 지킬 수 있다면 저희들은 더
할나위없는 영광으로 생각하겠습니다. 혹 해군에 입대하는
친지나 이웃들을 위해 문의할 점이 있다면 뒷날이라도 저희
부대로 문의해 주십시요. 상세히 답변해 드리겠습니다. 저희
부대 주소는…… 그럼 두서없는 설명이었지만 이것으로 777
함의 안내를 모두 마치겠습니다. 이쪽으로 내려오십시요. ”

철규는 그렇게 마무리 인사를 하고 부두 입구까지 상미와
소정의 친구들을 배웅했다.

그때 갑판사관의 동생이라면서 카메라를 든 아가씨가 다
가와,

“기념사진 한 장 찍고 싶어요. 포즈 한번 잡아주세요. ”
하면서 그들과 함께 서 달라고 했다.

철규는 그런 요청 역시 대민봉사 차원에서 잠시 서서 웃
어 주고는 그동안 쭉 잊어버리고 있었는데 그녀가 다시 일
깨워 주니까 기억이 되살아났다.

“아, 네네. 그날 상미 씨가 찍었죠? ”

“그래요. ”

“인연이란 참 무섭다는 생각이 듭니다. 그날 나는 여러 사
람들에게 시달려서 그냥 피사체가 되어준 느낌뿐인데 그때
부터 소정 씨가 이 강철규의 팔을 붙잡으려고 매일같이 제
사진을 지켜보고 있었다니…… 그렇게 벼르시다 제 팔뚝을
붙잡아 보니까 소감이 어떠세요? ”

“대답하지 않을래요? ”

“왜? ”

“아빠는 절 부르실 때 소정아, 하고 편하게 불렀지, 소정 씨 하고 부른 적은 없었어요. 저한테 말을 낮추어 주세요. 제가 그렇게 어렵고 불편하게 느껴지세요? ”

“아니. 전혀 그런 느낌은 없는데요. ”

“에이, 엉터리! 끝에 요자는 왜 붙여요. ”

그녀는 말도 아니라는 듯 한손으로 그의 어깨를 때렸다.

“평소에 남자친구와도 이렇게 자주 걸었어? ”

“아아뇨! 여태껏 아빠의 팔뚝 외에는 남자의 팔을 잡아본 기억이 없어요. ”

그녀가 갑자기 조용해지면서 서운한 표정을 지었다. 철규 는 괜한 질문을 했구나 하면서도 그녀의 말이 믿어지지 않 아,

“26년간이나 살아오면서도?”

“녜에! ”

그녀가 다시 명랑해지면서 웃음을 보였다. 철규는 또 껄껄 웃었다.

“거 참, 이상하다. 지하에 계신 윤용만 소령님께서 우리를 이렇게 만들어 주셨을까? ”

“저도 모르겠어요. 제가 왜 이러는지. ”

“그냥 이렇게 걸으니까 마음이 편해? ”

“네. ”

철규는 주머니에서 손을 빼 그녀의 허리를 꽉 껴안아 주 었다.

“요 밑에 아는 언니가 운영하는 홈빠에 들어가 저녁이나 얻어 먹으며 씨맨을 소개해 드리고 싶어요. ”

"나를? "

"네. "

철규는 갑자기 가슴이 뜨거워지는 것 같아 한참 그녀를 바라보다,

"아빠는 어떤 분이셨어? "

하고 다정하게 물었다.

"퍽 자상하시고 다정다감한 분이셨어요. 제가 이따금씩 투정을 부려도 다 들어주시면서 번쩍 안아주시기도 하고요. "

"이번에 출동을 나가면 나도 부지런히 팔심을 키워놔야겠구먼. "

"왜요? "

소정이가 걸음을 멈추고 빤히 쳐다봤다.

"소정이를 딸처럼 번쩍 안아주려면 힘이 있어야지. "

"에이, 또 농담! "

바짝 긴장한 표정으로 그를 쳐다보던 소정이가 깜쪽같이 속았다면서 또 어깨를 때렸다. 그는 걸음을 멈추고 뚫어지듯이 그녀를 바라봤다.

"소정이! "

"네에? "

"27년간 막막한 사막을 헤매다 이제사 오아시스를 찾은 기분이야. "

"저두요. 오늘밤 아빠께 기도 드릴 거예요. 우리의 이런 만남을 축하해 달라고요. "

"그래. 우리 함께 기도드리자. 이렇게 함께 있게 이끌어 주신 것을…… "

"저, 지금 추워요. 언니네 홈빠에 들어가 몸 좀 녹혀요, 씨
맨? "

"좋아! 어서 가. "

소정은 서면 사거리에서 얼마 떨어지지 않은 언니네 홈빠
로 철규를 안내했다. 홈빠는 불란서 풍의 조그마한 카페였
다. 들어가는 입구에 칵테일을 마실 수 있는 스텐드 바아가
있었고, 안쪽으로는 등받이가 높은 의자가 여남 석 놓여 있
었다. 벽난로가 활활 타오르고 있는 안쪽에는 플로아가 있었
는데, 몇 쌍의 연인들이 느린 블루스 풍의 가락에 맞추어 스
텝을 옮겨 놓으며 정답게 밀어를 나누고 있었다.

"언니. 저 왔어요. "

소정이가 카운터에 앉아 있는 여인에게 반갑게 인사를 건
네자,

"오랜만이다, 애. 웬일이니? "

하면서 30대 여인이 카운터에서 일어나 밖으로 나왔다.

"인사해요. 씨맨! 저와 허물없이 지내는 선배 언니예요. 성
함은 정지선 씨구요. "

소정이가 지선이를 소개했다. 철규는 거수경례를 부치며
자기를 소개했다.

"우리 소정이가 아빠 닮으셨다는 분이구나. 만나뵙게 돼서
반가와요……. "

지선이가 테이블로 두 사람을 안내하며 맥주를 몇 병 들
고 왔다.

"배를 타시는가 보죠. 우리 동생, 부산은 객지라 아는 사
람도 많지 않고 어머니마저 외국에 계셔서 외롭게 지내고

있어요. 자주자주 나오셔서 함께 지내세요. ”

  지선이가 목부터 추기라면서 그와 그녀에게 맥주를 부어 주며,

  “어떻게 할 거니? 샌드위치를 만들어 줄까? 고기를 좀 구워 줄까? ”
하고 소정의 의향을 물었다.

  “비프 스테이크에다 맥주 마실께요. 저는 뜨거운 커피나 한 잔 주시구요…… . ”

  “앉아서 즐겁게 얘기 나누세요…… 플로어에 나가 춤도 추시고요. ”

  지선이가 맥주를 한 잔 더 부어주고 물러갔다. 그녀는 카운터로 들어가자마자 음악을 바꾸었다. 로이 오비손의 ‘컴백 투 미(come back to me)’ 가 잔잔하게 흘러 나왔다.

  “여기 어때요? ”

  웨이터가 들고 온 커피를 받아 후후 불어 마시며 그녀가 물었다.

  “실내 분위기가 퍽 아늑한데? ”

  “저, 씨맨을 처음 만난 날도 혼자 여기 와서 커피 마셨어요. 언니에게 씨맨 얘기를 하면서요…… . ”

  “어머니가 외국에 계신다고 말씀하셨는데 그게 무슨 말이야? ”

  철규는 지선의 얘기가 이상하게 느껴져 다시 물었다. 소정은 잠시 혼잣생각에 잠겨 있다 입을 열었다.

  “어머니는 지금 미국에서 살고 계셔요. 집에서 외국인과 함께 서 있는 저희 어머니 사진 못 보셨어요? ”

철규는 얼핏 한 번 쳐다본 기억은 있었으나 주의 깊게 보지 않아 기억할 수가 없었다.

"외국인과 함께 찍은 사진이라 눈여겨 보지 않았어. 그 분이 소정이 어머니야? "

소정이가 말없이 고개를 끄덕였다.

"왜 소개해 주지 않았어. 무척 젊어 보이시던데? "

"씨맨이 이상한 시선으로 보실까 봐서 용기가 나지 않았어요. "

"바보! 난 된장찌개를 먹고 자란 놈이지만 폐쇄적인 사람은 아냐. 지금 어머니는 미국 어디서 살고 계셔? "

"하와이. "

"미국으로 들어가신 지 오래 돼? "

"2년 됐어요. "

"그럼 그때부터 지금까지 소정이 혼자서 살았어? "

"아뇨. 상미네 가족과 함께요. "

철규는 그제사 의문의 꼬투리가 풀리는 것 같아 천천히 고개를 끄덕였다.

"소정이? "

"네에. "

"난 환상에 취한 듯이 소정이에게 가까이 다가가면서도 한편으로는 겁을 먹고 있었어. 이래도 괜찮을까 하고……."

"…… . "

"뭐랄까, 이국의 거리에서 만난 어느 여인으로부터 극진한 접대와 호의를 받으면서도 한편으로는 이 여인이 왜 이렇게 나한테 극진할까 하고 의심한 적이 있었어. 이번에 소정을

만나면서도 그런 경계심을 풀지 않았어. 이런 나를 이해해
줄 수 있겠어? ”

　“이해해 드릴 수 있어요. 하지만 앞으로도 계속 그러시면
싫어요. 전 사랑을 매개로 해서 뭔가 다른 것을 얻고 싶은
것은 없어요. 씨맨이 아빠처럼 그냥 곁에만 계셔 준다면 마
냥 저의 전부를 드리고 싶었을 뿐이예요. ”

　“소정이! ”

　“네에? ”

　“우리 플로어로 나가. ”

　철규는 그녀가 앉아 있는 의자 곁으로 다가가 그녀를 일
으켜 세웠다. 소정을 꼭 껴안고 싶어 의자에 가만히 앉아 있
을 수가 없었다.

　“그래요. ”

　그녀는 플로어에 올라서자마자 그의 가슴 속으로 얼굴을
묻었다. 철규는 따뜻하게 전해져 오는 그녀의 체온을 느끼며
소정의 머리에다 뺨을 기댔다.

　신이시여! 전쟁으로 아버지를 잃고 십수 년간 가슴앓이를
하며 살아 온 한 여인을 우연히 만났습니다. 제가 이 여인의
아버지가 되고 오빠가 되고 연인이 될 수 있다면 저에게 이
여인을 보호할 수 있는 힘을 주시옵소서. 이 여인은 지금 먼
길을 혼자 걸어와 지친 몸을 제 가슴에 기대고 있습니다…
…

　“씨맨! ”

　한참 얼굴을 묻고 있던 소정이가 꿈을 꾸는 듯한 표정으
로 철규를 불렀다.

274

“으흥? ”

“누군가를 붙잡고 마구 지껄이고 싶을 만큼 외로움을 느껴 보신 적이 있으세요? ”

“있었지. ”

“언제요? ”

“외국에 나가 있을 때였어. ”

“그때가 언젠데요? ”

“지난해 이맘때쯤 미국에 유학을 간 적이 있었어. 그때 힘 있고 돈 많은 나라의 군인들 괄시가 서러워서 약소 국가의 어느 여군과 함께 클럽에서 술을 마시고 춤을 추면서 소정이처럼 앓는 가슴을 내보인 때가 있었어. ”

“그때 많이 괴로왔어요? ”

“아무데나 나를 버리고 싶을 만큼……. ”

“그 여군도 씨맨처럼 가난한 나라의 군인이었어요? ”

“나보다 더 가난한 나라의 여군인이었어. ”

“나이가 많았어요? ”

“아냐. 소정이처럼 매력적인 젊은 여인이었어. ”

“그 여군과 교제를 계속해 보고 싶은 생각은 없었어요?”

“그런 마음도 있었지. ”

“그런데도 헤어졌어요? ”

“결국 그렇게 되고 말았어. ”

“왜요? ”

“고향에 20년간 함께 자란 동갑나기 계집애가 있었어. 또 외국인과 피를 섞은 자식을 낳는다는 일이 그 당시는 용납이 되지 않았어. 감당할 수 없는 큰일처럼 느껴져서. ”

“고향에……   동갑나기 아가씨는 지금도 사랑하고 계셔
요?”
“사랑하고 있지. 그러나 지금은 고향에 없어. ”
“그분도 외국에 나가셨어요.? ”
“아니. ”
“그럼? ”
“지난 가을, 다른 남자와 결혼한 사실을 달포 전에 알았
어. ”
“그 아가씨에게 사랑한다는 말을 하지 않았어요? ”
“했었지. ”
“그런데도 그 아가씨가 결혼은 싫다고 했어요? ”
“아니, 내가 그랬어. ”
잠시, 뜨거운 숨을 몰아쉬던 그녀가.
“왜요? ”
“그 여자의 가족들이 나를 너무 싫어했고, 나도 그 여자가
힘겹게 느껴졌어. ”
“왜, 힘겹게 느껴졌어요? ”
“가난 때문이었어. ”
“그 아가씨의 가족들이 씨맨을 싫어한 것도 가난 때문이
었어요? ”
“그런 셈이지. 우리 집안은 상이용사 집안이니까. ”
“누구 때문에 이 나라가 이만큼이라도 부지하는데요? ”
“그러나 지금은, 휴전 중이라 소정이가 왜 아빠를 잃었느
냐보다는 아빠가 없다는 사실이 더 앞질러 평가되는 시절이
야. ”

276

"그런 아픔이 있으시면서도 씨맨은 왜 또 군인이 되었어
요? "
"외국에 나가 이국의 여군과 블루스도 추고, 소정이도 만
나려고. "
"또 농담! 절 만난 것을 후회하지 않아요? "
"후회라니? 나는 하루라도 빨리 내 가슴을 복원시키고 싶
어. 그리고 꿈과 용기를 얻고 싶어. "
소정은 잠시 말이 없었다. 그는 가슴에 얼굴을 묻고 있는
그녀가 처연하게 느껴져,
"소정이? "
"녜에! "
"내가 빈 가슴을 복원시키려고 소정을 사랑하는 것이 싫
어? "
"아아뇨! 저도 잃어버린 가정을 복원시키고 싶어 부끄러움
을 무릅쓰고 편지를 보냈는 걸요. 저, 씨맨의 과거 따윈 처
음부터 신경쓰지 않았어요. 저에겐 아빠처럼 곁에 있어 주실
수 있는 현재의 씨맨이 중요해요. "
"소정이? "
"녜에! "
"나, 키스하고 싶어 못 견디겠어. "
"저두요. 어서 키스해 줘요. "
"여기서, 이렇게? "
"눈 감아버리면 씨맨과 저뿐인 걸요. "
철규는 참을 수가 없었다. 그는 힘껏 그녀를 껴안으며 뜨
겁게 키스했다.

“씨맨? ”

한참 후 그녀가 철규의 가슴에 바싹 뺨을 갖다대며 낮게 불렀다.

“응. ”

“옛날, 아빠가 집에 오시는 날, 엄마가 왜 축음기를 틀어놓고 춤을 추셨는지 이제는 알 것 같아요. ”

“그때 소정이네 집에 축음기가 있었어? ”

“그럼요. 제니스 라디오도 있었는데요? ”

“경제적으로도 상당히 여유가 있었던 모양이지? ”

“아빠가 파평 윤씨 집안의 파종손이어서 지금도 경제적으론 어렵지 않아요. ”

“그럼 어머니의 재혼이 경제적인 사유가 아니었나 보지? ”

“오늘 저녁 씨맨과 춤을 추면서 느낀 일이지만, 엄마는 아빠의 뜨거운 사랑이 그리워서 외국인 아빠 친구분과 재혼하신 것 같아요? ”

“그럴지도 모르지. 뜨겁게 사랑을 해본 사람은 애정생활을 복원시키려는 욕구가 그 누구보다 강하니까. ”

“재혼한 어머니를 미워하고 저주한 것이 가슴 아파요. 씨맨, 저 아주 못된 계집애죠? ”

철규는 그렇게 물으며 빤히 쳐다보는 소정이가 너무 아름답고 순진해 보여서 대답대신 또 키스를 했다. 정말 오랫만에 한껏 소유해 보는 여자의 입술이었다. 얼마 전 출동을 다녀와서 가져 본 미라의 입술과는 판이하게 달랐다. 소정의 입술은 간절한 바램이 있고, 여태껏 그만을 기다리며 참아온 입술처럼 달디단 향내가 흘렀다.

"이제 가셔야 할 시간이예요. 절 좀 놔 주세요. "

소정이가 그의 품에서 빠져 나오며 플로어를 내려왔다. 그
들은 시간에 쫓기듯 몽마르트를 나와 시외버스 정류장까지
걸었다.

"저, 진해까지 따라 가고 싶어요. "

시외버스 정류장에서 소정이가 헤어지기 싫은 눈빛으로
말했다. 철규는 소정이가 내일 아침 혼자 부산으로 넘어오는
것이 싫어서 천천히 고개를 저었다.

"소정이, 우리에게는 무한한 내일이 있어. 어서 집으로 들
어가. "

"알겠어요. 출동 나가셨다 들어오시는 날 바로 연락 주세
요. 바다에 나가셔서도 몸조심하시구요. "

"바람이 몹시 차. 버스 기다리지 말고 바로 택시 타고 들
어가. 감기 조심하고. "

그는 헤어지기 싫어하는 그녀를 버스정류장에 남겨둔 채
먼저 버스에 올라탔다.

그녀는 진해행 직행버스가 터미널을 벗어날 때까지 미동
도 않고 어둠 속에서 서 있었다. 철규는 몇 번이고 어서 들
어가라면서 손짓을 하다 의자의 등받이에 고개를 기댔다.

문득 저 여인을 위해 내가 해줄 수 있는 일이 무엇일까
하는 생각이 밀려왔다. 외롭지 않게 자주자주 편지를 보내주
고, 꿋꿋하고 진실하게 살아가면서 끊임없는 희망과 만남의
기쁨을 안겨주는 것이 그녀에게는 제일 소중한 선물이 될
것 같았다.

그는 진해에 도착해서도 미라를 찾아가지 않았다. 다른 때 같으면 출동준비를 한답시고 미라의 방에서 몸을 푸는 일이 시급했다. 그러나 이제는 그녀를 위해서도 그런 생활은 청산해야겠다는 생각이 들었다. 그는 조중사의 집으로 들어가 조촐하게 출동전야를 보내고 이튿날 동해로 나갔다…… .

"됐어요. 여기 세워 주세요. "

하마터면 집을 지나칠 뻔했다는 생각에 소정은 급히 택시를 세웠다. 후두둑 밤바람이 몰아쳤다. 그녀는 코트 깃을 치켜 세우고 바삐 집으로 걸어올라갔다. 해변을 쓸어오는 바닷바람이 몹시 한기를 느끼게 했다.

감기가 오려나…….

소정은 집으로 들어오면서 몸을 떨었다. 이런 날은 그가 곁에 있었으면 참 좋겠다 싶었다. 치통이 몰려올 때처럼 자꾸 춥고 외로운 느낌이 들었다. 그녀는 서둘러 목욕 준비를 했다.

"이게 뭐람? "

그녀는 화장대 앞에서 풀풀 옷을 벗어던지다 말고 멈칫했다. 화장대 위에 편지 꾸러미가 놓여 있고, 그 곁에 상미의 메모가 놓여 있었던 것이다. 그녀는 상미의 메모부터 먼저 펼쳤다.

"언니, 오전 11시경 도착한 씨맨의 편지야. 즐겁게 읽고 아름다운 꿈 많이 꿔. 그럼 잘 자! "

갑자기 귓부리가 후끈 달아올랐다. 철규의 편지도 반갑지만 상미의 행동이 더 못 견디게 했다. 기집애두! 어쩜 이렇게도 귀여운 짓만 찾아서 할까…….

그녀는 철규의 편지 꾸러미를 풀렀다. 전번에 보낸 편지는 진해에서 발송되었는데 이번에 도착된 편지는 묵호에서 발송되었다. 민간 어선의 어부들이 부쳐준 편지거나 다른 배의 승조원들을 통해 부친 편지가 틀림없었다. 그녀는 조심스럽게 그의 편지를 개봉했다.

바다에서 보내는 편지 <제28신>

후우 불어버리면 쓰러질 것 같은 소정을 시외버스 정류장에 홀로 남겨 놓고 진해로 넘어오던 날 밤, 나는 내 가슴 속에 들어와 있는 당신을 생각해 보았소.

그것은 하나의 빛이었소.

어디로 가야할지, 어느 추녀 밑에서 지친 육신을 뉘여야 할지도 몰라 초점 풀린 눈으로 먼 허공을 바라보며 한숨을 쉬고 있는 나에게 당신은 분명하게 방향을 제시해 주었던 섬광 같은 한 줄기 빛이었소.

소정이!

나는 이제 외로움에 겨워 울지 않을 것이오. 당신이 내 곁에 있는 한 떠나 보낸 옛님이 그리워 몸부림치지 않을 것이며, 제대로 피어보지도 못하고 조락해 가는 내 영혼을 술로 달래며 새벽녘에 다가올 조갈을 두려워하지도 않을 것이오.

당신과의 첫 키스는 우리들의 또다른 만남을 준비하는 내 영혼의 생명수였소. 그리고 새로운 출발을 시작하는 가슴의 고동이기도 했소.

진해로 넘어오자마자 내일의 긴 항해를 위해 여장을 챙겼소. 그 여장 속엔 당신이 비춰주는 빛을 따라 항로를 찾을 해도와 나침판이 들어 있었소.

소정이!

나는 이 밤도 당신이 비춰주는 등대 아래서 해도를 펼쳐 들고 내일 있을 항해를 꿈꾸고 있소. 무수한 섬 저편에 넓디 넓게 펼쳐지는 푸른 바다에는 우리들의 꿈과 목표를 매달 욕망의 부이(buoy)들이 두둥실 떠 있소.

소정이!

나는 당신이 준비해 준 생명수를 마시며 그 부이 위에다 당신과 나의 꿈을 심고 있소. 그 꿈들은 퍼런 인광이 빛나는 밤바다 위에서 당신의 고운 미소처럼 무한한 기쁨을 안겨 주고 있소.

당신은 모르실 것이오.

쿵덕거리는 내 가슴에다 당신을 묻고 느린 블루스 가락에 맞춰 스텝을 옮겨 놓으며 썼다간 지우고, 지웠다간 또 쓰면서 수없이 그려본 내 청춘의 큰 꿈을 ―.

당신을 만나기 전에는 백발이 성성한 선임상사가 되어 조국의 바다를 지키며 살아가는 것이 이 강철규가 바라는 꿈의 전부였소. 그러다 주변에서 임관시험을 준비해 보라는 권고가 있어 여러 차례 넘보기도 했었소. 그러나 실연의 충격 때문에 포기해 버리고 주지육림에 묻혀 되는 대로 하루하루를 보내는 인간쓰레기가 되다시피 했소.

그 무렵 당신의 편지 두 통을 받았소. 한번 스쳐간 듯한 기억뿐인 당신에게서, 아니 나로서는 도저히 쳐다볼 수 없었던 당신에게서 그렇게 진하디 진한 연서를 받으리라고는 꿈에도 생각지 못했소. 이 강철규가 당신의 가슴에 그렇게 기둥 같은 존재로 자리매김 되어 있다는 사실 앞에 적잖이 당황했소.

임정옥이란 여자가 20년간 가지고 놀다가 버린 이 강철규가 윤소정이란 여자에겐 어찌 그런 재목으로 각인 될 수 있는지 생각하면 할수록 당신의 그 두번째 편지가 의문스럽기만 했소.

하지만 당신과의 다섯번째 만남(편지 3회 포함)은 그 모든 의심과 기우를 버리게 하는 출발점이 되었소. 그날의 보글보글 끓는 된장찌게는 막내 아들의 실연을 누구보다 가슴 아파한 어머니의 모정을 달래주고도 남았소. 매콤하면서도 신선한 겉저리는 나의 숨은 미각을 보지 않고도 읽을 줄 아는 당신의 섬세한 감각을 엿보게 해주었소. 그리고 붉디 붉은 포도주는 우리의 몸과 마음을 한덩어리로 묶어주는 합환주(合歡酒)라고 생각했소. 나의 표현이 좀 지나쳤다면 용서하오. 그러나 나는 이제 내 생명이 끝나는 날까지 그런 마음으로 살아갈 것이오. 아직 가족과 친지 앞에서 식은 올리지 않았지만 당신은 이제 나의 아내며 일생을 함께 할 동반자라는 사실을 분명하게 밝혀두오. 당신이 혹 소녀적인 감상에 취해 잘못 생각하고 있을까 봐 한번 더 강조하지만, 나는 고인이 된 윤용만 소령의 사위이지 당신의 부정(父情)을 달래줄 남자는 아니오. 이 편지 받는 즉시 당신도 분명하게 마음을 정리해 주시오.

소정이!

나는 그날 당신이 준비한 합환주를 받아들면서 신은 아직도 나를 버리지 않았다는 것을 확인했소. 그리고 당신에게 내 모든 젊음을 바쳐 한번 더 사랑할 수 있는 기회를 주신 신께 무한히 감사드렸소.

오찬을 마치고 집을 나와 해운대 백사장을 거닐 때는 가슴 속에서 거대한 욕망이 꿈틀거리고 있음을 느꼈소. 당신이 내민 손을 잡고 상미 씨 앞에 섰을 때는, "아, 여기가 진정 내가 여정을 풀며 닻을 내릴 묘박지구나……." 하며 실연과 좌절의 늪에서 잠자는 내 허약한 영혼을 수도 없이 다독거렸소.

그러나 거친 세파에 조락해버린 내 병든 영혼은 당신의 그 고운 영혼을 선뜻 영접하지 못했소. 당신의 그 고운 미소 뒤에 숨어 있을 비수 같은 차가움과 조갈을 더해줄 듯한 당신의 고혹적인 관능미 앞에 지레 겁을 먹고 말았소. 그리고 꽉찬 연륜의 저편에 길게 늘어뜨려진 당신의 소망을 내가 풀어주지 못할 때 내가 받아야 할 고통과 무력증을 무슨 수로 감당해 낼 것인가 하는 두려움이 끝내 몸을 사리게 했소.

그러나 영화를 보고 몽마르트로 가면서 내 팔뚝을 꽉 잡아준 당신의 용기는 나에게 큰 힘을 주었소. 그리고 내 가슴 속으로 전해져 오는 당신의 체취와 첫 키스는 내 상처받은 영혼을 욕망의 바다 위에 또다시 헤엄치게 만들었소.

소정이!

내 욕망의 바다 위에는 열두 개의 부이가 떠 있소. 첫번째 부이에는 임관시험을 기필코 합격해야 된다는 목표가 붙어 있소. 두번째는 우리 둘만의 결혼이 아니라 대내외적으로 알리는 결혼식 목표가 붙어 있소. 세번째 부이부터 다섯번째 부이까지는 우리들의 딸과 아들이 앉아 있소. 여섯번째 부이 에는 해군사관학교를 졸업한 아들놈에게 소위 계급장을 달 아주는 자식 농사 계획이 매달려 있소. 나머지 여섯 개의 부 이에도 표찰을 붙이고 싶었지만 그건 당신 몫으로 남겨 두 었소.

소정이!

깊어가는 이 밤, 그 빈 여섯 개의 부이에다 어떤 표찰을 붙일 것인지 이밤도 고운 꿈 엮으시길…….

동해에서 당신의 씨맨이.

바다에서 보내는 편지 <제29신>

소정이!

며칠 전에 보낸 편지는 받아 보았소?

임무를 마치고 귀항하는 기름배와 조우해 잠시 뱃전을 맞 대는 사이, 그동안 소정을 생각하며 써 놓았던 10통의 편지 를 한꺼번에 부쳤소. 육지에서 부칠 때는 함께 묶어 소포로 부쳐 달라고 부탁을 했는데 그렇게 전해졌는지 궁금하구려. 읽을 때는 편지 겉봉에 적힌 번호 순서대로 읽으면 될 것이 오.

그럼 내 조그마한 사유(思惟)의 단상(斷想)들이 당신의 가 슴에 기쁨을 안겨 주길 기대하며…….

북위 38도선을 바라보며 당신의 씨맨이.

바다에서 보내는 편지 <제36신>

"신고합니다. 보수중사 강철규는 1965년 2월 1일부로 중사 진급의 명을 받았기에 이에 신고합니다."

소정이!

나, 오늘 진급했소. 철썩철썩 파도가 밀려오는 해운대에서 씨맨의 진급신고를 받는 기분이 어떻소?

배 안의 동기생들은 신삥중사라고 놀려대지만, 동기생들이 달아주는 계급장을 달고 함장님께 신고를 드리고 나올 때는 나도 모르게 콧등이 시큰해지는 느낌이었소.

별로 높지도 않은 계급. 고등학교 2학년 때만 해도 무엇 할 짓 없어 군바리로 말뚝을 박아 깡통 계급장을 메달처럼 달고 다니는가 싶던 계급. 그러면서도 결국 스스로 뛰어든 길. 이제 생각해 보면 그 한심하고 보잘 것 없는 계급장 뒤에도 어느덧 8년이라는 세월이 시퍼렇게 피어난 풀이끼처럼 말라붙어 있는 느낌이오.

소정이!

삶이란 것은 결국 이런 것인가 싶소. 처음에는 하찮게 보이는 조그마한 것들이 하루하루 시간을 더함에 따라 구체적으로 영글어지듯이, 중사 진급이 마치 수많은 고뇌와 방황을 이겨 낸 직업군인이 어느 지점을 통과하면서 받는 표찰 같은 느낌이 들었소.

소정이!

오늘 진급신고를 마치고 침실로 들어오면서 이런 생각을 해보았소. 내가 나이 열아홉에 해군에 들어와 8년 군대생활

끝에 중사 계급장을 달았는데, 소정을 8년간 사랑한 후에는
어떤 인생 계급장을 달 수 있을 것인가 하고 말이오.

우습지 않소?

소정이는 8년 후 우리들의 모습을 생각해 본 일이 있소?
그리고 우리는 어떤 인생 계급장을 달고 있을 것 같소?

소정이가 보고 싶을 때마다 그런 생각을 하면 자꾸 웃음
이 나오면서 절로 어깨가 들썩거려지는 것 같소.

소정이도 8년 후 우리가 달 인생계급장을 생각해 보며 오
늘밤 고운 꿈 많이 꾸길 바라오.

동해에서 소정을 그려보며 철규가.

바다에서 보내는 편지 〈제50신〉

당신을 떠나온 지도 어언 20일이 지났구려. 오늘은 책도
눈에 들어오지 않고 자꾸 당신 얼굴만 어른거려 동료들과
어울려 훌라(카드놀이)만 하였소.

소정이!

바다에서 생활하는 뱃사람들은 20이란 숫자를 고통의 시
작점이라 생각하고 있소. 생리적 욕구도 풀 수 없고, 그렇다
고 술도 마실 수 없고…… 보고 싶은 사람은 더더구나 만날
수가 없고…….

몽마르트에서 당신을 안고 끝없이 키스하던 그 밤이 떠오
를 때마다 내 영혼은 당신의 침실로 달려가고 있소.

소정이!

내 뜨거운 키스를 받아 주오. 왜 달려 왔느냐고 묻지는 마

오. 뱃놈은 파도가 육신을 흔들어댈 때마다 여체가 눈물이
나오도록 그리워지는 법이라오.

소정이!

오늘밤 당신 침실에서 퍼붙는 내 영혼의 난혹한 키스를
아량으로 받아 주시오. 생리적 갈증을 이기지 못해 갑판 위
를 두 시간이나 뛰어도 생각나는 것은 당신의 뜨거운 입술
뿐이었소.

소정이!

나는 오늘 당신의 키스만으로는 이 뜨거운 몸을 식힐 수
가 없을 것 같소. 당신의 젖가슴이 만들어 내는 깊은 골에다
얼굴을 묻고 긴긴 포옹을 해야만 바다로 돌아올 것 같소. 당
신의 허락도 없이 금남의 침실로 뛰어든 이 뱃놈을 제발 내
쫓지는 말아주오. 북풍 한설이 몰아치는 거진 남방 2km 해
상에서 당신이 그리워 해운대까지 달려가고 말았소.

금남의 침상 위에 고고하게 누워 있는 당신!

나는 오늘 당신의 완강한 거부를 뿌리치며 나이트 가운을
벗기고 말았소. 쪽 곧은 다리와 날씬한 허리선이 전율이 일
어날 만큼 내 몸을 떨리게 하고 있소. 어이해서 당신은 나를
이토록 애로스의 노예가 되게 하고 있소?

소정이!

불러도 불러도 목젖까지 차오르는 정염의 불꽃은 사그라
들지가 않고 있소. 대체 이 밤을 어떻게 해야 하오. 한시라
도 빨리 당신의 브래지어를 벗기고 곁에 누으면 육질의 그
것은 정염처럼 타올라 마침내 투명한 사리만 몇 점 남을 것
같은, 내 영혼의 껄떡거림을 당신은 모르실 것이오. 차라리

무감각한 한 덩이 돌로 태어났다면 이같은 고통은 없었을 것을…….

소정이!

동작동으로 달려가 윤용만 소령님께 허락을 받고 오리까? 하와이로 달려가 당신 어머님께 허락을 얻고 오리까? 어서, 바다를 지키다 말고 중간에 달려온 내 영혼을 당신의 침상으로 불러들여 추위만이라도 녹여 주오.

소정이!

뱃놈이 바다 위에서 느끼는 육체적 갈증은 애정의 차원을 벗어난 병마와 같은 것이오. 어서 자는 척만 하지 마시고 눈이라도 한번 떠보아 주시오. "눈감아 버리면 세상엔 저와 씨맨뿐인 걸요" 란 그날 밤의 당신 말 한 마디가 그립다 못해 위대한 명언처럼 느껴지는구려.

안된다구요? 좀더 기다리며 나 자신을 정리하라구요? 소정이는 나를 받아들일 준비가 되어 있는데 나와 나의 형님은 아직도 정리가 안돼 있다구요? 성급하게 일을 저질러버리면 서로가 괴로와진다구요? 아무 말 말고 돌아가서 기다리라구요?

알겠소.

돌아가서 당신이 부를 때까지, 아니 나 자신의 정리가 끝날 때까지 고통스럽더라도 기다리겠소. 다음에 올 때는 제발 이러지 마오. 나의 어느 부문이 당신의 심기를 어지럽게 했는지 모르겠지마는 나는 오늘 서럽소.

그러나 더 기다릴 수는 있소. 바다로 돌아가서 의연히 기다리다 다음에 또 찾아 가리다. 그것이 당신을 편하게 하는

길이라면 나는 고통스럽더라도 당신이 불러줄 때까지 이를
악물고 참으리이다.
　아직도 날이 새려면 4시간은 더 누워 있어야 하오. 편안
히, 잠들면서 제발 노여움만은 푸시오. 단잠을 깨워 미안하
오.

거진 북방 2km 해상에서 당신의 씨맨.

　바다에서 보내는 편지 <제62신>

　귀항 날짜가 하루하루 가까와 오니까 정신적 번민도 사라
지고 육체적 갈증도 멎는 밤이오.
　오늘은 어찌 된 일인지 이 넓은 바다가 바람 한 점 없소.
멀리 점점이 떠 있는 어선들의 돛대에선 오사리 오징어떼를
건져 올리는 불빛이 밤바다를 수놓고 있소.
　소정이!
　당직을 마치고 나와 갑판에 앉아 있소. 달이 휘영청 밝아
불을 밝히지 않아도 옆에 앉은 동료의 얼굴이 당신 얼굴처
럼 밝게 보이오.
　소정이!
　우리 배의 위생사 김영호 하사는 나보다 3기 선배인데도
하사를 달고 있는 강원도 감자바위요. 그는 달이 밝은 날,
고향에서 가지고 온 오징어 낚시를 드리우는 게 낙이요. 그
리고 포술부 교반장 윤치백이는 포를 전문적으로 다루는 포
쟁이인데 기타를 잘 치오. 그는 다가오는 여름에 결혼키로
한 약혼녀가 보고 싶으면 파도가 철썩철썩 밀려와 부서지는

뱃전에 앉아 기타를 치는 무뚝뚝한 멋장이오.

소정이!

오늘은 그들과 갑판에 앉아 자정이 넘도록 오징어 낚시를 하였소. 포쟁이 윤치백이는 그 곁에서 약혼녀를 그리며 기타를 쳤소. "동구밖 과수원길 아카시아꽃이 활짝 폈네…" 하면서 윤치백의 기타 반주가 한 소절씩 끝날 때마다 자주색 껍질을 덮어쓴 오징어가 미끼도 없는 인광 낚시에 걸려 갑판으로 끌려오고 있소.

한창 오징어를 낚아 올리기 바쁜데 작전부 교반장 장준태 녀석이 사주장(요리사)을 부추겨 초고추장을 만들어 왔소. 우리는 산 낙지를 먹듯, 오징어회를 만들어 입안이 얼얼하도록 먹어대며 항해의 피로를 씻고 있소.

소정이!

동료가 두들겨 대는 기타 반주를 들으며 오징어를 잡아 회쳐 먹는 씨맨의 모습을 한번 상상해 보오. 나는 신선이 된 기분이오. 당신도 바다 저편에서 입맛만 다시지 말고 어서 다가와 아아 하고 입을 벌려 보소. 우리 요리사가 만든 초고추장에다 산 오징어회 한 점 찍어 드리겠소.

오후청의 팔진미가 따로 없소. 이게 바로 팔진미요. 자, 또 한 점 드리겠소. 다시 아아, 해봐요. 맛이 어떻소? 자꾸자꾸 먹고 싶지 않소? 이번에 들어가면 우리 함께 광안리에 회 먹으러 가요.

그럼 그때까지 안녕!

　　　　　거진 북방 2km 해상에서 당신의 씨맨.

소정은 다 읽은 편지를 소중하게 접었다. 그가 띄워 놓은 열두 개의 부이를 생각하니까 자신도 모르게 신바람이 났다. 그녀는 거실로 나와 전축에다 스위치를 넣고 판을 걸었다. 어제 상미와 함께 듣던 '로미오와 줄리엣' 이 흘러나왔다. 그녀는 거실 소파에 앉아 음악을 들으며 그가 남겨 놓은 여섯 개의 부이를 생각했다.

장래의 꿈과 희망 여섯 가지를 밝혀 달라는 그의 말이 그렇게 감미로울 수가 없었다. 아들 딸 합쳐 자식을 셋씩이나 낳겠다는 그의 욕심도 그렇게 가슴 뿌듯할 수가 없었다.

아빠, 저 뭐라고 답해 줘야 되죠?

그녀는 윤용만 소령의 사진을 지켜보며 혼자 쿡쿡 웃어대다 또 자리에서 일어났다. 갑자기 신데렐라가 된 기분이었고, 마음이 그렇게 풍요로울 수가 없었다. 해군 장교가 된 그와 결혼식을 올리고, 8년 후 세 자식과 함께 국립묘지로 달려가 아버지의 묘비에 헌화하며 술을 따뤄 올릴 자신의 모습을 그려보니까 금방 새가 되어 어디론가 훨훨 날아가고 있는 느낌이었다. 그녀는 두 팔을 벌리고 거실을 한 바퀴 빙그르르 돌아 욕실로 들어갔다.

"빨리 와요, 씨맨! 보고 싶어 못 견디겠어요. "

그녀는 물을 덮어쓰면서 또 웃었다. 자신의 침실로 몰래 들어와 자신의 나이트 가운까지 벗겼다는 그의 편지 내용이 귓뿌리까지 후끈하게 했다. 그녀는 수증기로 가득 찬 욕실 천정에서 그가 몰래 자신의 몸매를 훔쳐보고 있는 듯한 느낌이 들어 큰 타올로 가슴을 가리고 외쳤다.

"씨맨! 천정에서 몰래 훔쳐 보시면 물 끼얹을 거예요. "

그녀는 또 쿡쿡 웃어대다 욕실의 불을 꺼버렸다. 그제사 부끄러움이 가시고 두근거리는 가슴이 좀 진정되는 듯했다. 그녀는 다시 김이 풀풀 솟는 더운 물을 덮어 썼다. 오슬오슬 한기가 밀리면서 감기 증세가 몰려오던 몸이 한결 가벼워지는 느낌이었다.

"이 벚꽃 향기! "

철규는 부산에다 시외전화를 신청해 놓고 한 시간 가까이 바깥을 내다보며 코를 벌름거렸다. 꽃망울이 막 터지기 시작하는 해묵은 벚꽃나무는 통제부 거리를 벚꽃으로 뒤덮은 느낌이었다. 매점·우체국·사무실…… 가는 곳마다 아릿하고 풋풋한 벚꽃 향기가 진동했다.

"부산 어느 분이 신청하셨죠? 전화 나왔습니다. "

전화국 교환양이 말했다. 철규는 창가에 서서 늘어진 벚꽃 나뭇가지를 지켜보다 시외전화 통화실로 들어갔다.

"여보세요? 윤소정 씨 댁입니까? "

철규는 시외전화 송수화기를 들고 호흡을 조절했다.

"씨맨, 저예요. 거기 어디세요? "

마치 기다리고 있은 듯 소정이가 그리움이 밴 목소리로 물었다.

"여기, 함대사령부 우체국이야. 잘 있었어? "

"네. 언제 귀항하셨어요? "

"오늘 새벽에. 상미 씨도 잘 있어? "

"네. 헌데 왜 이렇게 눈물부터 먼저 나오죠, 씨맨? "

몇마디 주고 받지도 않았는데 소정이는 너무 기쁜 나머지

울먹거리면서 말을 잇지 못했다. 철규는 덩달아 코끝이 시큰해지는 느낌이었다.

"바보! 어디 아파? "

"아아뇨! 씨맨이 보고 싶어서 그래요. 어서 와요. "

"아직도 배가 외항에 있어. 보고 싶더라도 조금만 기다려. 부두에 접안하는 대로 넘어갈께. "

"언제쯤 오실 수 있어요? "

"내일 토요일이니까 퇴근하면 바로 넘어갈께. "

"오늘은 오실 수 없으세요? "

"아직 해야 할 일이 많아 오늘은 안되겠어. 편지는 받아 보았어? "

"녜. 너무너무 많이 받았어요. 맛있는 거 해 놓을께요. 뭐, 드시고 싶으세요? "

"소정이 웃는 모습하고 뽀뽀. "

"에이, 농담 마시고 빨리 말해 줘요. "

"신선한 야채 하고 된장찌개가 먹고 싶어. 이제 됐어? "

"녜. 좀 늦더라도 저녁은 꼭 집에 와서 드세요. 저 기다릴께요. "

"알았어. 나, 뽀뽀 해 줘. "

"안돼요. 집에서 해드릴께요. 어서 오세요. "

철규는 몸이 후끈 달아오르는 것 같아 얼른 전화를 끊고 밖으로 나왔다. 또 재채기가 나올 만큼 벚꽃 향기가 후각을 자극하며 진동했다. 그는 시외통화료를 건네주고 통제부 거리로 나왔다. 바람이 살랑살랑 불어올 때마다 늘어진 벚꽃 나뭇가지가 느리게 건들거렸다. 꽃잎이 한 잎 두 잎 떨어졌

고, 아지랭이와 함께 진동하는 벚꽃 향기가 안개처럼 통제부
거리를 쓸고 갔다.

"카아! 이 향기."

철규는 또 탄성을 질렀다. 바닷바람에 실려오는 소금냄새
만 맡아대다 갑자기 벚꽃 향기에 취하니까 머리까지 몽롱해
오는 느낌이었다. 군항은 벚꽃 향기에 완전히 잠겨 있는 느
낌이었다. 가는 곳마다 꽃향기가 진동하지 않는 데가 없었
다. 그는 벚꽃이 절정을 이룰 다음주쯤 소정과 상미를 진해
로 데리고 와서 군항을 구경시켜 주어야겠다고 생각하면서
배로 들어갔다.

777함은 이튿날 오전 내항으로 들어가 정기수리에 들어갔
다. 철규는 일과가 끝나자마자 바로 부산으로 넘어갔다.

"신고합니다. 보수중사 강철규는 30일간의 정기출동을 무
사히 마치고 귀항하였기에 큰소리로 신고합니다."

소정이를 깜짝 놀라게 해줄 듯, 철규는 2층 현관 입구에
서서 일부러 큰소리로 외치면서 싱겁을 떨었다. 상미가 올라
온 줄 알고 현관으로 나왔다가 불쑥 철규가 나타나자 소정
은 눈이 휘둥그레졌다.

"어머! 언제 오셨어요? 진급과 귀항을 함께 축하드려요.
그렇게 섰지만 마시고 어서 올라오세요."

얼른 다가가 매달리고 싶은 심정을 가까스로 참으며 그녀
는 철규의 손을 잡아당겼다. 우아한 홈웨어 차림으로 밝게
웃고 있는 그녀가 철규는 선녀같이 아름다와 보였다. 은은하
게 풍겨오는 화장품 향기에 취한 듯, 철규는 선 채로 잠시
그녀를 지켜보다 끌어당겼다. 그리고 세차게 껴안으며,

　“소정이! ”
　“기다렸어요. ”
　“보고 싶었어! ”
　“저두요! ”
　해운대 앞바다에서 파도소리가 들려왔다. 한 줄기씩 바람
이 스쳐갈 때마다 성난 파도줄기들이 해변을 향해 달려왔다.
철규는 그 파도소리를 들으며 그녀를 키스했다. 허연 물거품
을 빼문 파도줄기들이 해변 어딘가에서 깨어질 때마다 굳은
살처럼 뭉쳐져 있던 그리움의 덩어리들이 소리없이 풀리는
것 같았다.
　얼마 만에 다시 소유해 보는 그녀의 입술이던가. 출동을
나기기 전에, 몽마르트에서 가져 본 이후 처음 가져보는 그
녀의 입술이 아니던가. 간절한 기다림과 그리움의 너태가 이
끼처럼 끼어 있는 입술. 이 입술을 받기 위해 30일간의 겨울
출동도 짜증 한번 내지 않고 이겨내지 않았던가. 그는 쌓이
고 쌓였던 보고싶음의 덩어리들을 한꺼번에 풀어버릴 듯, 긴
긴 키스를 퍼부었다.
　“이제 좀 놔 주세요. ”
　소정은 진저릴 치듯 몸을 비틀었다.
　“어서 샤워 하시고 편안한 옷으로 갈아 입으세요. ”
　그녀는 어머니가 아버지에게 요구하듯, 만남의 키스가 끝
나자마자 그의 팔 밑으로 고개를 빼내며 철규에게 샤워를
하라고 했다. 그리고 그를 욕실로 밀었다.
　“비누와 수건은 안에 있어요. 어서 씻고 나오세요. ”
　“배에서 하고 나왔어. ”

“알아요. 그래두 또 하고 나오세요. 그러면 긴장도 풀어지고 머리도 맑아질 거예요.”

“이건 윤소정이 방식이야? ”

“아녜요. 우리 엄마 방식이예요. 엄마는 아빠가 출장에서 돌아오면 언제든 욕실로 아빠를 안내했어요. 따라 해보세요. 해롭지는 않을 거예요. ”

“소정이도 그래? ”

“네. 저도 집에만 들어 오면 일단 샤워부터 해요.”

철규는 미국식 생활양식이 좀 멋쩍게 느껴졌지만 그녀에게 밀려 욕실로 들어갔다.

“777함의 샤워장보다 훨씬 넓어보이는군. ”

그는 혼자 중얼거렸다

“이 집은 외인주택이라 기형이예요. ”

“그래서 샤워장이 넓은가? ”

“녜. 욕실이 이상스럽게 넓은 집이예요. ”

“혼자 살기에는 너무 넓은 집이야? ”

“앞으로는 알맞을 거예요. ”

“왜? ”

“씨맨과 세 아이가 함께 들어가 샤워를 해야 할 테니까요.”

그들은 웃었다. 철규는 옷을 벗으며 물었다.

“그 편지 읽으면서 나 흉보지 않았어? ”

“왜요? ”

“야만인이라고? 요사이 신교육을 받은 젊은 여자들, 아이 많이 낳아 키우는 것 싫어하잖아? ”

“전 그렇지 않아요. ”

"그럼 셋 낳을 수 있겠어? "

"그럼요. 씨맨이 원한다면 다섯도 자신 있어요. "

"소정이? 여섯 개의 부이에다 표찰 다 매달았어? "

"그럼요. "

"얘기해 줄 수 있어? "

그는 물을 틀며 소리쳤다. 킥 웃는 듯한 그녀의 목소리가 물소리 속에 흩어졌다.

"비밀이예요. "

"영원토록? "

"아녜요. 씨맨의 생일 때마다 한 가지씩 알려 드릴 거예요. "

"그게 내 생일 선물이 되는 거야? "

"네. 궁금해요? "

"아니, 아쉬운 느낌이 들어. "

"왜요? "

"부이를 너무 적게 매달은 느낌이 들어서. "

"제가 한 번쯤 기회를 드린다면 몇 개쯤 더 달고 싶은데요? "

"세븐자 두 개(77) 정도. "

"왜 세븐자를 선택했어요? 에이트도 있고 나인도 있는데?"

"세븐자는 행운의 숫자니까. "

"아직도 저를 만난 것이 행운처럼 느껴져요? "

"음. 늘 신께 감사하는 마음으로 살 거야. 소정이는 어떻게 느껴져? "

"전 씨맨과는 달라요. "

"어떻게? "

"전생에서부터 이어져 내려온 끈적끈적한 연분처럼 느껴져요. 요사이 심정은 임정옥 씨한테 뺏긴 신랑을 되찾은 기분이고요. "

"뭐라구? 다시 한번 말해 봐. "

"말하지 않을래요. 어서 임정옥 씨 입김까지 말끔히 씻고 나오세요. "

"화났어? 왜 문이 안 열려? "

"나오시지 못하게 밖에서 잠궈 놓았어요. 잠시 근신하세요. "

소정은 철규의 의식을 꽉 잡아놓고 싶어 의도적으로 투정을 부렸다. 철규가 자신의 가슴 속으로 들어오기 전에는 임정옥이란 여자를 사랑했건, 그녀 외 다른 제3의 여자를 사랑했건, 그의 과거를 생각해 본 일은 없었다. 그건 그의 생활이었고, 27년간 살아온 그의 여정이었기 때문에 시시콜콜 캐물으면서 상관할 일도 아니라고 생각했었다.

의붓아버지처럼 성이 개방된 문화권 속에서 살아온 건장한 뱃사람이 나이 30이 가깝도록 사제(司祭)처럼 여체(女體)를 멀리하면서 살아올 수는 없다고 판단했기 때문이었다.

그러나 자신의 가슴 속으로 들어온 이상은 그가 다른 여성을 생각해서는 안된다고 생각했다. 그건 그가 능동적으로 그렇게 해줘야 된다는 말이 아니었다. 철규가 그런 생각을 무의식적으로라도 못하게끔 그녀 쪽에서 먼저 그의 의식을 사로잡아야 한다고 생각했다.

그녀는 이 세상의 모든 남자는 럭비공과 같은 존재라고

생각했다. 집 밖으로 나가면 어디로 튀어갈지 방향이 나오지 않는, 도무지 예측할 수 없는 존재가 바로 남자라고 그녀의 어머니는 미국으로 들어가기 전날 밤에도 그녀에게 일러 주었던 것이다.

"럭비공처럼 방향이 나오지 않는 남자를 지향성이 있는 둥근 농구공으로 만드는 것은 전적 여자의 몫이다. 여자의 아름다움 그 자체도 능력이지만, 자기 품안으로 들어온 남자를 농구공으로 만들어 늘 자신에게로 굴러오게끔 밑바닥을 경사지게 만들어 놓는 것도 여자의 능력이다. 사랑할 때는 굴레같은 형식이나 남의 이목을 생각지 말아라. 그건 조금도 도움이 되지 않는다. 너에게 필요한 사람이라고 판단되면 네 능력으로 빗장을 쳐서 네 남자로 만들어라. 놓치고 난 다음에 청승맞게 눈물 흘리는 일은 어리석은 짓이다. 엄마 말 가슴에 새기고 빨리 마음에 드는 남자를 찾아라. 너도 내 피를 이어받아 혼자서는 못 살 여자다. 네 한 쪽을 버티어 줄 배필을 찾아 빨리 사람 인자(人字)를 만들어라. 에미가 너한테 사람 인자를 만들 배필을 찾아주지 못하고 떠나는 것이 그렇게 가슴 아플 수가 없구나. 술 한 잔 더 부어 다오……."

그녀는 외국인과 재혼한 어머니를 싫어하면서 성장했다. 그러나 그녀는 성격이나 취향이 어머니와 다른 데가 없었다. 왜냐하면 그녀 역시 어머니가 덕담처럼 해준 그 말을 전적으로 믿고 있었기 때문이었다.

철규가 777함의 모형선을 들고 찾아온 날 포도주를 준비한 것도 그 때문이었다. 상미에게는 반주라고 얼버무렸지만 그녀에게는 그날의 그 포도주가 합환주(合歡酒)였다. 그리고 몽마르트에서 주고 받은 키스와 함께 춘 춤은 그들 둘만이 교감하면서 떠난 신혼여행과 다름없었다.

그런데 그가 편지에다 정옥의 이야기를 적어 보낸 것이다. 철규가 왜 그 이야기를 편지에다 고백하듯 적어 보냈는지 그녀는 알고 있었다. 하지만 그럴 필요가 없는 것이다. 그녀는 철규의 그 고백이 그들 사이에 전혀 도움이 되지 않는다고 생각했다. 알 필요도 없고, 신경쓸 가치도 없다고 생각하고 있었다. 그녀에게는 현재 무엇을 생각하고 꿈꾸느냐가 중요했다. 그리고 자신의 애정표현방식을 깊이 깨달으라는 뜻에서, 자신을 좀더 정리하라는 뜻에서 샤워를 권했던 것이다.

"이 사람은 비누까지도……. "

철규는 소정의 체취 같은 아이보리 비누향을 탐닉하며 머리를 감았다. 여태껏 고뇌하고 번민하던 정염이 다 씻겨나가는 것 같았다.

"이제 나오셔도 돼요. "

소정은 등으로 밀고 있던 욕실 문에서 떨어져 나오며 그가 갈아 입을 홈웨어를 들고 왔다. 그녀가 물었다.

"근신하신 소감이 어떠세요? "

"내 곁에 소정이가 있다는 걸 깜박 잊은 느낌이었어. 서운했어? "

"전, 욕심이 많은 여자예요. 제 곁에선 씨맨 어머님 외 다른 여자분은 다 잊으세요. 약속하실 수 있으세요? "

"그래. 명심할께……. "

"이 옷, 며칠 전에 제가 직접 사서 깨끗이 세탁한 청바지예요. 군복 입지 마시고 편하게 이 옷으로 갈아 입으세요.”
　“스포티한데? 사이즈가 맞을까? ”
　“꼭 맞을 거예요. ”
　“어디서 갈아입지? ”
　철규가 바지를 벗을 곳을 물었다. 소정은 그의 손을 잡고 침실로 안내했다. 철규가 말했다.
　“여긴 금남의 방이잖아? ”
　“근신하고 샤워한 분한테는 입장권 드릴 수 있어요. 어서 갈아입고 나오세요. 군복은 이 옷장 속에 넣어 두시고요. ”
　소정은 저녁상을 차리기 위해 거실로 나갔다. 철규는 소정의 침대 머리맡에 패널이 된 그와 그녀의 사진을 지켜보다 바지와 남방을 갈아 입었다. 출동을 나가기 전, 해운대 백사장에서 상미가 찍은 사진을 확대한 것이었다. 철규는 물끄러미 패널 속의 자기 모습을 바라보며,
　“야, 강철규! 너 언제부터 윤소정이 방에 들어와 있었어? ”
하면서 혼자서 빙긋이 웃었다.
　“옷 다 갈아 입으셨어요? ”
　“음. 방안에 있는 사진 보고 있어. 상미 씨 사진 찍는 솜씨가 보통이 아닌데? ”
　“아무리 솜씨가 좋아도 모델이 포즈를 못 잡으면 허탕이에요. 배에도 한 장 갖다 놓으세요. ”
　저, 욕심장이. 온통 자신의 입김으로 내 주변을 도배를 할 계획이군…… 철규는 싫지 않은 모습으로 웃었다.
　“알았어. ”
　“저녁 드시고 제 청 하나 들어 주세요. ”

소정이가 저녁상을 차려 놓고 그를 불렀다. 그는 그녀와 같이 거실 복판으로 상을 들고 나오면서 물었다.

"무슨 청이야, 말해 봐. "

"앞으로 숙소는 어떻게 하실 계획이세요. 영내 거주자들처럼 배에서 생활하실 수는 없잖아요? "

"조중사 댁에서 있기로 했어. "

"그 분 가족 구성이 어떻게 돼요? "

"조중사 어머님, 부인, 아이들 합쳐 다섯 사람이야. "

"씨맨이 쓰는 방엔 부엌도 딸려 있어요? "

"그럼. 옛날에 조중사가 그 방에서 세 살다 아버님 돌아가시자 고향집 정리해서 장만한 집인데…… 가보면 알지만 아주 넓고 좋아. 수도와 화장실도 따로 쓸 수 있고. "

"그럼, 그 방을 제가 꾸밀 수 있게 해주세요? "

"왜? "

"그 방에 다른 여자분의 손길이 닿는 게 싫어요. "

"좋아. 그것만 들어주면 돼? "

"또 있어요. "

"뭔데? 어서 말해 봐. "

"다, 들어주실 거예요? "

"그럼. 나, 이제 능력 있어. 어서 말해 봐? "

"알았어요. 저녁 드시고 난 다음에 말할께요. 어서 드세요."

철규는 그녀가 정성들여 차려 놓은 저녁상을 사이에 두고 오붓하게 만찬을 즐겼다. 그때 바깥에서 녹크 소리가 들려오더니 상미의 목소리가 들려왔다.

"언니, 들어가도 돼? "

"어서 와. 이제 퇴근했니? "

상미가 문을 열고 현관으로 들어서더니,

"어머나, 씨맨! 언제 오셨어요? "

하면서 활짝 웃었다.

"한참 됐습니다. 이쪽으로 오십시오. "

철규가 일어나서 그녀를 반기자 상미가 실내화를 끌며 거실로 들어왔다.

"예순두번째의 만남은 행복해 보이는군요. 언니 얼굴엔 함박 웃음이 가득하고요. "

상미는 두 사람이 갓 결혼한 신혼부부처럼 오붓하게 앉아 밀어를 나누며 저녁을 먹는 모습이 보기 좋다면서 연방 생글생글 웃었다. 철규는 상미의 말이 퍼뜩 이해가 되지 않아,

"예순두번째의 만남이라뇨? "

"잘 생각해 보세요. "

상미는 입을 가리고 또 웃었다. 예순두번째 만남이라……철규는 자꾸 난감한 생각이 들어 또 물었다.

"무슨 뜻이죠? "

"언니한테 물어보세요. 전 가르쳐 드리지 않을래요. "

상미는 재미있다는 표정으로 연방 웃기만 했다.

"아하! 내가 보낸 편지를 언니와 함께 봤다는 뜻이군요. 그렇죠? "

"맞았어요. 하지만 전 그 편지를 보관했다가 겉봉만 보고 언니에게 전해 주었을 뿐예요. "

"배달부였군요? "

"네. 아랫층까지 도착한 씨맨의 열정을 언니네 방까지 옮

겨 주는 사랑의 배달부 말이에요. ”

　“성가시게 했던 점 어떻게 보답하죠? ”

　“아니예요. 전 편지를 전해주는 일만으로도 아주 즐거웠어요. 앞으로도 언니에게 많은 편지 보내 주세요. ”

　“새로 나간 직장은 어때? ”

　소정이가 커피를 타오며 물었다.

　“지금 퇴근해서 올라오신 겁니까? ”

　“네. 저, 이제 실업자 생활 면했어요. ”

　“축하합니다. 직장이 어디세요? ”

　철규가 관심 깊게 물었다. 상미는 소정의 눈치를 살피며 머뭇거렸다.

　“말하지 않을래요. 나중에 언니한테 물어보세요. ”

　“애는, 그걸 왜 나한테 미루니? ”

　소정은 눈을 흘겼다. 상미는 소정의 소개로 씨맨스클럽 경리과에 출근하고 있었다. 철규가 말했다.

　“대답하기 곤란하면 가르쳐 주시지 않아도 됩니다. 다음 일요일 군항제에 초청하려구 물어보았습니다. ”

　“호의는 고맙지만 다음 기회로 미룰께요. 제가 나가는 직장은 외항선원들을 상대하는 곳이라 일요일이 더 바빠요.”

　“내년부터는 통제부를 일반인들에게 개방하지 않는다는 말이 있어 해본 말입니다. 괘념치 마세요. ”

　철규는 괜한 말을 꺼냈다 싶어 얼른 화제를 돌렸다. 그리고 보니 그는 여태 소정의 직업과 직장조차 물어보지 않았다는 생각이 들었다. 출동을 나가기 전, 몽마르트에서 어머니가 보내주는 생활비로 여유롭게 생활하고 있다는 말만 한

번 들었을 뿐, 그녀가 어느 직장에 몸을 담고 있는지, 여태껏 그녀의 직장마저 파악하지 못하고 있는 것이 무관심했다는 생각이 들었다.

"소정 씨도 다음 주일 바빠요?"

철규는 상미에게 이상하게 보일까 봐 경어를 썼다. 소정은 철규가 경어를 쓰는 것이 상미에게 눈 감으라 해놓고 아옹하는 격이어서 커피를 마시다 말고 사래가 걸린 표정으로 웃었다.

"저, 그 물음엔 대답하지 않을래요. 편지글처럼 편하게 물어주세요."

소정은 상미를 쳐다보며 그들끼리만 통하는 얼굴로 한참 웃어댔다. 철규는 갑자기 좌충우돌하는 느낌이어서 상미를 쳐다보며 물었다.

"상미 씨, 언니 지금 무슨 말 하고 있어요? 정답 좀 가르쳐 주세요."

상미가 혼자서 킥킥 웃어대다,

"부산 머슴아들처럼 '소정아, 다음 주일 바쁘나?' 하고 말을 탁 놓아 보이소. 우리 언니가 내가 가르쳐 준 것처럼 '아니에요' 하면서 간드러지게 대답해 줄 껍니더."

하면서 그녀가 소정을 지도하고 있는 신세대 연출자임을 밝혔다.

철규는 소리가 나게 자신의 이마를 쳤다.

"내가 두 사람의 공동출연에 녹다운이 된 눈 뜬 장님이었군요. 그렇죠, 상미 씨?"

"사랑할 때는 누구나 그런 어수룩한 구석이 있어야 웃을

306

일이 생기잖아요. 사실은 언니가 하도 가슴을 끓이고 있기에
데이트 할 때 몇가지 유의해야 할 점과 사랑의 공식을 친구
한테 물어서 가르쳐 준 일뿐이예요. 저, 이제 내려갈 테니까
두 분 재미있게 주말 보내세요……. ”

　상미는 달아나듯 아래층으로 내려갔다. 철규는 온 몸이 확
달아오르는 것 같아 소정이를 번쩍 안고 침실로 들어갔다.

　“소정이! ”

　철규는 금시 펄펄 끓어오르는 몸으로 소정의 입술을 찾았
다. 그리고 그녀의 가슴을 더듬었다. 두어 시간 더 참았다가,
밤이 깊어지면 그의 몸을 받아 달라고 사정하고 싶었지만
더이상 참을 수가 없었다. 그녀의 젖무덤이 만들어 내는 깊
은 골에다 얼굴을 묻으면 한 달 내내 무겁던 머리가 금시
가벼워질 것 같았고, 그녀의 낭창낭창한 허리를 쓰다듬으며
정염의 화신 같은 남근을 그녀의 은밀한 샅에다 깊이 찔러
넣으면 끝도 없이 타오를 정염의 불꽃에 온 육질이 다 타버
릴 것 같았다. 그러면 이성으로 걷잡을 수 없는, 육욕이 사
라진 뼈다귀만 사리처럼 투명하게 남아서 평생 고통없이 그
녀의 남자가 될 수 있을 것 같았다.

　“씨맨! 제가 그렇게 갖고 싶으세요? ”

　“소정이, 제발 나를 좀 받아 줘. 참는다는 것도 한계가 있
는 것 같아. ”

　“그렇다면 절 조금만 놔 주세요. ”

　“아냐, 이대로가 좋아……. ”

　“씨맨, 우리들의 초야예요. ”

　철규는 그녀가 품속에서 빠져나가는 것이 싫었지만 우리

들의 초야라는 말 한 마디에 온 몸이 써늘하게 식는 기분이었다. 그는 그녀와 함께 따라 일어나 그녀가 내어주는 잠옷으로 바꿔 입었다.

그녀는 밖으로 나가 현관문을 잠그고 커텐을 드리웠다. 그리고 물병과 포도주 두 잔을 들고 왔다. 언제 틀었는지 전축에서는 '사랑의 기쁨' 이 흐르고 있었다.

"평생, 이 술을 부어드리는 마음으로 씨맨을 사랑하면서 살고 싶어요. "

소정의 목소리가 갑자기 흔들리고 있었다. 그는 부드럽게 껴안으며,

"소정이 미안해. 앞으로는 소정이 마음 아프지 않게 할께."

"옷 갈아입고 올께요. 음악이 끝날 때까지 우리 춤춰요."

잠시 후 소정은 홈 웨어를 벗고 감촉이 좋은 잠옷 차림으로 들어왔다. 그녀는 방안의 불빛을 홍등으로 바꾸며 포도주 잔을 들었다. 그도 함께 들었다. 그들은 잔잔하게 흐르는 음악에 맞추어 몽마르트에서 추던 블루스를 함께 추다 자리에 누웠다.

그는 또 달아오르는 몸을 가누지 못해 그녀의 잠옷을 벗겼다. 그녀의 몸은 잘 익은 무화과 같았다. 건드리면 툭 떨어질 것 같았고, 달디단 향내가 온몸 곳곳에서 풍기는 것 같았다. 그는 그 향기에 취해 그녀의 몸을 뜨겁게 애무하기 시작했다……

이튿날 새벽, 철규는 깊은 단잠에서 깨어났다. 창 밖에서 쓰르륵 쓰르륵 파도가 밀려오는 소리가 들려왔고, 곁에 누군

가가 자신을 지켜보고 있는 느낌이 들었다. 그는 꿈을 꾸다 깨어난 기분이 들어 퍼뜩 눈을 떴다. 그녀가 자신의 한쪽 팔을 베고 누워 뺨을 쓰다듬고 있었다.

"깨어나 있었군? "

그제사 안심하며 철규는 그녀를 꼭 껴안았다. 무언가 뻑뻑하게 괴어 있는 듯한 정낭이 홀쭉하게 가벼워진 느낌이었고, 오랜만에 여체에 대한 갈증을 씻고 깊은 단잠을 원도 끝도 없이 잔 기분이었다.

"뭘 생각하세요? "

그녀가 가슴 속으로 얼굴을 파묻으며 속삭였다. 철규는 그때사 그와 그녀가 알몸인 것을 깨달으며 캐시미론 이불을 끌어당겨 그녀의 벗은 어깨를 덮어 주었다.

"엄마 젖꼭지를 물고 곯아떨어진 조카의 어릴 적 모습을 생각했어. "

"왜요? "

"어제 저녁 내 모습이 꼭 그랬을 것 같은 느낌이 들었어. 미안해 소정이! "

그는 그녀의 귓볼에다 뺨을 부비며 그녀의 잔등을 부드럽게 쓸어내렸다. 마치 미끈미끈한 점액질을 뿜고 있는 한 마리의 인어를 건져 올려 거머쥐고 있는 느낌이었다.

"왜 그런 생각을 했어요? "

"웨딩드레스도 입혀 주지 않고 곁에 누워 있어서……. "

"저, 그런 거 필요없어요. 씨맨만 이렇게 곁에 있어 주시면 돼요. "

"내가 밉지 않아? "

“아아뇨! 모처럼 집에 오신 아빠 곁에 누워 깊은 잠을 자고 일어난 기분이었어요. 아까 눈을 떴을 때는요…….”

소정은 전혀 후회없는 밤을 지낸 듯 그의 짙은 구렛나룻을 거듭 쓰다듬었다.

“아빠도 구레나루가 짙었어?”

“네. 엄마가 조반 지으러 나갔을 때 아빠 품속으로 파고들어가 뺨을 쓰다듬으면 꼭 이렇게 까칠까칠한 느낌이 들었어요. 수염은 매일 깎으세요?”

“음. 하루만 안 깎으면 털복숭이가 돼. 이상해?”

“아아뇨. 어릴 적 생각이 나서 자꾸 웃음이 나와요. 이야기 해드려요?”

“음.”

그는 그녀의 허리를 쓸어내리다 두 젖무덤을 만지작거렸다. 아이보리 비누 향내 같은 그녀의 젖내음이 또 몸을 뜨겁게 했다.

“어릴 때 아빠가 집에 오시면 전 늘 투정을 부렸어요. 아빠 곁에 자려고요. 엄마는 눈을 흘기면서도 양보해 주셨는데 아침에 어쩌다 눈을 떠보면 제 방 침대에 나 혼자 누워 있는 것을 알아요. 앙, 울음을 터뜨리며 아빠 방으로 건너가 왜 혼자 다른 방에 재웠느냐고 심통을 부리면 아빠가 늘 꼭 껴안아 주시면서 서운한 마음을 풀어 주시곤 했는데, 이렇게 누워 있으니까 꼭 그때 생각이 나요…….”

“어제 저녁에 청이 있다고 했는데 그게 뭐지?”

“말씀 드려도 돼요?”

“그럼. 뭐든지 말해. 내가 해줄 수 있는 일이라면 다 들어

줄께. ”

　“저, 사실 혼자 있기가 싫고 두려워요. 밤에 늦게 일 마치고 들어와 현관 문을 열면 집안에 가득찬 어둠 저편에서 무엇이 불쑥 나타날 것만 같아서 잔등에 진땀이 날 때도 있어요……. ”

　“그렇겠지. 짧은 순간이지만 불을 켤 때까지의 그 어둠은 남자들도 무척 싫어해. 내가 어떻게 해주면 좋을까? 부산에서 출퇴근 할까? ”

　“아아뇨. 그러면 힘드셔서 안돼요. 월요일부터 금요일까지는 진해 숙소에서 생활하시면서 임관시험 공부하시고 토요일과 일요일은 부산에서 생활해 주세요. 저 혼자 있는 게 두려워서 씨맨 사진을 제 침실에다 붙여 놨어요. ”

　철규는 피붙이 하나 없이 외롭게 생활하는 그녀가 가련하게까지 느껴져서 또 꼭 껴안아 주었다. 한참 후 그녀를 풀어놓으며 그가 말했다.

　“임관시험 칠 때까지는 그렇게 할께. 너무 두려워하지 마.”

　“고마와요. 씨맨! ”

　“이번 현충일에는 함께 참배하러 가자. 우리 집에도 다녀오고. 이번에 귀항하니까 형님께서 한번 다녀 가라고 편지를 주셨어. 어머니도 소정이 몹시 보고 싶어 하시고……. ”

　소정은 자신도 모르게 가슴이 복받치는 것 같아 그의 가슴에 얼굴을 묻고 그만 흑흑 흐느꼈다. 세상에 이렇게 듬직하고 자신의 마음을 속속들이 알아주는 사람이 또 있을까? 기쁘다 못해 아랫턱까지 으드득 떨리면서 전율이 밀려왔다. 그녀는 가늘게 어깨를 떨면서 자신도 모르게 기도를 올렸다.

성모님!

저의 외로운 가슴에 씨맨을 안겨 주신 것을 고개 숙여 감사드립니다. 평생 씨맨을 위해 살고 싶고, 그가 있는 곳이면 어디든지 함께 가고 싶습니다. 저희 두 사람의 만남을 축복해 주시고, 늘 씨맨을 기쁘게 해 드릴 수 있게 저의 무딘 영혼을 밝게 인도해 주소서…….

"바보처럼 울긴? 고개 들어 봐. 소정이 울고 있는 모습 한 번 보게……. "

"저, 이렇게 울보라서 씨맨 어머님이 막내 며느리로 맞아 주시지 않으시면 어떡하죠? "

격한 감정이 가라앉는지, 잠시 후 그녀가 천진하게 웃으며 바라보았다.

아, 이 영롱한 눈빛! 너는 어이해서 사내의 가슴을 또 이렇게 끓게 만드는가?

철규는 고개를 든 소정의 얼굴을 두 손을 받혀 한참 지켜보고 있다,

"소정이! "

하고 간절하게 부르면서 키스를 퍼부었다.

뜨겁고 긴 아침 키스는 마르지 않는 샘물 같았다. 애틋한 정감의 두레박으로 퍼내고 퍼내도 끝이 없었고, 뼈마디에서 두두둑 소리가 나도록 그녀를 껴안아도 한이 차지 않는 느낌이었다.

"소정이! "

그는 그녀의 두 젖무덤 사이에 얼굴을 묻고 또 숨이 넘어갈 듯이 그녀를 불렀다. 그녀는 한 마리의 인어가 되어 그의

손아귀에서 꼬리를 파닥이고 있는 것 같았다. 철규는 거머진 그 인어가 미끈미끈한 점액질의 분비물을 내뿜으며 어디론가 달아날 것만 같은 느낌이었다. 놓쳐버리면 그의 생명도 끝나버릴 것 같은 두려움이 의식 저편에서 깃발처럼 펄럭이고 있었다.

사랑하는 이는 이래서 평생을 함께 사는가? 곁에 있어도 있지 않는 듯한 느낌은 어이해서 사내의 가슴을 이토록 난폭하게 휘젓고 있으며, 품안에 넣고 온몸으로 껴안아도 긴 포옹의 뒷맛은 어이해서 늘 이렇게 한쪽이 터진 듯 허전하기만 하던가.

그는 한이 차지 않는 듯한 애틋한 정감과 끝도 없이 타오르는 듯한 정염의 불꽃에 휩싸여 거듭거듭 그녀를 불러댔다. 온 육신이 타닥타닥 소리를 내며 타들어오는 것 같아도 가슴에 와 닿는 느낌은 공허감뿐이었다. 그는 그 빈 듯한 공허감에 못 이겨 소정의 팽팽한 사츰에서 선홍의 핏줄이 터지도록 목마르게 그녀를 불렀댔다.

"씨맨! 아아, 나 어떻게 해요…….＂

그녀는 갑자기 온 몸이 부웅 뜨는 듯한 황홀감에 어깨를 떨면서 쥐어 뜯을 듯이 이부자리를 끌어당겨댔다. 마침내는 허리를 활처럼 휘면서 자지러지게 온몸을 떨어댔다…….

쓰르륵 철썩, 쓰르륵 철썩…….

그녀의 울부짖음에 잠을 깬 해운대 앞바다의 성난 파도줄기들이 세차게 해변을 쓸고와서 그녀의 창가에서 흩어졌다. 마치 그들의 가쁜 숨소리에 밀리듯이 ―.

< 2권으로 이어집니다. >